I0579181

SÜSSE LEIDENSCHAFT

NATASHA GRACE

Copyright © 2021 Natasha Grace

Englischer Originaltitel : Business Before Pleasure © 2021 Natasha Grace

Deutsche Übersetzung: Jana Mannon

Cover Art © 2021 von Cora Graphics

Alle Rechte vorbehalten. Kein Teil dieses Buches darf ohne vorherige schriftliche Zustimmung der Autorin verwendet oder reproduziert, gespeichert oder in ein Abrufsystem eingeführt oder in irgendeiner Form oder auf irgendeine Weise (einschließlich Fotokopien, Tonaufnahmen bzw. Datenspeicherung oder -abruf) übertragen werden. Ausgenommen davon sind kurze Zitate in Buchkritiken oder Rezensionen.

Diese Geschichte ist frei erfunden. Namen, Personen, Geschäfte, Orte, Ereignisse und Zwischenfälle entstammen entweder der Fantasie der Autorin oder werden auf fiktive Weise verwendet. Jegliche Ähnlichkeit mit lebenden oder verstorbenen Personen ist rein zufällig.

Natasha Grace

www.natashagrace.com

1950 W Corporate Way

#50946

Anaheim, CA 92801

USA

Taschenbuch ISBN: 978-1-955895-03-3

KAPITEL EINS

Olivia Montgomerys lag ein schwerer Stein im Magen, als sie sich auf den Weg durch die Lobby des Hauptsitzes von Montgomery Hotels machte. Sie war gerade von der Überprüfung der Renovierungspläne für das Hotel des Unternehmens in Boston zurückgekehrt und wollte den Vorschlag, den sie ihrem Vater über die Eröffnung eines Hotels in der Nähe des Yosemite National Parks geschickt hatte, weiterverfolgen.

Sie hatten nur wenig darüber gesprochen, bevor sie gegangen war. Er hatte sie über die Umgebung des Parks, etwaige andere Hotels in der Nähe und Möglichkeiten für die Unterbringung von Mitarbeitern befragt. Er hatte zum ersten Mal Interesse an einem ihrer vielen Vorschläge gezeigt und sie ging unwillkürlich davon aus, dass dies endlich der eine war, den er genehmigen würde.

Und nachdem sie die Chance bekommen hatte, ihr Können mit diesem Hotel unter Beweis zu stellen, bekäme sie vielleicht auch die Gelegenheit, einige ihrer anderen

Vorschläge, die er bereits abgelehnt hatte, noch einmal vorzulegen. An einem war sie besonders brennend interessiert. Ihr waren noch ein paar andere Ideen gekommen, Möglichkeiten, die Immobilie herausstechen zu lassen… Sie lächelte, als sie in den offenen Aufzug trat. Sie hatte noch nicht einmal grünes Licht für ihr Yosemite Hotel bekommen und schon dachte sie darüber nach, was als Nächstes kommen würde.

Sie wusste, dass sie noch einen langen Weg vor sich hatte, bevor ihre Träume wahr werden würden, aber sie konnte ihre Aufregung kaum zurückhalten. Seit sie vor vier Jahren der Firma beigetreten war, hatte sie nach Wegen gesucht, dem Familienunternehmen ihren Stempel aufzudrücken, und es sah so aus, als kämen die Dinge endlich in Schwung.

Die Aufzugtüren schlossen sich bereits, als sie sah, wie sich ein dunkelhaariger Mann im Anzug näherte, und sie drückte schnell den Knopf, um die Türen offen zu halten. „Tut mir leid." Sie war so abgelenkt gewesen, dass sie ihn nicht gesehen hatte.

„Das macht nichts, danke", sagte der gut aussehende Mann, der ihr ein Lächeln schenkte, als er den Aufzug betrat.

„Keine Ursache."

Sie wartete eine Sekunde und als er keinen Knopf drückte, fragte sie: „Welche Etage?"

Er nickte in Richtung der Anzeige. „Die gleiche wie Sie – die zwölfte."

Sie runzelte die Stirn, als sich die Metalltüren schlossen. Es war gerade einmal sieben Uhr morgens. Nur ihr Vater und eine Handvoll anderer Leute befanden sich zu dieser Zeit im Büro, was der Grund dafür war, weshalb sie so früh gekommen war. Sie wollte die Gelegenheit nutzen, mit ihrem Vater zu sprechen, bevor alle anderen kamen.

„Sind Sie hier, um mit Tom zu reden?", fragte sie. Tom Nichols war einer ihrer aggressivsten Verkäufer, der ständig mit den verschiedensten Unternehmen verhandelte, die ihre Firmenveranstaltungen in den Montgomery Hotels durchführen wollten, aber er kam in der Regel später. Viel später.

„Nein. Ich bin hier, um mich mit Victor Montgomery zu treffen. Mein Name ist Adam Campbell", sagte er, als er ihr seine Hand hinhielt.

Er hatte einen Termin mit ihrem Vater? Verdammt. Sie hätte gestern in seinen Terminkalender schauen sollen, aber er hatte selten am frühen Morgen ein Meeting. Diese frühen Stunden waren oft die einzige Zeit in seinem straffen Tagesplan, in der er sich, ohne unterbrochen zu werden, auf die Arbeit konzentrieren konnte. Sie würde jetzt warten müssen, bis er Zeit hatte, um mit ihm über ihren Vorschlag zu sprechen. Sie schob ihre Enttäuschung beiseite und schüttelte Adams Hand. „Olivia Montgomery."

„Sie sind Victors Tochter", sagte er, als er ihre Hand losließ.

Sie nickte und dann fiel ihr ein, woher sie den Namen des Mannes kannte. Adam war Bauunternehmer und Teil der Familie, der Dannier gehörte, die Kosmetikfirma, die die Gesichtscreme produzierte, die ihre Cousine so sehr mochte.

„Sollen wir ein Hotel für Sie managen?", fragte sie.

Neben dem Betrieb eigener Hotels verwaltete Montgomery Hotels auch Immobilien im Auftrag anderer. Sie hatte gehört, dass Adam Hotels baute, aber sie hatte angenommen, dass es sich um Immobilien im unteren bis mittleren Bereich handelte – im Gegensatz zu den Luxusimmobilien, auf die Montgomery sich spezialisiert hatte.

„Sie kommen wohl direkt zur Sache?" Er nickte ihr lächelnd zu. „Ich kaufe The Mansion. Der Deal sollte in ein oder zwei Tagen abgeschlossen sein."

Livs Herz setzte einen Schlag aus. The Mansion war das erste Hotel, das ihr Großvater gebaut hatte. Ursprünglich war es ein Bürogebäude gewesen, das als Sitz der familieneigenen Bank diente. Nachdem die Bank an ihren heutigen Standort in Midtown umgezogen war, hatte ihr Großvater die ehemaligen Büros in das perfekte Hotel umgewandelt, das die prächtigsten architektonischen Merkmale einiger der großartigsten Schlösser Europas vereinte. Die Führung der Bank hatte er als Pflicht betrachtet, dem Hotel The Mansion hingegen hatte seine Leidenschaft gegolten. Er hatte jeden freien Moment damit verbracht, all seine Energie in den Betrieb des luxuriösen, kundenorientierten Hotels zu stecken, und ein oder zwei Mal hatte er sogar an der Rezeption ausgeholfen, als Not am Mann war.

Leider war er in den Achtzigerjahren gezwungen gewesen, es zu verkaufen, um das Geld aufzubringen, das er gebraucht hatte, um die Familienbank zu retten, aber er hatte das Hotel nie vergessen. Er hatte sie und ihren Bruder immer mit Geschichten aus seiner Zeit dort unterhalten, von lustigen Vorfällen mit berühmten Gästen erzählt, in Erinnerungen an die Renovierung geschwelgt und die aufwendigen Partys beschrieben, die sie veranstaltet hatten.

Er hatte alles in das Hotel gesteckt und war nicht in der Lage gewesen, ihm fernzubleiben – selbst nachdem sie es verkauft hatten, sehr zum Leidwesen ihres Vaters. Grandpa hatte gelegentlich etwas in der Bar getrunken oder war zu Mittag im Terrassenzimmer geblieben. Er und Grandma hatten Olivia sogar ein paar Mal zum Abendbrot in die Teestube geschmuggelt, bevor Dad es herausgefunden und verboten hatte.

Der erste Vorschlag, den sie ihrem Vater jemals unterbreitet hatte, hatte darin bestanden, das Anwesen zurückzukaufen, und obwohl Dad den Vorschlag abgelehnt hatte, hatte sie immer geplant, die Idee noch einmal auf den Tisch zu bringen, wenn sie erfahrener wäre. Einfacher ausgedrückt – The Mansion gehörte zur Familie. Und obwohl sie wusste, dass der Erwerb des Hotels Grandpa nicht zurückbringen würde, wollte sie seinem Andenken gerecht werden.

Das Schicksal, so schien es, hatte andere Pläne.

„Mir war nicht bewusst, dass Quinley verkauft", sagte sie in Anspielung auf das multinationale Unternehmen, dem derzeitigen Eigentümer von The Mansion. Als sie ihrem Vater vor zwei Jahren den Vorschlag unterbreitet hatte, war das Unternehmen nicht zum Verkauf bereit gewesen, aber sie hatte geahnt, dass es nur auf die Höhe des Preises ankam. Da sie das Hotel nie richtig renoviert hatten, bezweifelte sie, dass sie die Absicht hatten, die Immobilie langfristig zu halten.

Sie fragte sich, wie viel Adam für The Mansion bezahlen würde, und unterdrückte den Drang, ihn zu fragen, ob er bereit wäre, das Hotel direkt an Montgomery weiterzuverkaufen. Sie würde nicht nur weit über ihre Rolle im Unternehmen hinausgehen – vor allem ohne vorher mit ihrem Vater zu sprechen –, sondern es wäre auch einfach unklug, zu interessiert zu klingen. Der geschätzte Preis von The Mansion war einer der Gründe, warum ihr Vater sich geweigert hatte, auf ihren Vorschlag einzugehen. Aber der Immobilienmarkt war heute nicht mehr so heiß umkämpft wie damals. Die Immobilie wäre deutlich günstiger.

„Mit dem Verkaufspreis begleichen sie einen Teil ihrer Schulden", sagte Adam. „Ich weiß, dass eine Menge Renovierungsarbeiten nötig sein werden, um das Gebäude auf den neuesten Stand zu bringen, aber ich denke, am Ende wird ein schönes Hotel daraus."

Ein schönes Hotel? Eine Menge Renovierungsarbeiten?

Wovon zum Teufel sprach er? Alles, was das Hotel brauchte, war ein Upgrade. Einige der mechanischen und elektrischen Einrichtungen mussten modernisiert werden und vielleicht auch die Innenarchitektur. Im Laufe der Jahre waren grundlegende Wartungsarbeiten vernachlässigt worden, aber für sie zählte es schon immer zu einem der visuell atemberaubendsten Hotels, die sie je gesehen hatte. Mit seinem gläsernen Atrium und den Marmorsäulen besaß es eine klassische, fast zeitlose Schönheit, mit der nur wenige mithalten konnten. Sie konnte sich ohne Schwierigkeiten vorstellen, dass es mit nur wenig Arbeit wieder zu einem der Top-Hotels in New York City wurde.

„An was für Renovierungen hatten Sie denn gedacht?", fragte sie und hoffte, dass ihre Stimme – trotz seiner Andeutung, dass The Mansion unterdurchschnittlich sei – neutral und nicht beleidigt klang. Zum Glück schien er nichts zu bemerken.

„Einige Modernisierungen, ein paar einfache Restaurierungen an der Fassade und eine fast vollständige Entkernung des Inneren, um die Flächen einladender und weniger protzig zu gestalten."

Er wollte das Innere entkernen?

Ihr klingelten die Ohren, als sie an die wunderschöne Lobby mit ihren bemalten Decken und der schwungvollen Doppeltreppe dachte, die abgerissen werden sollte. Was fiel ihm ein, das als protzig zu bezeichnen? Es war nicht protzig, es war Old-World-Charme und Raffinesse. Die stattliche Gestaltung zauberte die Eleganz vergangener Epochen hervor und verlieh einem das Gefühl, in der Zeit zurückzureisen. Oh, und der Ballsaal!

Der Mann hatte einfach keinen Geschmack, wenn er das alles zerstören wollte.

„Die Teestube wird komplett umgestaltet", fuhr er fort, „die Bar verlegt, um Platz für ein größeres Restaurant zu schaffen, die Räume werden in größere Zimmer und Suiten verwandelt ..."

Ein ungutes Gefühl beschlich sie, als sie die Begeisterung in Adams Augen bemerkte. Es waren nicht nur die potenziellen Kosten, die ihren Vater dazu gebracht hatten, ihren Vorschlag abzulehnen. Er war der Meinung gewesen, das Hotel bräuchte ein großes Facelift, und hatte im Grunde zum Ausdruck gebracht, ihr Urteil wäre durch ihren Großvater mit seinen „Geschichten aus der Vergangenheit" getrübt worden.

Und wenn nun Adams Pläne für eine größere Renovierung mit dem, was Dad dachte, übereinstimmten, und Dad deshalb zugestimmt hatte, das Hotel zu verwalten? Anstatt froh zu sein, dass The Mansion wieder der Leitung der Montgomerys unterstehen würde, würde Olivia Tränen darüber vergießen, dass das Hotel ihres Großvaters seinen Charakter verlieren würde.

The Mansion war Grandpas Leben gewesen. Er hatte jeden Quadratzentimeter des Hoteldesigns ausgearbeitet, bis hin zur eigenhändigen Auswahl der meisten verwendeten Materialien. Wenn Grandpa nicht bereits tot gewesen wäre, hätte es ihn sicherlich umgebracht, von Adams Plänen zu erfahren, der das zerstören wollte, was er aufgebaut hatte.

Die Aufzugtüren öffneten sich und vor ihnen lag der Empfangsbereich der Montgomerys. Adam lachte. „Es tut mir leid. Die Aufregung während der frühen Phasen eines Projekts fesselt mich immer ungemein."

Da Adam sich bereits gedanklich so mit The Mansion beschäftigte, schien es unwahrscheinlich, dass er bereit wäre, das Hotel an sie zu verkaufen. Er würde die Renovierung komplett durchziehen. Ihr Kopf dröhnte, als sie gepresst antwortete: „Das verstehe ich."

Sie betete nur, dass sie ihn falsch verstanden hatte und dass ihr Vater ihm einen Deal anbieten würde, dem er nicht widerstehen konnte. Obwohl Dad ihren Vorschlag abgelehnt hatte, bezweifelte sie, dass er tatenlos zusehen und Adam erlauben würde, das Hotel, das der Familie so viel bedeutete, zu entkernen.

Sie ging auf die Rezeptionistin Carol zu, die lächelnd aufblickte.

„Hey Olivia! Willkommen zurück."

„Danke Carol. Würdest du bitte Paula wissen lassen, dass Adam Campbell hier ist, um meinen Vater zu sehen?", bat sie und wies mit dem Kopf in Adams Richtung.

Carols Augen weiteten sich, als sie ihr Blick auf ihn fiel. „Hallo", stieß sie atemlos hervor und Olivia unterdrückte ein Lächeln. Carol hatte ein Faible für gut aussehende Männer, und Adam gehörte auf jeden Fall in diese Kategorie. Schade, dass er das Hotel ihres Großvaters zerstören wollte.

„Hallo." Er klang amüsiert.

Carol riss sich aus dem Bann und griff zu ihrem Handy.

„Danke", sagte Olivia und wandte sich an Adam. „Es war schön, Sie kennenzulernen", meinte sie, während sie seine Hand schüttelte.

„Ja. Hat mich auch gefreut."

Olivia fragte sich, wie Adams Gespräch mit ihrem Vater verlaufen würde, und ging in ihr Büro, um sich zu sammeln. Nachdem sie eine Weile nicht in der Stadt gewesen war, hatte sie viel aufzuholen, aber angesichts dessen, was mit The Mansion passierte, konnte sie sich nicht konzentrieren.

„Oh, Liv. Ich habe das ganz vergessen." Sie drehte sich um und sah, wie Carol sich ihr mit Zetteln in der Hand näherte. „Der Küchenchef in San Antonio hat gekündigt und Gary Bruning ist besorgt, dass Maxwell unseren Mitarbeiterinnen in San Diego nachstellt."

Olivia seufzte, als sie die Papiere entgegennahm. „Danke." Als Relations-Managerin von Montgomerys Franchisenehmern hatte sie ständig mit kleinen Krisen wie diesen zu tun. Die Probleme waren fast immer dringend, erforderten aber nicht unbedingt ein bestimmtes Wissen oder Fähigkeiten. Es waren Probleme, die so ziemlich jeder lösen konnte.

Und obwohl ihr Job wichtig war, fühlte er sich nicht immer sinnvoll an, was einer der Hauptgründe war, warum sie immer wieder neue Ideen an ihren Vater herantrug, obwohl er sie immer wieder ablehnte. Sie wollte auch etwas schaffen und Montgomery Hotels so wachsen lassen, wie es ihr Vater tat. Das Portfolio von Montgomery Hotels hatte nur sechs Hotels aufgewiesen, als er das Unternehmen übernommen hatte, und jetzt waren es bereits knapp vierzig. Ihre Träume waren nicht so groß, aber sie wollte etwas zum Familienerbe beitragen.

Als sie sich an ihrem Schreibtisch niederließ, machte sie sich gedanklich eine Notiz, Paula zu bitten, ihr Bescheid zu geben, sobald ihr Vater verfügbar wäre, damit sie mit ihm über ihren Vorschlag sprechen konnte. Dann würde sie ihn zu The Mansion befragen, um zu sehen, was seine Absichten waren.

Wenn Montgomery das Hotel tatsächlich in Zukunft managen würde, würde sie sich dafür einsetzen, so viel wie möglich vom ursprünglichen Design ihres Großvaters zu erhalten. In Anbetracht der Ansichten von Adam und Dad schien eine einfache Restaurierung nicht infrage zu kommen, aber vielleicht konnten sie einen Kompromiss finden und einige der Dinge beibehalten, die das Hotel so besonders machten, wie die handbemalten Decken und die vergoldete Dekorelemente.

Aber irgendwie zweifelte sie daran. Adam schien sich auf die Renovierung des Hotels zu freuen. Wie konnte er offen sein für die Idee, auch nur irgendetwas zu erhalten, wenn er bereits plante, das Gebäude zu entkernen?

Vielleicht würde er auf derart drastische Änderungen verzichten, wenn sie ihm alternative Designs zeigen konnte, die die moderne Ästhetik, die er anstrebte, mit all den Eigenschaften kombinierten, die The Mansion so besonders machten …

Sie würde sofort damit beginnen, potenzielle Architekten zu finden. Sie musste einen Architekten finden, der sich auf die Modernisierung älterer Gebäude spezialisierte – einen, der Adams Wunsch nach Modernisierung erfüllen und gleichzeitig dem Stil von The Mansion treu bleiben konnte. Ein paar Firmen kamen ihr in den Sinn und sie holte ihre Akten hervor, um genauer nachzusehen.

Wenn der Deal zustande kam, wollte sie einen Architekten parat haben. Sie durfte niemandem die Möglichkeit geben, einen Konkurrenzvorschlag einzureichen, der das zerstören würde, was ihr Großvater geschaffen hatte.

Sie hatte das Andenken ihres Großvaters schon einmal verraten. Sie würde es nicht noch einmal tun.

* * *

„Wären Sie bereit, das Hotel direkt an uns weiter zu verkaufen?", fragte Victor Montgomery, nachdem er sich Adams Angebot angehört hatte. „Ich bin mir sicher, dass wir eine Einigung erzielen können, die für uns beide von Vorteil wäre."

„Ich bezweifle, dass wir uns auf einen Preis einigen könnten, der uns beide zufriedenstellen würde", erwiderte Adam ehrlich. Er wollte keine Zeit mit Verhandlungen verschwenden, die er für aussichtslos hielt. Er hatte keineswegs die Absicht, The Mansion zu verkaufen. „Mit der Renovierung könnte sich der Wert von The Mansion in ein paar Jahren leicht vervierfachen und ich würde keinen Preis akzeptieren, der das nicht widerspiegelt." Montgomery wäre vielleicht bereit, einen Aufpreis für das Hotel zu zahlen, aber er bezweifelte sehr, dass sie so weit gehen würden, ihr Preisangebot auf den erwarteten Gewinn zu stützen.

„Wie wäre es dann mit einer Partnerschaft?"

Adam schüttelte den Kopf. „Ich suche nur jemanden, der das Hotel verwaltet." Er war stets alleiniger Besitzer seiner Bauprojekte und zog es immer vor, entweder sein eigenes Geld zu investieren oder, wie in diesem Fall, Kredite aufzunehmen.

Nachdem er lange genug unter der Fuchtel seiner Eltern gelebt hatte, genoss er die Freiheit, das zu tun, was er wollte, ohne dass irgendjemand anderes ihm diktierte, was er tun konnte oder nicht. Er wusste, dass er AC Developments schneller vergrößern konnte, wenn er Investoren in seine Projekte aufnehmen würde, aber er wollte niemandem außer sich selbst verpflichtet sein.

Er war bereit gewesen, einige Zugeständnisse zu machen, um mit Montgomery zusammenzuarbeiten – wie vielleicht ein höherer Gebührensatz oder eine längere Vertragslaufzeit –, aber Anteile abgeben, wenn er es nicht musste? Auf keinen Fall.

„Dann halte ich es für das Beste, dass Sie sich einen anderen Verwalter suchen", antwortete Victor. „Wie Sie sicher wissen, konkurriert Montgomery nicht mit seinen Franchisenehmern auf demselben Markt. Die Einnahmen aus dem Betrieb des Hotels würden die Opportunitätskosten nicht wettmachen, solange wir kein eigenes Hotel in New York haben."

Adams knirschte mit den Zähnen. Die Tatsache, dass Montgomery kein Hotel in New York besaß, war einer der Gründe, warum er sich an sie gewandt hatte. Es war für Immobilienverwalter üblich, konkurrierende Hotels in der gleichen Stadt zu verwalten, aber für The Mansion wollte er mehr. Es verdiente, im alleinigen Fokus seines Verwalters zu stehen, zumindest in der Region.

Montgomery hatte vor einigen Jahren ein Hotel in New York besessen, hatten aber ihre Anteile an ihren Partner verkauft. Er wusste nicht genau, was geschehen war, hatte aber gehört, dass Gen Capital, ihr damaliger Partner, seither in Gerichtsprozesse verwickelt war, weil er die Finanzen manipuliert hatte.

Er hätte wissen sollen, dass Montgomery ein Hotel kaufen wollte, wenn sie wieder in New York Fuß fassten. Es war eine Sache, Hotels für andere zu verwalten, aber eine ganz andere, dies auf eigenem Territorium zu tun. Das war wahrscheinlich auch der Grund, warum sie es nicht eilig hatten, ein weiteres Hotel zu eröffnen. Sie wollten sich Zeit lassen und die Dinge richtig angehen.

Mit The Mansion wäre es genauso. Er hatte viel Erfolg auf anderen Immobilienmärkten gehabt, sich aber nie an New York gewagt, obwohl er hier lebte. Und nun, da er The Mansion besaß, zog er alle Register. Es wäre das Projekt, das er am häufigsten sehen und besuchen würde, und er war bereit, einen Aufschlag zu zahlen, um seinen Erfolg zu sichern.

Außerdem wollte er seinen Eltern zeigen, wie weit er es gebracht hatte. Da The Mansion nur zwei Blocks von Danniers Hauptquartier entfernt war, würden sie es jedes Mal sehen, wenn sie ins Büro fuhren. Es war kleinlich von ihm, aber er liebte die Vorstellung, ihnen seinen Erfolg unter die Nase zu reiben. Er war sich sehr wohl bewusst, dass sie seinen Erfolg hassten –, und vor allem, nicht daran beteiligt zu sein. Sie hatten erwartet, dass er zurückgekrochen kommen würde, nachdem sie ihn rausgeworfen hatten, doch stattdessen hatte er ein Imperium aufgebaut, das ihr eigenes bald übertrumpfen würde.

Noch dazu war The Mansion ein beliebter Veranstaltungsort für die Partys des alten Geldadels – Partys, an der seine Eltern teilnehmen wollten, aber nie eingeladen wurden. Und bald würde er genau dieses Hotel besitzen. Es war fast zu schön, um wahr zu sein.

Aber war er bereit, einen Teil von The Mansion aufzugeben, um mit Montgomery zusammenzuarbeiten? Angesichts der Entschlossenheit in Victors Augen ahnte

Adam, dass eine Partnerschaft der einzige Weg sein könnte, Victor dazu zu bringen, das Hotel zu verwalten.

Und Adam wollte wirklich, dass The Mansion ein Montgomery-Hotel wurde. Abgesehen von der Tatsache, dass das Unternehmen als Kundenliebling eingestuft wurde, gehörte es der legendären Montgomery-Familie. Selbst wenn es nur auf geschäftlicher Ebene war, würde er das erreichen, was seine Eltern nie geschafft hatten – nämlich mit dem alten Geldadel per du zu sein.

„Ich wäre bereit, mich auf eine Partnerschaft einzulassen", stimmte er schließlich zu. Es war nicht das, was er ursprünglich geplant hatte, aber er konnte nicht leugnen, dass diese Lösung Vorteile mit sich brachte, die er nicht vollständig in Betracht gezogen hatte. Neben der Minderung seines finanziellen Risikos würde die Partnerschaft garantieren, dass Montgomery ein ureigenes Interesse am Erfolg des Projekts bekam. Obwohl sie den Ruf hatten, geradlinige Menschen zu sein, konnte es nicht schaden, sicherzustellen, dass ihre Managemententscheidungen dem Hotel langfristig zugutekamen.

Victor zögerte, bevor er nickte. „In Ordnung. Schicken Sie mir die Finanzen sowie die aktuellen Franchise- und Mieterverträge, und wir erstellen ein Angebot. Haben Sie sich in Bezug auf die Renovierung etwas Bestimmtes vorgestellt?"

„Ich habe Ideen, aber nichts Konkretes." Er hatte erwogen, den Architekten zu beauftragen, den er für seine Einkaufszentren verwendet hatte, doch dann hatte er die Idee wieder verworfen. Obwohl ihm keine Beschwerden über Clarkes Arbeit zu Ohren gekommen waren, wusste er, dass Clarkes Stärke in dem Entwerfen neuer Gebäude lag – nicht in der Renovierung historischer Häuser. Montgomery hatte zweifellos ein besseres Gespür dafür, wen er für ein solches Projekt beauftragen konnte.

„Ich möchte das Äußere nicht anrühren, von einer leichten Renovierung einmal abgesehen", fuhr er fort. Die einzigartige Fassade stellte eine traditionelle Ästhetik zur Schau, die in dieser Zeit in der Stadt nur noch selten zu sehen war. Tatsächlich war er überrascht, dass das Gebäude noch nicht als historisches Denkmal ausgewiesen war. Nicht nur hatte das Gebäude eine lange Vergangenheit, sondern es war auch der Ort für viele wichtige Hochzeiten und politische Veranstaltungen gewesen. „Aber ich hätte nichts dagegen, das Innere zugunsten etwas Zeitgenössischerem zu entkernen, vielleicht etwas Ähnliches wie das, was Sie in Los Angeles geschaffen haben." Das besagte Hotel besaß ein modernes Design, das sowohl edel als auch einladend war.

„Sie haben das renovierte Hotel gesehen?"

„Ja. Ich hatte letztes Jahr ein Treffen im dortigen Restaurant und fand das Design sehr ansprechend."

Victor lachte. „Ich lasse es meine Tochter wissen. Ich war mit dem Konzept nicht einverstanden, aber sie hat hartnäckig darauf bestanden." Adam fragte sich, ob er von Olivia sprach, verzichtete aber darauf zu fragen. Er wollte dem Mann keinen Grund geben, sich von dem Projekt zurückzuziehen.

Victor tippte auf den Ordner, den Adam mitgebracht hatte. „Nun, wie wäre es mit den Mietverträgen für die

Ladenmieter?", fragte er und spielte damit auf die Boutiquen im Erdgeschoss an. Adam ahnte schon, dass Victor daran dachte, die jetzigen Mieter durch höherwertige zu ersetzen. The Mansion hatte einst einige der exklusivsten Marken der Welt beherbergt, aber als die Qualität des Hotels im Laufe der Jahre abnahm, wurden auch die Geschäfte weniger luxuriös.

„Wir haben die Möglichkeit, die Mieter vorzeitig auszuzahlen. Haben Sie andere Mieter im Sinn?"

Victor bestätigte Adams Verdacht, indem er die Namen einiger High-End-Marken nannte, was eine Diskussion über die Gesamtstrategie für die Einzelhandelsflächen in Bezug auf die Quadratmeterzahl und die Anzahl der Mieter in Gang setzte.

Victor hatte klare Vorstellungen, wie man die Balance zwischen Exklusivität und Gewinnmaximierung pro Quadratmeter halten konnte, ohne das Kundenerlebnis zu beeinträchtigen, wobei er sich bewusst war, dass nicht nur die Hotelgäste in den Geschäften einkauften, sondern auch die breite Öffentlichkeit.

Je mehr Victor sprach, desto mehr gefiel Adam die Idee, einen Geschäftspartner wie ihn zu haben. Victor war der Typ Mann, der nicht nur das Endergebnis, sondern auch die Erfahrung der Kunden schätzte. Es war kein Wunder, dass Montgomery einen so treuen Kundenstamm hatte.

„Meine Leute nehmen dann Kontakt zu Ihren Leuten auf", sagte Victor, als er und Adam dreißig Minuten später den Besprechungsraum verließen und Adam sich sicher war, dass er die richtige Entscheidung getroffen hatte, allein an der Besprechung teilzunehmen.

Adam bezweifelte, dass das Treffen ebenso verlaufen wäre, wenn er mit einer Armee von Beratern aufgetaucht wäre. Victor schien der altmodische Typ zu sein – jemand, der Geschäfte auf der Grundlage seiner Instinkte machte und dann erst die Unterhändler und Anwälte alle Details ausarbeiten ließ.

„Prima. Ich freue mich darauf, von Ihnen zu hören." Und er würde tun, was er konnte, um den Deal auf seiner Seite voranzubringen. Ein so schnell wie möglich engagierter Hotelbetreiber ließ das Projekt nicht nur legitimer erscheinen, sondern würde auch den Übergangsprozess erleichtern, wenn das Eigentum den Besitzer wechselte.

Als sie in Richtung der Lobby gingen, fiel Adams Blick auf Olivia, die in ihrem Büro saß und den Kopf über ihre Arbeit gebeugt hatte. Der Drang, mit ihr zu sprechen, überraschte ihn. Sie hatten nur kurz im Aufzug miteinander geredet, aber sie hatte einen tiefgehenden Eindruck bei ihm hinterlassen. Er war sich nicht sicher, ob es an ihren direkten Fragen oder an ihrem Interesse für The Mansion gelegen hatte, aber es war ihm leichtgefallen, mit ihr zu reden.

Er lachte leise über sich selbst. Musste er wirklich Ausreden dafür finden, dass er sich einer schönen Frau nähern wollte? Dennoch könnte es merkwürdig aussehen, wenn er zu ihrem Büro marschierte, während ihr Vater ihn zu den Aufzügen führte.

Er würde sie beim nächsten Mal aufsuchen. Ganz sicher.

KAPITEL ZWEI

Es war fast fünf, als Olivia endlich den Weg ins Büro ihres Vaters fand. Sie hatte ihn eigentlich aufsuchen wollen, sobald Adam gegangen war, aber ihr Vater war damit beschäftigt gewesen, ein Team zusammenzustellen, das an dem Angebot für The Mansion arbeitete. Später hatte sie eine Besprechung mit der Personalabteilung gehabt, da sie einen neuen Küchenchef für einen ihrer Franchise-Besitzer suchten.

Trotz ihrer Versuche, ihre Nerven zu beruhigen, konnte sie ihre Aufregung kaum verbergen, als sie sich seiner Tür näherte. Ihr Vorschlag für das Yosemite-Hotel war der Einzige, auf den er jemals mit einer Nachfrage reagiert hatte. Das musste bedeuten, dass er interessiert war, oder?

Paula, die Sekretärin ihres Vaters, hatte bereits Feierabend gemacht, also ging Olivia direkt auf seine offene Tür zu, klopfte aber dennoch an.

„Hallo Liebes", sagte ihr Vater, als sie eintrat. „Wie lief es mit dem Granger?", fragte er und bezog sich auf das

Hotel in Boston, das sie besucht hatte. „Konntest du mit Peters sprechen?"

Larry Peters, der Besitzer des Hotels, hatte sie letzten Monat kontaktieren sollen, damit sie die Pläne für sie dringend benötigten Renovierungen genehmigen lassen konnten. Aber nachdem die Frist verstrichen war und ihre Anrufe bei ihm unbeantwortet geblieben waren, war sie nach Boston geflogen, um zu sehen, ob es Änderungen am Hotel gegeben hatte, sowie um mit ihm persönlich zu sprechen. Da er ihr ausgewichen war, hatte sie den Besuch seines Hauses verschoben und ihn stattdessen auf der Rennstrecke aufgesucht, wo eines seiner Pferde im Derby lief.

„Ja", sagte sie, bevor sie auf einem der Stühle gegenüber dem Schreibtisch ihres Vaters Platz nahm. „Er meinte, dass er mit einem Architekten an den Plänen gearbeitet hätte, aber als ich ihn nach den Ergebnissen gefragt habe, hat er zugegebn, immer noch auf der Suche nach einem Architekturbüro zu sein."

Sie bezweifelte, dass Peters die Renovierung tatsächlich durchziehen würde. Wenn er es ernst meinte, hätte er sie oder jemand anderen bei Montgomery schon vor Monaten um eine Empfehlung bitten können, als sie ihm zum ersten Mal die Pläne mit den Verbesserungen geschickt hatten.

Sie zögerte, bevor sie hinzufügte: „Ich denke, Peters schindet Zeit, während er nach einer anderen Hotelkette sucht, die weniger anspruchsvoll ist." Vermutlich handelte er bereits einen Vertrag mit jemand anderem aus. Er hatte sich nicht besonders für das interessiert, was sie zu sagen hatte.

„Das würde mich nicht wundern. Er hat nie einen Hehl daraus gemacht, dass ihm unsere hohen Ansprüche nicht gefallen."

Obwohl es stimmte, dass Montgomerys höhere Maßstäbe anlegten als die meisten anderen, hatte dies ihnen einen treuen Kundenstamm eingebracht. Die Hotelbesitzer, die sich für Montgomery Hotels als Verwalter entschieden, waren oft von deren Kundenstamm angelockt worden, aber nicht jeder Eigentümer war bereit, in den Unterhalt seines Hotels zu investieren, um den hohen Standards zu genügen und aufrechtzuerhalten. Die Montgomerys verloren nur ungern eines ihrer Hotels, doch das war besser, als unzufriedene Kunden zu haben.

Da in dieser Hinsicht noch keine endgültige Entscheidung getroffen worden war, fuhr sie fort: „Sie haben über ein paar kleinere Punkte des Verbesserungsplans entschieden, einschließlich der Beleuchtung." Sie hielt sich zurück und verzichtete auf die Bemerkung, dass sie dies wahrscheinlich nur getan hätten, um ihre Stromrechnung zu senken. „Ich habe dir meinen Bericht zusätzlich zu Jims altem geschickt, aber ich denke, das drängendste Problem sind die Gästebäder, die eine komplette Sanierung nötig haben." Bedrückt hatte sie feststellen müssen, wie abgenutzt alles ausgesehen hatte. Es gab sogar Risse in einigen der Waschbecken, die sie sich angeschaut hatte. „Der Service war gut, aber manchmal waren sie unterbesetzt. Ich habe mit dem Geschäftsführer darüber gesprochen, und er meinte, dass eine Grippe grassieren würde, die Ausfälle verursacht." Aber die Tatsache, dass Jim, ihr Spezialist für Renovierungen, schon vor drei Monaten während seiner Rezension dasselbe festgestellt hatte, machte die Geschichte wenig glaubwürdig. Und da sich der Besitzer nicht genug um das Hotel kümmerte, um es richtig zu unterhalten, war es nicht allzu weit hergeholt anzunehmen, dass er auch nicht bereit war, ausreichend Personal zu beschäftigen.

Alle Verbesserungen und Personalprobleme wären kein Problem, wenn Montgomery das Hotel sanieren würde. Aber dies war einer ihrer Franchisenehmer. Obwohl alle Verbesserungen dem Wohle des Hotels dienten, gab es Zeiten, zu denen die Besitzer dachten, dass diese unnötig oder einfach zu teuer wären. Schlimmer noch war, dass sie und Jim viel Zeit investiert hatten, Peters die Renovierungen schmackhafter zu machen.

Sie wusste, dass Peters nicht glücklich sein würde, wenn er die Pläne zu Gesicht bekam, also hatten sie den Gedanken an eine umfassende Renovierung, die die vorübergehende Schließung des Hotels erfordert hätte, verworfen und den Verbesserungsplan sogar in zwei Phasen unterteilt – die erste, in der sie sich um Dinge kümmerten, die sofort behoben werden mussten, und die zweite, die sich mit Verbesserungen befasste, die den Aufenthalt der Kunden angenehmer gestalten würden.

Und im Gegenzug hatten sie nichts bekommen. Es war frustrierend, gelinde gesagt, aber sie hielt ihre Emotionen zurück. Ihre Gefühle änderten nichts an der Situation und ihr Vater zog Tatsachen vor.

„Lass mich wissen, falls du Fragen hast, nachdem du den Bericht gelesen hast." Sie war neugierig, was ihr Vater tun würde. In ähnlichen Situationen hatte sie bei ihm schon alles erlebt, angefangen beim Angebot, das Hotel zu kaufen, bis hin zur Aufgabe der Immobilie, und obwohl es nur selten vorkam, dass er ein Hotel aus ihrem Portfolio warf, konnte sie sich durchaus vorstellen, dass es hier der Fall sein könnte. Peters hatte seine Unprofessionalität gezeigt, indem er ihre Anrufe und E-Mails ignorierte. „Aber in der Zwischenzeit möchte ich mein Angebot für Yosemite weiterverfolgen."

„Ach ja", sagte ihr Vater, der sich in seinem Stuhl zurücklehnte. „Ein Luxushotel für Outdoor-Abenteurer."

Sie hatte tatsächlich einen Plan für eine kleine Reihe von Hotels in der Nähe von Nationalparks und anderen Outdoor-Attraktionen. Die Auswahl an Unterkünften rund um die Nationalparks war oft begrenzt und wenn man eine Unterkunft in einem Fünfsternehotel buchen wollte? Das konnte man glatt vergessen.

Sicher, es gab ein paar und einige befanden sich sogar in den Parks selbst, aber sie waren oft mehr als ein Jahr im Voraus ausgebucht. Der diesbezügliche Markt war unterversorgt und sie war der Meinung, Montgomery sei gut genug positioniert, um diese Lücke zu füllen. Es wäre auch eine großartige Möglichkeit, sich bei Menschen bekannt zu machen, die ansonsten nicht eines ihrer Hotels in Erwägung gezogen hätten.

Aber in Bezug auf ihre Standorte müssten sie wählerisch sein. Geschäftskunden machten einen großen Teil von Montgomerys Stammkundschaft aus, und die meisten Standorte, die sie für diese bestimmte Kette in Betracht zog, waren von allen Unternehmenszentralen weit entfernt. Sie wären vollständig auf Urlauber angewiesen.

„Du musst zugeben, dass wir persönlich ein solches Hotel schon ein- oder zweimal hätten gebrauchen können", sagte sie. Aufgrund des vollen Terminkalenders ihres Vaters planten sie selten Familienurlaube im Voraus. Und wenn sie endlich bereit waren, eine Reservierung vorzunehmen, waren die Hotels oft ausgebucht.

Die Tatsache, dass Dad peinlichst darauf bedacht war, nie im Hotel eines Konkurrenten zu übernachten, machte es auch nicht gerade besser und da er fast alle als Konkurrenten betrachtete, war ihre Auswahl erheblich eingeschränkt. Außer in Montgomery-Immobilien war er in der Regel nur bereit, in unabhängigen Hotels zu übernachten, die keiner Kette angehörten.

Und wenn die Hotels ausgebucht waren, was fast immer der Fall war, mieteten sie in der Regel ein Haus oder eine Hütte. Obwohl Dad leicht einen Gefallen hätte einfordern oder jemanden bezahlen können, um ein Zimmer zu bekommen, tat er es nicht. Als Hotelier, der den Kunden immer an die erste Stelle setzte, hielt er Reservierungen für heilig – auch wenn es nicht sein eigenes Hotel betraf.

„Du glaubst, du bist für etwas so Großes bereit?", fragte er.

„Ja." Sie freute sich nicht nur darauf zu beweisen, dass sie in der Lage war, große Projekte wie dieses zu bewältigen, sie wollte außerdem auch von ihrer Rolle als Relations-Managerin befreit werden. Er hatte ihr die Position zugewiesen, als sie bei Montgomery angefangen hatte, und behauptet, dass dies der beste Weg wäre, um mehr über die geschäftliche Seite des Unternehmens zu erfahren. Und obwohl es stimmte, dass sie in den vier Jahren in ihrer Position viel gelernt hatte, wollte sie mehr tun.

Dad schien eine Sekunde darüber nachzudenken, bevor er nickte. „Gut. Dann möchte ich, dass du das Projekt The Mansion übernimmst." Er wedelte mit der Hand. „Ich gehe davon aus, dass du gehört hast, dass der zukünftige Besitzer von The Mansion auf uns zugekommen ist?"

„Ja. Ich habe Adam heute Morgen im Aufzug getroffen. Warte – bedeutet das, dass wir es bekommen haben?"

Sie freute sich beim Gedanken daran, dass das Hotel ihres Großvaters wieder in die Hände der Familie kam, bis sie sich daran erinnerte, wie sehr Adam es verändern wollte. Er hatte gesagt, er wolle es entkernen. Das konnte sie dem Hotel ihres Großvaters nicht antun. Wie konnte ihr Vater das überhaupt von ihr erwarten? Er wusste, was The Mansion ihr bedeutete.

„Naja. Noch nicht ganz. Das Team erarbeitet gerade ein Angebot, aber ich gehe davon aus, dass wir einen 50-prozentigen Anteil am Hotel übernehmen werden. Wenn der Deal unter Dach und Fach ist, möchte ich, dass du das Projekt leitest." Er sah sie ernst an. „Ich weiß, wie sehr du dir wünschst, The Mansion im Andenken an Grandpa wiederaufzubauen, aber ich möchte nichts mehr von diesem verrückten Gerede über die Wiederherstellung des Hotels in seinem ‚ursprünglichen Glanz' hören. Es ist pompös, kitschig und veraltet. Du würdest das auch merken, wenn du es dir einmal unvoreingenommen anschauen würdest."

Sie straffte die Schultern. Sie hatte ihren Vater noch nie

so über das Hotel reden hören und ihre Begeisterung erhielt einen weiteren Dämpfer. Sie wollte The Mansion schon lange für ihre Familie zurückbekommen, aber nicht auf diese Weise. Sie konnte nicht zerstören, was ihr Großvater aufgebaut hatte.

„Wenn es so schlimm ist, warum willst du es dann?"

Im Unterschied zu den Zimmern, die, wie sie selbst zugeben musste, veraltet und ein bisschen protzig waren, hatten die Gemeinschaftsräume des Hotels nicht mehr als eine leichte Restaurierung nötig, um die Schönheit zu betonen, die bereits vorhanden war – und keine vollständige Entkernung oder was auch immer Adam im Sinn hatte. Bei dem Gedanken an The Mansion ohne seinen wunderschönen Ballsaal und seine schöne Teestube lief es ihr eiskalt den Rücken hinunter. Nein. Das konnte sie nicht zulassen.

Dad lachte. „Weil ich es auf jeden Fall haben will. Es war das erste Hotel deines Großvaters – das, auf dem wir Montgomery aufgebaut haben. Kannst du dir vorstellen, was es uns bedeutet, es zurückzubekommen?"

Sie blinzelte überrascht. Nachdem er ihren Vorschlag abgelehnt hatte, hatte sie gedacht, er wäre gar nicht interessiert daran, das Hotel wiederzuerwerben. Stattdessen war es ihre Vision gewesen, die ihm nicht gefallen hatte, was nichts Gutes für ihren Plan verhieß, auf einen Restaurierungsarchitekten zu drängen. Dennoch beabsichtigte sie, eine kleine Liste möglicher Firmen zusammenzustellen, mit denen sie sich in Verbindung setzen konnte, sobald der Deal abgeschlossen war. Adam Optionen und Ideen aufzuzeigen, wie man die

Grundstruktur von The Mansion retten konnte, könnte der Schlüssel sein, um seine Pläne zu stoppen, das Hotel zu entkernen.

„Bist du sicher, dass du dich auf eine Partnerschaft mit Adam einlassen willst?", fragte sie. Da sie ihr früheres Hotel in Manhattan aufgrund skrupelloser Geschäftspartner verloren hatten, konnte sie sich nicht vorstellen, dass ihr Vater in eine neue Partnerschaft einsteigen wollte – vor allem nicht in New York. Wenn es wieder schiefginge, wäre das Hotel eine ständige Erinnerung an die schlechte Partnerschaft, wann immer sie daran vorbeifuhren.

„Er ist fest entschlossen, zumindest einen Teil als Eigentum zu behalten." Dad zuckte mit den Schultern. „Außerdem scheint er ein anständiger Kerl zu sein."

Sie bemühte sich, nicht die Augen zu verdrehen. Wie immer zog Dad es vor, seine Entscheidungen aufgrund seiner Intuition und seines Bauchgefühls zu treffen, wenn es um den Charakter einer Person ging, während er es anderen überließ, die Einzelheiten auszuarbeiten. Obwohl es eine verrückte Art schien, Geschäfte zu machen, hatte sie sich bisher immer ausgezahlt.

„Aber was ist mit meinem Vorschlag?" Sie sah die Sache als so gut wie erledigt an.

„Warum warten wir nicht ab, wie es mit The Mansion weitergeht, und überdenken deinen Vorschlag zu Beginn des Jahres noch einmal?"

Sie spürte einen Stich der Enttäuschung, obwohl sie wusste, dass es ein mehr als vernünftiger Vorschlag war. Sicher, sie war schon einmal für Renovierungen zuständig gewesen, aber sie war noch nie allein für ein Projekt dieser Größenordnung verantwortlich gewesen – von der Renovierung bis zur Übergabe von Management und Betrieb. In der Tat wäre die Übernahme des Mansion-Projekts ein Schritt nach oben für sie. Er wäre nicht so groß, wie es ihr Yosemite-Projekt gewesen wäre, aber es war ein Anfang.

Doch nachdem er ihren Yosemite-Vorschlag nicht sofort abgelehnt hatte, betrachtete sie das als Zeichen dafür, dass er ihn akzeptieren würde. Sie hatte sich Hoffnungen gemacht und schon darüber nachgedacht, was danach kommen würde. Eine weitere Renovierung für einen ihrer Franchisenehmer zu übernehmen – auch wenn es für das Hotel ihres Großvaters war –, fühlte sich an, als würde sie einen Schritt zurück gehen.

„Was hättest du getan, wenn Adam nicht auf uns zugekommen wäre?", fragte sie.

„Ich hätte dich für ein anderes Hotel verantwortlich gemacht." Dad zuckte mit den Schultern. „Ich habe bereits darüber nachgedacht, The Granger von Peters zu kaufen, wenn er weiter wegen der Renovierungen auf stur schaltet. Ich könnte es immer noch tun."

Sie sollte begeistert sein, dass er ihr die Chance gab, sich bei einem so großen Unterfangen zu beweisen. Stattdessen dachte sie unwillkürlich, dass der Grund, warum er sie einer solchen Prüfung unterzog, darin lag, was mit Whitcombe geschehen war, ihrem Hotel in Manhattan.

Etwa ein Jahr, nachdem sie Montgomery beigetreten war, hatte ihr Partner bei Whitcombe begonnen, sich über die hohen Betriebskosten zu beschweren, und den Betreiber wechseln wollen. Zu dieser Zeit hatte Montgomery eine Liste von zugelassenen Betreibern, die für die Verwaltung der Hotels der Marke Montgomery infrage kamen, daher hatte sie dem Wechsel zugestimmt, ohne ihren Vater zu konsultieren. Es schien die Zeit und Mühe nicht wert, mit Gen Capital über die Kosten zu streiten, und naiv, wie sie war, hatte sie gedacht, sie würden wieder zur Besinnung kommen, sobald sie sahen, dass Montgomerys Ausgaben gerechtfertigt waren.

Doch kaum ein Jahr später entdeckte ihr interner Prüfer, dass Gen Capital mit dem Betreiber abgesprochen hatte, die Bücher zu manipulieren und die Gewinne niedriger erscheinen zu lassen, als sie es tatsächlich gewesen waren, während sie die Differenz in ihre eigene Tasche gesteckt hatten.

Dad hatte ihren verbleibenden Anteil am Hotel an Gen Capital verkauft, nachdem er es herausgefunden hatte. Höchstwahrscheinlich hatte Stress den Herzinfarkt ihres Vaters verursacht, und daher entschieden er und Mom, dass es sich nicht lohnte zu kämpfen, um die Verluste und die veruntreuten Gewinne wieder hereinzuholen.

Und obwohl Montgomery Geld verdient hatte, hatte das Ergebnis wehgetan – nicht nur, weil sie ihren Anteil für weniger verkauft hatten, als er wert gewesen war, sondern weil sie zuvor so viel in das Objekt investiert hatten. Himmel, Olivia und ihr Bruder waren praktisch im Whitcombe aufgewachsen. Sie hatten sich dort fast jeden Tag nach der Schule aufgehalten und alle möglichen Arbeiten erledigt. Und obwohl sie ihre Pflichten meist gehasst hatte, schien es ihr undenkbar, dass das Hotel nicht mehr zum Besitz der Montgomery-Familie gehörte.

Olivia wusste, dass die Entscheidung ihres Vaters zu verkaufen, weniger mit mangelndem Vertrauen in ihre Fähigkeiten zu tun gehabt hatte, als vielmehr damit, Stress zu vermeiden. Er hatte ihr einfach nicht zugetraut, damit fertigzuwerden. Sie hatte keinen Zweifel, dass Dad sich entschieden hätte zu kämpfen, wenn sein langjähriger, vertrauter Berater Gene Cunningham nicht in Rente gegangen und stattdessen immer noch im Unternehmen tätig gewesen wäre. Dad war immer der Typ gewesen, der keine Kompromisse einging, wenn es ums Geschäft ging, und auf diese Weise war Montgomery in so kurzer Zeit so schnell gewachsen.

Aber er hatte sich nicht nur entschieden, nicht zu kämpfen, sondern er hatte es auch aufgegeben, ihre Marke für neue Hotels zu lizenzieren, wenn sie diese nicht auch verwalteten. Es sei der sicherste Weg, die Qualität zu kontrollieren, hatte er gesagt.

Dad hatte ihr versichert, dass sie das Richtige getan hatte, aber sie war nicht davon überzeugt gewesen und hatte seitdem versucht, ihren Fehler wiedergutzumachen.

„In Ordnung", sagte sie vorsichtig. Sie würde bei dieser Aufgabe ihr Bestes geben und beweisen, dass sie in der Lage war, ihren Yosemite-Plan in die Tat umzusetzen. Darüber hinaus wäre sie als Leiterin des The Mansion-Projekts für die Renovierungen verantwortlich und somit in der Lage, das Vermächtnis ihres Großvaters so gut wie möglich zu bewahren.

„Also, was hältst du von Adam?", fragte ihr Vater.

Ihre Wangen wurden rot, als sie sich an Adams Lächeln erinnerte. Es schien, als hätte nicht nur Carol eine Schwäche für hübsche Gesichter. So sehr Olivia es hasste, dass er das Hotel ihres Großvaters so drastisch verändern wollte, konnte sie nicht leugnen, dass er etwas unbestreitbar Erotisches an sich hatte. Und die Tatsache, dass er sich entschieden hatte, Bauunternehmer zu werden, anstatt sich nur auf das Geld seiner Familie zu verlassen, sprach für seinen Charakter.

„Er scheint ein anständiger Typ zu sein. Ich hatte keine Chance, mich wirklich mit ihm zu unterhalten."

„Ich glaube, er ist Single", sagte Dad, und sie stöhnte.

„Dad, du weißt, dass ich jetzt nicht an einer festen Beziehung interessiert bin." Sie hatte ohnehin schon kaum Zeit für sich selbst. Wenn sie sich nicht um irgendwelche Krisen kümmern musste, arbeitete sie an ihren Ideen. Ihr Vater würde irgendwann eine davon genehmigen, und wenn er es tat, konnte sie keine Ablenkungen gebrauchen, ob romantisch oder anderer Art. Das konnte sie sich einfach nicht leisten.

Es war verrückt. Ihr Vater hatte keinen ihrer Freunde je gemocht. Er schien der Meinung zu sein, dass kein Mensch jemals gut genug für seine einzige Tochter wäre. Aber jetzt, da sie älter war, warf er ihr praktisch jeden beliebigen Mann an den Hals. Manchmal fragte er sie sogar nach William Yates, mit dem sie auf der High School und am College gewesen war. Dad hatte damals kein Geheimnis aus seinem Unmut darüber gemacht, dass sie und William zusammen waren, aber jetzt, da sie sich getrennt hatten, tat Dad oft so, als wäre William der richtige Schwiegersohn für sie.

„Naja, ich hatte gehofft, dass du deine Meinung geändert hast. Wie wäre es mit Mark Callahans Sohn? Er ist vor Kurzem aus Singapur zurückgekommen."

„Dad!"

„Ich weiß. Ich weiß", sagte er und hob seine Hände. „Keine persönlichen Gespräche im Büro. Aber sei gewarnt, deine Mutter und ich werden nicht nachgeben."

Lächelnd schüttelte sie den Kopf, als sie aufstand. Ihre Eltern waren unverbesserlich, besonders wenn es darum ging, ihre Tochter unter die Haube zu bringen. Sie wollten unbedingt Enkelkinder. Und obwohl sie eines Tages auch Kinder wollte, wollte sie zuerst eine Karriere aufbauen, auf die sie stolz sein konnte. Oft fühlte sie sich, als würde sie nur den guten Willen ihrer Eltern ausnutzen.

„Ich denke, mit Robbie wirst du mehr Glück haben", sagte sie, und Dad schnaubte. Ihr Bruder war ein stolzer Junggeselle, aber da er drei Jahre älter war als sie, war sie der Meinung, er sollte derjenige sein, der die Verantwortung übernahm, ihren Eltern Enkelkinder zu schenken. „Und vielen Dank für die Chance." Sie hatte zwar nicht bekommen, was sie wollte, aber sie verstand, dass sie sich zuerst beweisen musste.

„Lass mich nicht im Stich, Liebes", sagte er, als sie die Tür erreichte.

„Das werde ich nicht."

✳ ✳ ✳

Adams Handy klingelte, als er später in dieser Woche seine Wohnung betrat. Er blickte auf das Display und sah Jake Hallidays Namen. Sie hatten gestern den Verkauf von The Mansion abgeschlossen, und Adam nahm an, dass der Hedgefonds-Manager anrief, um etwas wie „Es war ein Vergnügen, mit dir zu arbeiten" zu sagen.

„Guten Abend, Jake. Willst du mir noch ein Hotel aufschwatzen?", scherzte Adam, während er seine Aktentasche auf den Couchtisch legte. Er hatte Jake letztes Jahr auf einer Party kennengelernt und war überrascht gewesen, als der Mann angerufen und gefragt hatte, ob Adam daran interessiert wäre, The Mansion zu kaufen. Jake hatte schnell liquide sein müssen und den Erlös aus dem Verkauf des Hotels zur Tilgung eines Teils einer Schuld genutzt.

Zu dieser Zeit hatte Adam schon darüber nachgedacht, in irgendeiner Weise in den New Yorker Markt einzusteigen, aber die hohen Immobilienpreise hatten ihn immer davon abgehalten. Obwohl diese in New York viel stärker stiegen als in Texas, war es dennoch keine einfache Entscheidung gewesen.

Vierhundert Millionen in New York waren nichts im Vergleich zu dem, was man mit vierhundert Millionen in Texas kaufen konnte. Aber er erkannte ein gutes Geschäft, wenn er eines sah, und The Mansion war definitiv genau das.

„Ha. Nein. Ich wollte dich nur wissen lassen, dass Gerüchte kursieren, dass du zahlungsunfähig bist."

Adam runzelte die Stirn. „Du weißt, dass das nicht stimmt." Wenn es so wäre, wäre er nicht in der Lage gewesen, einen Kredit aufzunehmen, um den Hotelkauf zu finanzieren, und sie hätten den Deal nicht so schnell unter Dach und Fach bringen können.

„Ich weiß – ich habe meine eigenen Nachforschungen angestellt. Aber ich dachte, du solltest wissen, was die Leute reden."

„Hast du noch etwas anderes gehört?"

Es entstand eine Pause, bevor Jake antwortete: „Nur dass deine Geschäfte in Texas nicht so gut laufen. Viele offene Stellen, Verzögerungen … So etwas in der Art."

Das stimmte auch nicht und konnte leicht überprüft werden, indem man eine seiner Baustellen besuchte. Instinktiv wusste er, woher diese Gerüchte stammten: von seinen Eltern. Sie verbreiteten immer negative Dinge über ihn und machten ihn zu dem schwarzen Schaf der Familie, aber dies war das erste Mal, dass sie versuchten, eines seiner Geschäfte zu ruinieren.

Ein Teil von ihm konnte nicht glauben, dass sie so tief sinken würden, aber er hätte damit rechnen sollen. Nach all den Jahren, in denen sie ihn vor jedem, der es hören wollte, schlecht gemacht hatten, musste sein anhaltender Erfolg sie und ihre Entscheidung, sich von ihm zu distanzieren, zwangsläufig schlecht aussehen lassen. Doch anstatt ihre Fehler einzugestehen, hatten sie sich entschieden, seinen Namen weiterhin durch den Dreck zu ziehen. Er wusste nicht, warum er überrascht war. Er wusste nur zu gut, wozu sie fähig waren.

„In Ordnung. Vielen Dank, dass du mich darüber informiert hast." Er kannte Jake nicht so gut, aber er hatte nichts dagegen, den Kerl besser kennenzulernen. Gemessen an ihren Geschäften bezüglich The Mansion und an diesem Anruf schien Jake eine ehrliche Haut zu sein, was eine angenehme Überraschung war. Es gab nicht viele Leute wie ihn in der Geschäftswelt.

„Natürlich. Wie läuft es mit The Mansion?"

Adam seufzte. „Wir arbeiten noch daran." Die Verhandlungen mit Montgomery Hotels gingen nicht so schnell voran, wie er es sich erhofft hatte. Victor hatte ihm erneut angeboten, das ganze Hotel zu kaufen.

Victor hatte einen fairen Preis angeboten, einen, der Adam einen ordentlichen Gewinn beschert hätte, aber wie Adam bereits erklärt hatte, war er nicht interessiert. Er wollte dieses Projekt durchziehen und jetzt, da seine Eltern davon wussten, wollte er das Hotel und das Prestige, das damit einherging, noch mehr. Er würde dafür sorgen, dass sie ihre Worte zurücknehmen mussten und bereuen würden, was sie ihm angetan hatten. Und das konnte er nur mit The Mansion erreichen.

Adam hatte sich gestern endlich vorläufig mit Montgomery geeinigt. Sie arbeiteten noch an verschiedensten Details und Bedingungen, aber er erwartete, dass der Vertrag schon bald unter Dach und Fach sein würde.

„Wie läuft es bei dir?", fragte er Jake. Angesichts all der Sorgfalt und der erforderlichen Inspektionen, um den Vertrag für The Mansion abzuschließen, waren die letzten Wochen unglaublich hektisch für Adam gewesen. Doch wenn er bedachte, dass Jake mit Quinley den Verkauf mehrerer Immobilien und Unternehmen ausarbeitete, konnte sich Adam Jakes Arbeitspensum nicht einmal vorstellen.

Jake lachte. „Ich wünschte, mit jedem könnte man sich so leicht einigen wie mit dir. Mir gehört jetzt Gerard, weil ein Käufer abgesprungen ist."

„Ich bin sicher, dass du einen anderen Käufer dafür finden wirst." Gerard war eine bekannte Schokoladenkette mit Geschäften auf der ganzen Welt. Seine Schwester war einer ihrer größten Fans. Er konnte sich nicht vorstellen, dass Jake es schwer haben würde, einen Käufer dafür zu finden.

„Du bist nicht zufällig daran interessiert, oder?"

Adam lachte. „Danke, dass du an mich gedacht hast, aber ich muss mich jetzt auf The Mansion konzentrieren." Vor allem jetzt, da seine Eltern davon wussten, durfte er auf keinen Fall scheitern. Das konnte er sich nicht leisten.

„Es war einen Versuch wert. Lass mich wissen, wenn du deine Meinung änderst."

Nachdem sie übereingekommen waren, sich zum Mittagessen zu treffen, wenn sich die Dinge beruhigt hatten, beendete Adam das Gespräch und zerbrach sich den Kopf über die Gerüchte. Dahinter steckten mit Sicherheit seine Eltern.

Sicher, er war nicht wirklich dafür bekannt, ein einfacher Geschäftspartner zu sein. Aber er hatte nie jemanden betrogen. Er sorgte immer dafür, dass seine Geschäfte für alle Beteiligten fair waren. Die einzigen Leute, die ein Problem mit ihm hatten, waren offen gesagt seine Eltern. Sie hatten erwartet, dass er nach Hause gekrochen kommen würde, nachdem er seinen Treuhandfonds verbraten hatte. Stattdessen hatte er diesen Treuhandfonds zu einem kleinen Imperium heranwachsen lassen.

Die Verbreitung von Gerüchten über ihn war wahrscheinlich ihre Art, ihn dazu zu bringen, auf sie zuzugehen, damit er wieder nach ihrer Pfeife tanzte. Aber er weigerte sich, ihnen diese Genugtuung zu geben. Er würde Erfolg haben und ihn seinen Eltern unter die Nase reiben!

KAPITEL DREI

„Es ist wirklich eine Schönheit, nicht wahr?", sagte Ricky Devine, als er und Adam sich The Mansion näherten.

„Das ist es", stimmte Adam seinem Stellvertreter zu. Das historische Hotel war ein unvergesslicher Anblick und prangte inmitten der atemberaubenden Skyline von Manhattan. Obwohl es nicht so hoch wie einige der benachbarten Gebäude war, untermauerten sein Design und die sorgfältige Verarbeitung der Materialien seine Position als eines der markantesten Gebäude der Stadt. Und je genauer man hinsah, desto auffälliger wurde es. Tagsüber, wie jetzt, konnte man alle Details erkennen, die das Gebäude schmückten – gotische Brüstungen, fischgrätenartiges Mauerwerk, verzierte Bronzefensterrahmen …

Dieses Gebäude rangierte in einer viel höheren Klasse als die Hotels, die er in der Vergangenheit renoviert hatte, und das zeugte davon, wie weit er in seiner Karriere gekommen war. Er hatte mit der Entwicklung einer kleinen

Ladenzeile mit nur fünf Geschäften angefangen und jetzt war er so weit gekommen.

Es kam ihm manchmal immer noch verrückt vor. Nachdem er sich aus dem Griff seiner Eltern befreit hatte, hatte er nach einem Weg gesucht, Geld zu verdienen, um nie wieder von jemandem abhängig zu sein. Und nun war er auf dem Weg, ein Imperium zu schaffen, das bald so groß sein würde wie ihres. Die Tatsache, dass er seines von Grund auf neu aufgebaut hatte – anstatt es zu erben –, machte es noch unendlich befriedigender.

Der Türsteher öffnete ihnen die Tür, und sie betraten das warme Foyer. Wie immer überwältigte ihn das pompöse Dekor. Selbst nach all seinen Besuchen im The Mansion konnte er sich nicht an das auffällige, überbordende Interieur gewöhnen, nachdem er die dezente Schönheit der Fassade gewürdigt hatte. Er konnte es kaum erwarten, mit der Neugestaltung anzufangen, um diesen Makel zu beseitigen.

Als er den Empfangsbereich überblickte, blieb sein Blick an Olivia hängen, die ein hellgrünes Kleid trug, das ihre gebräunten Beine zeigte. Er brachte sich in Erinnerung, dass sie seine Geschäftspartnerin war, zwang sich, den Blick zu heben, und sah, dass sie an der Rezeption mit einer großen blonden Frau sprach. Er ging auf sie zu und Olivia sah ihm mit einem Lächeln auf ihren schönen Lippen entgegen.

„Danke, dass Sie gekommen sind", sagte sie, als sie ihm auf halbem Weg entgegenkam und dann fest seine Hand schüttelte.

„Das ist doch selbstverständlich." Sie hatte ihm bereits eine lange Liste von Verbesserungen geschickt, die das

Hotel benötigte, aber sie wollte auch einen Rundgang machen, um sicherzustellen, dass sie sich einig waren, bevor sie sich an Architekturbüros wendete, um Vorschläge einzuholen.

Er gab unumwunden zu, dass er nicht besonders begeistert war, als Olivia als Projektleiterin für The Mansion eingesetzt worden war. Obwohl er es genossen hatte, mit ihr zu sprechen, als sie sich das erste Mal getroffen hatten, vermutete er, dass ihr Vater ihr den Job aus reiner Vetternwirtschaft heraus gegeben hatte. Und seine Online-Recherchen über sie hatten seine Sorgen lediglich verstärkt. Sie hatte absolut keine beruflichen Qualifikationen oder Leistungen bei Montgomery oder einem ihrer Geschäftspartner vorzuweisen. Alles, was er gefunden hatte, waren Bilder von ihr bei Wohltätigkeitsveranstaltungen und Partys. Er war bereit gewesen, Victor zu bitten, Olivia durch jemanden zu ersetzen, der tatsächlich in der Lage war, das Projekt zu leiten, aber nach ein paar E-Mails, die er mit ihr gewechselt hatte, hatte er erkannt, dass er nichts zu befürchten hatte. Das war kein symbolischer Job für sie. Sie wusste, was sie tat, und arbeitete effizient.

„Das ist Ricky Devine", sagte er, als er sie einander vorstellte.

Olivia strahlte, als sie Ricky die Hand schüttelte. „Hallo, Ricky. Es ist schön, Sie endlich persönlich kennenzulernen."

Adam war irritiert, wie lebhaft sie plötzlich geworden war. Warum hatte sie sich ihm gegenüber nicht genauso verhalten? Er erinnerte sich verspätet daran, dass die beiden ein paar E-Mails über The Mansion ausgetauscht haben mussten, da er Ricky die Leitung des Projekts übertragen hatte. Es war wohl nur natürlich, sich zu freuen, endlich die Person zu treffen, mit der man während der Renovierungen eng zusammenarbeiten würde.

Der Gedanke daran, dass die beiden viel miteinander zu tun haben würden, beunruhigte ihn, und er erstarrte. Woher kam diese plötzliche Eifersucht? Sicher, er hätte sie angesprochen, wenn er sie auf einer Party getroffen hätte, aber da sie Geschäftspartner waren, war das ein No-Go. Er wusste, dass man Arbeit und Vergnügen getrennt halten sollte, und war sich ziemlich sicher, dass Ricky dies ebenso sah.

Warum also hätte er Ricky am liebsten aufgefordert, ihre Hand loszulassen? Sein Schlafmangel schien sich bemerkbar zu machen, und er gelobte stillschweigend, mehr von seinem Arbeitspensum an andere zu delegieren.

„Ich freue mich auch, Sie endlich kennenzulernen", sagte Ricky und gab schließlich ihre Hand frei.

Olivia stellte dann Natalie McCombs vor, die als Qualitätsprüferin für Montgomery arbeitete. Nachdem Adam und Ricky Natalie die Hand geschüttelt hatten, nickte Olivia ihnen zu. „Wollen wir unten beginnen und dann nach oben gehen?"

„Gern", sagte er.

„Konnten Sie sich die Portfolios der beiden Architekturbüros anzusehen, die ich Ihnen geschickt habe?", fragte sie auf dem Weg zum Aufzug.

„Ja. Mir gefällt Axe mehr, aber ich bin mit beiden einverstanden." Beide Firmen hatten bisher wunderbare Arbeit im Bereich Modernisierung historischer Gebäude geleistet.

„Prima", sagte sie, als sie einen der Aufzüge betraten. „Wir haben bereits alle vorhandenen Bauzeichnungen und die Konstruktionsberichte sind fertig, daher müssen wir nur noch das hinzufügen, worüber wir heute sprechen, bevor wir uns an einen Architekten wenden."

Der Aufzug schloss sich und er merkte, dass sie Parfüm trug. Es war ein leichter, blumiger Duft, der herrlich süß roch. Oder vielleicht war es ihr Shampoo? Er widersetzte sich dem Drang, sich nach vorn zu beugen und es herauszufinden.

„Wie sieht es mit der Liste der Verbesserungen aus? Gibt es etwas, was Sie noch hinzufügen wollen?", fragte sie, und er musste sich zwingen, sich daran zu erinnern, wovon sie sprachen.

„Ich habe mich gefragt, warum Sie das Fitnessstudio verlegen wollen." Sie wollte es aus dem Keller in eines der obersten Stockwerke verlegen, was völlig unnötig erschien, vor allem, da es dadurch kleiner würde. Sicher, der Raum könnte ein Facelift und neue Geräte vertragen, aber der aktuelle Standort war in Ordnung.

„Ich möchte unseren Kunden einen anderen Ausblick als den Fernseher oder die Spiegel bieten, während sie trainieren. Ich gebe zu, im Obergeschoss haben wir nicht so viel Platz, aber zweitausend Quadratmeter sollten mehr als genug für ein Hotel unserer Größe sein. Außerdem könnten wir den aktuellen Fitnessbereich nutzen, um das Spa zu erweitern und einen größeren Computerraum für alle neuen Server zur Verfügung zu stellen, die wir einsetzen werden." Die Aufzugtüren öffneten sich, und sie trat heraus. „Der bestehende Computerraum ist etwas zu klein und wird zu heiß, und wir könnten den zusätzlichen Raum als Büroraum nutzen."

Adam wusste, dass sie sämtliche Systeme aufrüsten würden, von den Konferenzräumen bis zu den Aufzügen.

„Sie haben in Ihrer E-Mail eine Software erwähnt, die die Backoffice-Prozesse automatisieren würde", sagte Ricky. „Können Sie näher darauf eingehen?"

Olivia nickte und begann ihnen zu erläutern, dass ihre proprietäre Buchhaltungssoftware über ein integriertes Kundenmanagementmodul verfügte, das es ihr ermöglichte, alles von der Abstimmung ihrer Buchhaltung bis hin zur Zuweisung von Gästezimmern auf der Grundlage der Kundenpräferenzen zu erledigen.

Es war ein robusteres System als das, was Adam in seinen Hotels verwendete, aber noch wichtiger war, dass Montgomery es nicht als Mittel zur Reduzierung des Kundenkontakts benutzte. Und er erkannte, dass es nicht nur das Design und die Annehmlichkeiten waren, die ein Hotel der Montgomery-Kette von den anderen abhoben; es war auch der Kundenservice. Himmel, sogar Montgomerys Bereitschaft, sich die Zeit zu nehmen, durch jedes der Zimmer zu gehen, um sicherzustellen, dass alle mit den Veränderungen einverstanden waren, zeigte, wie viel ihr an seiner Meinung und Zufriedenheit lag. Vielleicht lag es daran, dass er normalerweise Hotels von Grund auf neu baute, aber Stone House, der Betreiber seiner anderen Hotels, hatte das noch nie getan. Sie hatten ihm lediglich die Spezifikationen überreicht und ihn an die richtigen Leute verwiesen.

Als er sah, wie sehr sich Montgomery ins Zeug legte,

wusste er, dass es richtig gewesen war, sich zu einer Zusammenarbeit mit ihnen zu entschließen. Sie würden die richtigen Entscheidungen für The Mansion treffen.

* * *

„Und ersetzt das goldene Geländer durch ein gläsernes", sagte Adam, als er das hohe Atrium betrachtete.

Olivia stöhnte innerlich, als Ricky das Geländer eifrig zu Adams ständig wachsender Liste von Forderungen hinzufügte. Dieser Rundgang lief nicht wie geplant.

Naiv wie sie war, hatte sie angenommen, sie könnte Adam durch jedes der Zimmer führen und ihn so dazu bringen, die Schönheit und den einzigartigen Charme von The Mansion schätzen zu lernen, sodass er daraufhin seine Pläne für eine umfassende Renovierung überdenken würde. Stattdessen schien er es aufregend zu finden, sich all die verschiedenen Möglichkeiten vorzustellen, wie sie das Hotel modernisieren könnten.

Olivia dachte an Adams Vorschlag und betrachtete das goldene Geländer. Sie liebte die zarten Blumendesigns und war der Meinung, sie wären ein lustiges, unbeschwertes Element, das wunderbar zu dem düsteren Marmorboden passte. Wenn es nach ihr ginge, würde das Geländer so bleiben und das restliche Design entsprechend angepasst werden.

Es ist pompös, kitschig und veraltet.

Die Worte ihres Vaters hallten in ihrem Ohr wider, und sie fragte sich unwillkürlich, ob sie sich tatsächlich an eine idealisierte Erinnerung klammerte.

Sie blickte auf und stellte sich vor, wie ein Glasgeländer aussehen würde – zuerst als jemand, der von der Hauptetage der Lobby nach oben blickte, und dann als jemand, der von einem der oberen Stockwerke herabschaute. Dann versuchte sie sich vorzustellen, wie die verschiedenen Teile zusammenfließen könnten.

„Ich bin mir nicht sicher, ob Glas mit dem aktuellen Design vereinbar ist", sagte sie schließlich. Obwohl es zur Buntglasdecke besser passen würde als die vorhandenen Metallgeländer, bildeten die einzelnen Komponenten einfach kein schönes Ganzes. „Aber ich denke, es könnte auf jeden Fall funktionieren, wenn wir das gesamte Atrium mit modernen Lichtern, neuen Böden und einer anderen Farbpalette gestalten würden ... Das Design würde zwar nicht zur Teestube passen, aber es würde gut mit den Geschäften harmonieren."

„Ich glaube nicht, dass wir das aktuelle Design der Teestube berücksichtigen müssen", sagte Adam, der sich bereits auf den besagten Raum zubewegte und an der Schwelle stehen blieb, um sich darin umzuschauen. „Ich denke, das hier wird mit Lederstühlen und holzgetäfelten Wänden besser aussehen."

Nein, nicht die Teestube.

Sicher, die meisten Teestuben waren in ähnlicher Weise eingerichtet, aber die geschäftsähnliche Atmosphäre jener Räume erinnerte sie immer mehr an einen Sitzungssaal als an ein elegantes Restaurant, in dem man eine leichte Mahlzeit genießen konnte.

Sie konnte sich noch an das erste Mal erinnern, als ihre Großeltern sie mit sieben Jahren zum Tee mitgenommen hatten. Sie war von den Kronleuchtern und den Buntglasfenstern, den ausgefallenen Polstern und dem hübschen Geschirr ganz verzaubert gewesen. The Mansion schien wie ein Märchenschloss und die Teestube ein Prinzessinnenzimmer. Ihre Großeltern hatten sie für den Besuch sogar als Prinzessin verkleidet.

Es war Grandpa gleichgültig gewesen, dass er The Mansion nicht mehr besaß und dass seiner Firma ein konkurrierendes Hotel um die Ecke gehörte. In seinem Kopf hatte es immer ihm gehört, da er nicht nur das Hotel erbaut hatte, sondern praktisch in dem Gebäude aufgewachsen war, als es die Bank der Familie beherbergte.

Leider hatte Dad von den Besuchen erfahren und hatte weitere untersagt. Wenn sie nicht gerade eine Party besuchten oder erwogen, ein bestimmtes Hotel zu verwalten oder zu kaufen, war Dad strikt dagegen, dass Familienmitglieder in einem der Hotels ihrer Konkurrenten gesehen wurden. Man wusste nie, wann man fotografiert wurde, und er wollte niemandem die Möglichkeit geben, sein Geschäft anzugreifen.

Sie hatte nicht wirklich verstanden, was damals geschehen war, und war am Boden zerstört gewesen, als sie herausfand, dass sie nicht mehr in das schöne Schloss gehen konnte. Um es wiedergutzumachen, hatte Grandpa für sie ein Puppenhaus auf der Grundlage von The Mansion anfertigen lassen. Es besaß die Lobby mit ihrer hohen Decke, den Ballsaal mit seinen schönen Bögen und Säulen und ein paar Gästezimmer, in denen sie ihre Puppen nur allzu gerne ins Bett brachte.

„Gibt es etwas an dem Raum, dass Sie so lassen

möchten?", fragte sie und widerstand dem Drang, darauf hinzuweisen, wie unpersönlich die Teestube aussehen würde, wenn sie seine Vorschläge umsetzen würde. Warum sollten sie eine Version von dem haben, was alle hatten, wenn sie diesen einzigartigen Raum haben konnten? Warum schätzte er das majestätische Ambiente dieses Raumes nicht?

Er schüttelte den Kopf. „Nein. Ich glaube nicht, dass wir etwas beibehalten müssen. Ich denke eher an hohe Fenster, eine erhöhte Decke und tief hängende Lichter."

Sie zwang sich zu einem Lächeln. „Ich werde mir das notieren, aber vielleicht wäre es am besten, das Design vorerst noch nicht festzulegen. Wir wollen die Architekten ermutigen, ihre besten Ideen einzubringen, anstatt in dieser Phase Beschränkungen zu diktieren." Sie war sich nicht sicher, wie viel sie noch ertragen konnte. Mit jedem Wort aus seinem Mund zerschmetterte er ihre Träume.

Adam lachte. „Natürlich. Ich verstehe die Notwendigkeit kreativer Freiheit."

Sie bezweifelte aufrichtig, dass er wusste, was kreative Freiheit war. Die Art und Weise, wie er auf Veränderungen an jedem einzelnen Raum pochte – Änderungen, die The Mansion zu einem Abklatsch eines beliebigen anderen Hotels machen würden –, deutete darauf hin, dass er überhaupt keine kreativen Impulse hatte!

Sie seufzte innerlich, bremste sich aber. Sie war nicht fair ihm gegenüber. Sicher, seine Vision für das Hotel unterschied sich von ihrer, aber das bedeutete nicht, dass er keine Kreativität besaß. Doch sie verstand nicht, wie er die Buntglasfenster und die bemalte Decke betrachten und gleichzeitig darauf beharren konnte, dass sie verschwinden mussten. Ein Architekt, der noch ganz bei Trost war, würde so etwas auf keinen Fall auch nur vorschlagen.

Bei dem Gedanken erkannte sie plötzlich, dass sie sich umsonst Sorgen gemacht hatte. Sicher, Adam wollte viele Dinge ändern, aber er war nicht in Architektur oder Design ausgebildet. Er wies nur darauf hin, was ihm nicht gefiel, und schlug „schnelle Veränderungen" vor. Der Architekt hingegen würde den Entwurf des Gebäudes als Ganzes betrachten.

Und angesichts ihrer Erfahrung in der Zusammenarbeit mit Axe war sie guten Mutes, dass sie eine Lösung finden würden, die nicht nur Adam gutheißen, sondern auch den Geist des Hotels ihres Großvaters am Leben erhalten würde. Erleichterung durchflutete sie und sie setzte die Tour mit leichterem Herzen fort.

KAPITEL VIER

„Ich hoffe, dass wir einen Ihrer Räume mieten können“, sagte Emilia Cruz am Telefon und Olivia strahlte. Es fühlte sich gut an, die Leute für The Mansion zu begeistern.

Seit sich die Nachricht von der Übernahme verbreitet hatte, hatten sich einige Modehäuser an sie gewandt, um Einzelhandelsflächen zu mieten. Die Ladenlokale im The Mansion in der Upper Fifth Avenue waren bereits ohnehin sehr begehrt, aber das neue Management durch Montgomery sorgte für noch mehr Zulauf.

„Ich werde mich in einem Monat mit Ihnen in Verbindung setzen, wenn wir mehr wissen.“ Ihr Vater hatte ein Auge auf größere und etabliertere Namen als Emilia Cruz' gleichnamige Marke geworfen, aber Emilia war dabei sich zu der angesagtesten Designerin für Abendkleider zu mausern. Olivia würde gerne der Zeit voraus sein und Emilia Einzelhandelsflächen im The Mansion zusichern, wusste aber, dass die Entscheidung auch von den anderen Mietern abhing, die sie hatten.

„Danke! Ich weiß das zu schätzen."

Stolz erfüllte Olivia, als sie ein paar Minuten später auflegte. Die Tatsache, dass so viele Menschen daran interessiert waren, Geschäfte mit The Mansion zu machen, ohne auch nur die Renovierungspläne gesehen zu haben, war ein Beweis für Montgomerys großes Ansehen. Und sicher, die Familienbank hatte sie berühmt gemacht, bevor sie jemals ein Hotel eröffnet hatten, aber allein die harte Arbeit ihres Vaters und Großvaters hatte Montgomery Hotels zu dem gemacht, was es heute war. Obwohl sie nicht immer mit ihrem Job zufrieden war, liebte sie die Vorstellung, das Familienerbe fortzuführen.

Als sie an das Vermächtnis der Familie dachte, erinnerte sie sich daran, dass sie immer noch auf eine Antwort von dem Architekten wartete. Sie überprüfte ihre E-Mails und sah, dass Seth Tanner endlich seine Konzeptentwürfe für The Mansion geschickt hatte. Gespannt, was er sich ausgedacht hatte, öffnete sie die Anlage.

Sie überflog den Abschnitt, in dem er detailliert aufgelistet hatte, welche Renovierngen er für das Äußere empfahl, und scrollte dann zu den Änderungen für den Innenbereich. Sie runzelte die Stirn, als sie das elegante, moderne Design der neuen Lobby sah. Ohne die charakteristischen römischen Säulen und Kronleuchter war der Raum nicht wiederzuerkennen, und sie fragte sich unwillkürlich, ob es eine Verwechslung mit einem anderen Projekt gegeben hatte. Sie betrachtete das nächste Bild – eine Perspektive des Ballsaals – und zog die Augenbrauen zusammen, als sie die venezianischen Fenster sah. Es waren die gleichen wie im The Mansion, was bedeutete, dass es sich nicht um eine Verwechslung handelte.

Fassungslos blickte sie wieder auf das erste Bild und versuchte, das Design mit dem aktuellen Erscheinungsbild in Einklang zu bringen. Sie war ehrlich genug zuzugeben, dass ihr das Design gefallen hätte, wenn es sich um ein neues Hotel gehandelt hätte, aber nicht für The Mansion. Dieser minimalistische Ansatz passte nicht für das glamouröse Hotel ihres Großvaters und raubte ihm seinen Charakter und Geist. Die niedrig hängenden Leuchten und das subtile Zusammenspiel von Ton-in-Ton-Farben ließen es wie Tausende von anderen Hotels aussehen, und sie bezweifelte, dass irgendjemand die weiten Räume dem glamourösen Sitzbereich vorziehen würde, den sie derzeit hatten.

Sie konnte es einfach nicht glauben. Als Seth ihr Hotel in Charleston renoviert hatte, hatte er das Gebäude kaum verändert. Er hatte kleine Veränderungen vorgenommen, die eine enorme Wirkung gehabt hatten, und das Traditionelle sensibel mit modernen Elementen vermischt, um ein herrlich erfrischendes Ambiente zu schaffen. Sie hatte etwas Ähnliches für The Mansion erwartet – was einer der Gründe war, warum sie ihn in dem Projekt hatte haben wollen –, aber diese Entwürfe sahen so aus, als wären sie von einer völlig anderen Person erstellt worden.

Vielleicht hätte sie Seth sagen sollen, dass sie nur an kleine Veränderungen dachte, aber abgesehen davon, dass sie sich den Wünschen ihres Vaters und Adams nicht direkt widersetzen wollte, hatte sie die Kreativität des Architekten nicht unterdrücken oder ihm etwas aufzwingen wollen.

Außerdem hatte sie gedacht, er würde sehen, was sie sah: ein schönes, traditionelles Hotel, das vernachlässigt worden war. Sie hätte nie gedacht, dass er solch radikale Veränderungen vorschlagen würde. Doch nun legte er einen kühnen Entwurf vor, der sichtbar eine moderne, minimalistische Ästhetik vertrat, die nur einige sorgfältig ausgewählte Elemente des historischen Gebäudes mit einbezog. Ein kühner Blick in die Zukunft mit einer kleinen, respektvollen Hommage an die Vergangenheit, wenn sie es wohlwollend interpretieren wollte. Sie respektierte Seths Vision und bewunderte seine Arbeit sehr, doch … War es möglich, dass ihr Vater und Adam recht hatten, und The Mansion mehr nötig hatte als nur einen kleinen Facelift?

Seth hätte diese Änderungen nicht empfohlen, wenn er nicht der Meinung gewesen wäre, dass es für das Hotel das Beste wäre. Sie dachte an die elegante Lobby von The Mansion mit ihrem Charme der Alten Welt, erinnerte sich an das Gefühl, als sie als Kind ihren ersten Nachmittagstee dort genossen hatte, und verfluchte sich innerlich, dass sie einen verräterischen Gedanken überhaupt zuließ. Nein. Die Lobby war perfekt, so wie sie war. Seth hatte einfach keine Verbindung dazu.

Sie würde das andere Architekturbüro kontaktieren, das sie in die engere Wahl gezogen hatte, und die Gebühren für einen weiteren Satz von Konzeptentwürfen aus eigener Tasche bezahlen. Dann würde sie Adam die Wahl zwischen den beiden geben. In der Zwischenzeit würde sie Adams Team erzählen, dass sie Axe' Entwürfe noch nicht bekommen hatte.

Sie hatten erwartet, dass die Vorschläge heute vorliegen

würden, und hatten ihre wöchentliche Sitzung sogar von Mittwoch auf heute verschoben. Aber sie konnte nicht riskieren, dass Adam diese Entwürfe sah. Instinktiv wusste sie, dass sie genau das waren, wonach er suchte, und dass er sie ohne Zögern genehmigen würde. Aber sie konnte das nicht zulassen. Sie musste ihm eine Option geben, die mehr von The Mansions Charme beibehielt, das Gebäude jedoch insgesamt moderner erscheinen ließ, damit er eine fundierte Entscheidung treffen konnte. Wenn er sich dann doch für Seths Design entschied … nun, dann wüsste sie wenigstens, dass sie ihr Bestes versucht hatte.

Sie seufzte, als sie ihre Notizen für das heutige Meeting überflog. Sie würde heute Nachmittag – nach dem Meeting – das andere Architekturbüro anrufen. Hoffentlich konnten sie auf die Schnelle zumindest ein Design von der Lobby hervorzaubern, wenn nicht sogar aller öffentlichen Räume.

Nachdem sie ihre Notizen angeschaut hatte, verließ sie ihr Büro und begab sich zum Besprechungsraum. Sie hatte gerade den Pausenraum passiert, als sie eine vertraute Männerstimme hörte. „Hallo."

Sie drehte sich um und sah Adam, der auf sie zukam. Er nahm normalerweise nicht an diesen wöchentlichen Treffen teil und sie bekam ein schlechtes Gewissen als ihr bewusst wurde, dass er wahrscheinlich eine Ausnahme gemacht hatte, weil er die Entwürfe von Axe sehen wollte.

„Hi."

„Haben Sie schon etwas von dem Architekten gehört?", fragte er und bestätigte ihre Vermutung.

„Nein. Ich habe gerade eine E-Mail bekommen, in der er mitteilt, dass sie noch etwas Zeit brauchen", sagte sie und fühlte sich sofort schlecht, weil sie log. Aber es stand zu viel auf dem Spiel. Sie konnte nicht zulassen, dass das Hotel ihres Großvaters zerstört wurde. „Ich werde Sie in Kenntnis setzen, sobald ich die Entwürfe bekomme", fügte sie hinzu, um den Schlag zu mildern, aber sie fühlte sich trotzdem nicht besser.

Während ihr Großvater ihre Lüge gutgeheißen haben mochte – schließlich war er als rücksichtsloser Geschäftsmann bekannt gewesen –, würde ihr Vater das sicherlich anders sehen. Ihre Eltern hatten ihr immer beigebracht, geradlinig und ehrlich zu sein, und sie hasste den Gedanken, sie zu enttäuschen, auch wenn sie nicht wussten, was sie getan hatte. Sie hatten sie zu etwas Anderem erzogen.

„Danke. Ich hoffe, das Warten wird sich lohnen", sagte Adam, und Olivia erkannte plötzlich, welche unangenehmen Auswirkungen ihre Lüge auf Seth haben würde.

Sicher, Seth *hatte* die Entwürfe ein paar Stunden zu spät geschickt, aber es waren keine Wochen, um die es sich handeln würde, während sie auf den anderen Architekten wartete.

„Wie geht es Ihnen?", fragte Adam, als sie gemeinsam in Richtung des Sitzungssaals weiterliefen.

„Prima. Und Ihnen?"

Er seufzte. „Ziemlich viel zu tun. Der viele Regen hat zu Verzögerungen bei unserem Projekt in Houston geführt. Jeder versucht, die Zeit aufzuholen, damit wir rechtzeitig öffnen können. Ricky sollte heute zu dem Treffen kommen, aber er ist noch nicht zurückgekommen."

„Ein weiterer Komplex?" Von dem, was sie gehört hatte, schienen Einkaufskomplexe im Gegensatz zu Hotels seine Stärke zu sein.

„Beeindruckend, was?", sagte er, und sie musste unwillkürlich lächeln, als sie den amüsierten Ausdruck in seinen braunen Augen sah. Sie konnte nicht leugnen, dass er charmant war, und seine Anziehungskraft auf sie verschlimmerte irgendwie die Tatsache, dass er versuchte, ihren lebenslangen Traum zu ruinieren. „Aber ja, ein weiterer Einkaufskomplex." Sie erreichten den Konferenzraum, und er öffnete ihr die Tür.

„Danke", murmelte sie, als sie eintrat. Es war noch früh, aber es waren bereits alle da. Es wurde plötzlich still im Zimmer, und es dauerte eine Sekunde, bis sie merkte, dass alle darauf warteten, dass sie etwas sagte. Die Erinnerung daran, dass es *ihr* Projekt war, war ein ernüchternder, aber aufregender Gedanke. Wenn dieses Projekt erfolgreich wäre, könnte sie im nächsten Jahr ihre eigene Untermarke von Hotels auf den Markt bringen.

Adam setzte sich und sie begann darüber zu sprechen, dass Montgomery eine Vereinbarung mit Prism, dem derzeitigen Betreiber von The Mansion, getroffen hatte, das Hotel zu verwalten, bis sie wegen der Renovierungsarbeiten schließen mussten. Da dies schon bald geschehen würde, war es nicht sinnvoll, alle Mitarbeiter nach Montgomerys Standards umzuschulen und auf deren Computersystem umzusteigen.

Während die Anwesenden Vorschläge vorbrachten, konnte sie nicht aufhören, über die Konzeptentwürfe nachzudenken, die sie bekommen hatte, und ihr wurde klar, dass sie sich nur einen vorübergehenden Aufschub verschafft hatte. Nur weil sie beabsichtigte, einen anderen Architekten zu engagieren, bedeutete das nicht, dass Adam die Entwürfe dann auch billigen würde, aber sie musste es versuchen. Sie hätte es sich nie verzeihen können, wenn sie es nicht täte.

* * *

Olivia seufzte, als sie am Abend die vergoldete Lobby von The Mansion betrat. Die Schuldgefühle wegen ihrer Doppelzüngigkeit hatten sie den ganzen Tag innerlich zerfressen und sie wusste, dass sie nicht in der Lage war durchzuhalten, bis der andere Architekt die Entwürfe schickte.

Warum sie geglaubt hatte, sie könnte die Lüge wochenlang aufrechterhalten, wusste sie nicht. Sie hatte es nicht einmal geschafft, die Schuldgefühle zu unterdrücken, als sie einmal einen halben Tag die Schule geschwänzt und es ihren Eltern nicht erzählt hatte. Da sie davon ausgegangen war, dass ihr zusätzliche Aufgaben im Hotel zugewiesen werden würden, hatte sie sich entschieden, stattdessen mit ihren Freunden einkaufen zu gehen. Sie hatte sich am Ende schrecklich gefühlt und es ihrem Vater gestanden, sobald sie später am selben Tag ins Hotel zurückgekehrt war.

Sie kam nicht einmal mit einer Lüge klar, bei der niemand zu Schaden kam, und doch hatte sie gedacht, sie könnte eine solch große Lüge durchziehen, die jemanden, den sie respektierte und für einen Freund hielt, schlecht aussehen ließ? Ja, genau. Sie würde es Adam morgen erzählen und dann von dem Projekt zurücktreten. Sie konnte sich dann zwar von ihren Träumen von einem Yosemite-Hotel verabschieden, aber wenn man bedachte, wie sie sich verhielt, hatte sie es nicht anders verdient.

Sie hatte ihren Grandpa wieder enttäuscht.

Schlimmer noch, dieses Mal hatte sie auch ihre Eltern enttäuscht. Sie hatte ihrem Vater versichert, dass sie das Projekt mit einem offenen Geist angehen würde. Sie hatte das nicht nur nicht getan, sondern auch gelogen, was die Entwürfe des Architekten anbelangte. Sie war so geblendet von dem Wunsch, das Hotel ihres Großvaters wiederzubeleben, dass sie nicht bedacht hatte, wen sie verletzen und welchen Schaden sie damit anrichten würde.

Sie wusste nicht, was sie tun sollte. Als Adam nach den Entwürfen gefragt hatte, war sie bei dem Gedanken daran, dass er sie sehen könnte, in Panik geraten. Das Design war seinen Vorstellungen zu ähnlich und sie hatte zweifelsfrei gewusst, dass er es gutheißen würde.

Sie schob die Hände in ihre Taschen und schaute sich lange in der Lobby um, für deren Erschaffung ihr Großvater so viel Zeit aufgewendet hatte. Ein Teil von ihr fühlte sich erleichtert, dass sie reinen Tisch machen würde, aber gleichzeitig fühlte sich ihr Herz an, als würde es in zwei Teile brechen.

Ihr Großvater hatte so viel von sich selbst in The Mansion gesteckt. Er hatte die kitschigen, vergoldeten Geländer auf der Grundlage der Lieblingsblume ihrer Großmutter entworfen und war sogar nach Murano gereist, um die Kronleuchter bei den berühmten Glasmachern in

Auftrag zu geben. Und jetzt würde alles durch etwas Modernes und Trendiges ersetzt werden, ohne Herz oder einzigartigen Charakter. Nicht, dass sie ein Problem damit hatte, modern oder trendig zu sein, aber sie hasste den Gedanken, dass es die Designs ihres Großvaters ersetzen würde. Minimalismus hatte keinen Platz in The Mansion.

Aber das war es, was Adam und ihr Vater wollten, und sie musste sich das immer wieder vor Augen halten.

Es würde keinen Unterschied machen, ob sie mit der Schuld leben *konnte*, bis die Entwürfe des neuen Architekten eintrafen, denn was sie wollte, ähnelte einfach in nichts der Vision, die Adam und ihr Vater vor Augen hatten. Sie seufzte, als sie sich auf eines der Sofas setzte. Es war schwer zu glauben, dass in zwei Jahren alles weg sein würde.

Sie nahm an, dass sie immer davon ausgegangen war, dass das The Mansion aus den Bildern ihres Großvaters für immer weiterleben würde. Sicher, es hatte Ergänzungen gegeben – wie das Fitnessstudio und das Spa – und einige Änderungen, wie die Bar, die neben das Hauptrestaurant gerückt war, aber das Grunddesign war immer intakt geblieben, unabhängig davon, wer gerade der Eigentümer gewesen war.

Der Gedanke, dass sie selbst es sein würden, die eigene Familie ihres Großvaters, die das Hotel so drastisch verändern würden, dass sie es sein würden, die seine Träume und Ideen zerstören würden, war niederschmetternd. Es war Verrat.

Aber so war es in der Hotelbranche nun einmal – die Hotels passten sich ständig an, um mit den Veränderungen von Geschmack und Bedürfnissen der Kunden Schritt zu halten.

Ihr Handy klingelte in ihrer Tasche. Sie hatte keine Lust zu antworten, aber als sie sah, dass es Stacy Lang war, stand sie auf und ging in einen leeren Sitzungssaal, um den Anruf entgegenzunehmen. Anrufe von der Familie nahm sie immer an und Stacy, ihre beste Freundin seit der Vorschule, gehörte definitiv dazu.

„Hey Stacy", sagte sie, als sie die Tür schloss.

„Hey, Livie, wo bist du gerade?"

„Ich bin in The Mansion."

„Ernsthaft? Du arbeitest immer noch?"

„Nein. Ich habe gerade nachgedacht." Sie zögerte, bevor sie hinzufügte: „Ich habe beschlossen, von dem Projekt zurückzutreten."

„Was? Warum? Seit wir Kinder waren, hast du davon gesprochen, The Mansion wieder in die Familie zurückzuholen!"

„Das war, bevor ich irgendwelche Badezimmer reinigen musste", scherzte Olivia und seufzte, als Stacy schwieg. Obwohl es stimmte, dass sie nichts mit der Hotelbranche zu tun haben wollte, nachdem sie jeden Tag nach der Schule im Whitcombe hatte arbeiten müssen, hatte sie in den letzten Jahren gerne bei Montgomery Hotels gearbeitet. „Ich will nicht diejenige sein, die zerstört, was mein Großvater gebaut hat." Dann erzählte sie Stacy von Seths Entwürfen und dass sie so getan hatte, als hätte sie sie nicht erhalten. „Wenn ich jetzt etwas so Hinterhältiges tun kann, wie kann ich dann darauf vertrauen, in Zukunft die richtigen Entscheidungen zu treffen und das Projekt nicht zu sabotieren? Ich kann einfach keine objektive Perspektive behalten, also ist mein Rücktritt das Beste, was ich tun kann."

„Sie wollen wirklich alles abreißen?", fragte Stacy. „Sogar die Teestube?"

„Ja."

„Aber sie ist so wunderschön! Wie können sie die abreißen wollen? Außerdem ist sie immer voll. Ich bin mir ziemlich sicher, dass ein Großteil der Gäste nicht einmal im Hotel übernachtet." Es entstand eine Pause, dann hörte sie ein Fingerschnipsen. „Ich habe eine Idee. Hast du die Aufschlüsselung der Einnahmen für die Teestube?"

„Ich bin mir nicht sicher." Sie besaß die Abrechnungen für Speisen und Getränke im Hotel, war sich aber nicht sicher, ob sie den verschiedenen Restaurants zugeordnet waren oder nicht. „Aber ich kann es überprüfen."

„Es könnte hilfreich sein, ein Diagramm zu erstellen, in dem die Einnahmen der Teestube mit der Auslastung des Hotels im gleichen Zeitraum verglichen werden. Das könnte zeigen, wie sehr die New Yorker das Restaurant lieben – weil es ein lokaler Schatz ist. Adam und deinem Vater mag ja nichts an seiner Schönheit liegen, aber ich bin sicher, dass die Zahlen für sich sprechen werden."

„Oh, wow. Das ist eine tolle Idee. Danke!" Sicherlich würden Adam und ihr Vater nicht auf eine solch drastische Renovierung der Teestube drängen, wenn das Lokal auch mit der aktuellen Ausstattung genügend Gewinn abwarf. Es schien so einfach. Warum hatte sie nicht selbst daran gedacht?

Eine kleine Stimme in ihrem Kopf sagte ihr, dass es

daran lag, dass sie kein Interesse zeigte, wenn es ums Geschäft ging, und vielleicht war das der Grund, warum ihr Vater ihre Vorschläge weiterhin ablehnte, obwohl die zugrunde liegenden Konzepte solide waren. Sie hatte sich nie für Finanzen, Einnahmen und Ausgaben, Budgets und Marketing interessiert, und ihr Vater wusste das. Himmel, sie hätte nicht einmal gewusst, wie sie all die Prognosen hätte aufstellen sollen, die sie in ihr Angebot aufgenommen hatte, wenn sie nicht andere Leute um Hilfe gebeten hätte. Es schien, als würde sie es einfach nicht verstehen, egal wie oft man ihr die Finanzberichte erklärte. Vielleicht sollte sie ein Buch darüber lesen oder an Kursen teilnehmen, um mehr über das Geschäft zu erfahren – also, wenn Dad sie nicht sofort feuerte, wenn er herausfand, was sie getan hatte.

In der Zwischenzeit war sie dankbar, dass Stacy angerufen hatte, und war sich sicher, dass die Intuition ihrer Freundin richtig war. Sie konnte zwar die Lobby nicht retten, aber vielleicht die Teestube und den Ballsaal. Obwohl das Hotel nicht der führende Veranstaltungsort war, zog The Mansion immer noch eine respektable Menge an Geschäftsleuten für Partys und Galas an.

Stacy seufzte. „Ich denke, das bedeutet, dass du heute Abend keine Zeit für einen Drink hast?"

„Tut mir leid. Jetzt, da du mich auf diese Idee gebracht hast, möchte ich so schnell wie möglich diese Zahlen durchgehen. Können wir es auf morgen verschieben?"

„Okay, aber ich suche aus, wohin wir gehen."

Da sie wusste, dass Stacy nur sicherstellen wollte, dass sie nicht schon wieder in The Tavern gingen, musste Olivia unwillkürlich lächeln. Im Gegensatz zu ihr, die immer beim Altbewährten blieb, liebte Stacy es, neue Restaurants und Bars auszuprobieren.

„In Ordnung. Sag mir einfach Bescheid, wohin wir gehen."

Olivia legte auf und dachte darüber nach, was passieren würde, wenn Stacys Intuition richtig wäre. Würden solide Umsatzzahlen ausreichen, um das, was sie getan hatte, wettzumachen? Würde sie das Projekt behalten können?

Wahrscheinlich nicht. Obwohl Adam immer freundlich war, war Olivia sicher, dass er knallhart sein konnte, wenn es ums Geschäft ging. Nachdem sie ihm reinen Wein eingeschenkt hatte, würde er sie mit Sicherheit als Feindin betrachten. Nein. Es war besser, zurückzutreten und Dad zu bitten, für sie einzuspringen.

Aber immerhin bestand die Chance, dass der Ballsaal und die Teestube gerettet werden konnten. Sie lächelte, als sie an die zukünftigen Besucher dachte, die sich an der Teestube erfreuen würden – vor allem die kleinen Mädchen, die die schlossähnliche Atmosphäre genießen würden, genau wie sie es als Kind getan hatte. Sie hätte Stacy früher schon von ihrem Problem erzählen sollen, aber sie hatte sich solche Sorgen über Seths Entwürfe gemacht, dass sie einfach nicht daran gedacht hatte.

Hätte Stacy es nicht getan, hätte Olivia sie höchstwahrscheinlich morgen angerufen – nach ihrem Treffen mit Adam, aber bis dahin wäre es zu spät gewesen. Es war ein großer Glücksfall, dass Stacy heute Abend angerufen hatte, und Olivia seufzte dankbar und erleichtert. Stacy hatte nicht nur immer die besten Ideen, sie hatte auch fantastisches Timing.

* * *

Adam runzelte die Stirn, als er den Antrag eines Bekleidungsgeschäftes las, einen der Räume im Plex zu mieten, dem Einkaufskomplex, den er in Houston baute. Wily Wear, eine Kette, die sich an Jugendliche richtete und erschwingliche, aber trendige Kleidung anbot, machte sich schnell einen Namen.

Die Inhaber der Kette wussten dies auch und versuchten, über eine niedrigere Miete zu verhandeln. Den Prozentsatz am Umsatz, den er bekommen würde, könnte die niedrigere Miete wettmachen, falls die Verkäufe hoch genug wären, aber das müsste erstmal passieren. Oft waren Marken für ein paar Jahre hip und kamen aus der Mode, wenn das nächste große Ding einschlug.

Neugierig betrachtete er die Website des Unternehmens. Die Damenkleidung schien aus lauter hellen Shirts und Sommerkleidern zu bestehen, während die Herrenabteilung voll von T-Shirts war, die mit Bildern bedruckt waren, die sich auf irgendetwas bezogen, von dem er keine Ahnung hatte.

Er schüttelte den Kopf und schloss den Browser. Er hatte seine Mitarbeiter befragt, die Kinder im Teenageralter hatten, um die Meinung der Kids zu der Marke einzuholen. Normalerweise fragte er seine Schwester bei solchen Sachen, doch Martha kannte sich mit der Kleidung von Teenagern wahrscheinlich nicht aus. Der Gedanke an seine

Schwester brachte ihn zum Schmunzeln. Es war fast einen Monat her, dass er sie das letzte Mal gesehen hatte, und noch länger, dass er seinen Bruder Doug gesehen hatte. Vielleicht würde er sie nächste Woche zum Abendessen einladen.

Er war gerade dabei, Martha anzurufen, als seine Gegensprechanlage piepte.

„Eine Olivia Montgomery ist hier und möchte Sie sehen", sagte Caitlin, seine Rezeptionistin.

Sein Herz setze einen Schlag lang aus, bevor die Realität ihn traf. Nur weil er gestern mit ihr gesprochen hatte, bedeutete das nicht, dass sie ihn aus persönlichen Gründen besuchte. Es war wahrscheinlicher, dass sie die Entwürfe vom Architekten bekommen hatte und mit ihm darüber sprechen wollte. So oder so, er freute sich, sie wiederzusehen. Er drückte schnell den Knopf auf seinem Telefon. „Schicken Sie sie rein. Danke."

Olivia betrat wenige Augenblicke später in einer weißen Bluse und einem schwarzen Rock sein Büro. „Ich habe die Entwürfe von Axe", sagte sie, als sie ihm einen Ordner überreichte.

Sie war hier, um zu arbeiten.

Er schob seine Enttäuschung beiseite. Die Designkonzepte schienen wirklich gut zu sein, wenn sie sie persönlich vorbeibrachte. Er öffnete automatisch den Ordner. Die Entwürfe waren die perfekte Mischung aus Klasse und Komfort und waren sogar besser, als er erwartet hatte. Sie waren elegant und modern und dennoch zugänglich und absolut perfekt, um The Mansion in das aktuelle Jahrhundert zu überführen.

Bevor er Olivia sagen konnte, dass sie dem Architekten eine Zusage geben könnte, sagte sie: „Ich fürchte, ich war nicht ganz ehrlich zu Ihnen." Sie wies mit dem Kopf auf die Entwürfe in seiner Hand. „Die habe ich gestern Nachmittag schon bekommen – vor dem Meeting. Ich habe sie Ihnen nicht gezeigt, weil ich nicht zerstören wollte, was mein Großvater aufgebaut hat."

Überrascht sah er sie an. Damit hatte er nicht gerechnet.

Natürlich wusste er, dass The Mansion von ihrem Großvater gebaut worden war, aber er hatte nicht weiter darüber nachgedacht. Sentimentalität hatte keinen Platz in seiner Welt, und seiner Erfahrung nach warteten Leute, die behaupteten, aus sentimentalen Gründen nicht zu verkaufen, lediglich auf ein besseres Angebot. Aber er hatte das nagende Gefühl, dass Olivia es ernst meinte – und dafür hatte er keine Strategie parat.

„Ich trete von dem Projekt zurück", fuhr sie fort und reichte ihm dann einen weiteren Ordner. „Das waren meine Pläne für The Mansion. Ich habe sie niemand anderem vom Projektteam gegeben, sodass Sie damit tun können, was Sie wollen."

Neugierig nahm er den Ordner und öffnete ihn. Es handelte sich im Grunde um den gleichen Entwurf wie der, den sie ihm beim ersten Treffen gegeben hatte, wies aber einige Erweiterungen auf. Wieder einmal war er beeindruckt, wie detailliert alles ausgearbeitet war. Sie hatte so viele Ideen – von der Einbindung eines lokalen Seifenherstellers für die Zimmerpflegeprodukte bis hin zum Hinzufügen zusätzlicher Tagungsräume in der obersten Etage.

„Sie haben das alles allein ausgearbeitet?", fragte er, während er den Bericht weiter überflog.

„Lassen Sie uns einfach sagen, dass ich schon eine Weile darüber nachgedacht habe." Sie zögerte, bevor sie fortfuhr: „Und ich hoffe, Sie werden den Abriss der Teestube und des Ballsaals noch einmal überdenken. Ich habe die individuellen Einnahmen für beide Räume in meine Argumentation einbezogen und wie Sie sehen können, sind die Einnahmen für den Ballsaal konstant geblieben und die Einnahmen der Teestube im gleichen Zeitraum sogar gestiegen, obwohl die Auslastung des Hotels gesunken ist." Fasziniert schaute er sich die Tabelle an und sah, dass sie recht hatte.

„Ich werde darüber nachdenken." Er würde die Zahlen überprüfen lassen. Wenn sie Recht hatte, dann war es ein Kinderspiel, die Räume einfach zu renovieren. Es wäre auch billiger.

„Ich werde Donovan Riley als Projektmanager für Montgomery einsetzen", fuhr Olivia fort. „Er ist wirklich gut und hat keinen persönlichen Bezug zu dem Hotel wie ich."

Adam seufzte, als er den Ordner beiseitelegte. „Wissen Sie, ich würde nicht auf den Änderungen bestehen, wenn ich nicht der Meinung wäre, dass sie das Hotel verbessern würden. Um ehrlich zu sein, glaube ich, dass der Name Ihres Großvaters der einzige Grund war, warum das Hotel so gut lief, als es eröffnet wurde."

Hätte es jemand anderes gebaut, wären all die Kronleuchter, vergoldeten Möbel und überzogenen Dekorelemente als kitschig und plump angesehen worden.

Aber weil es Elliott Montgomery war, der es gebaut hatte, war The Mansion zu einem Statussymbol für diejenigen geworden, die Geld hatten, und hatte denjenigen, die keines hatten, einen Einblick in eine andere Welt geboten. Und so war es immer noch, dachte er, zumindest laut der Zahlen, die Olivia ihm gegeben hatte. Natürlich wusste er, dass der Ballsaal ein beliebter Veranstaltungsort war, aber er hatte immer gedacht, dass dies mehr an dem Prestige des Hotels als am tatsächlichen Design des Raumes lag.

Wenn er seine Meinung einmal beiseiteschob und sich die Bindung vor Augen hielt, die die Menschen zu Elliotts ursprünglicher Vision hatten, dann erschien ein gemäßigterer Ansatz bei den Renovierungen durchaus sinnvoll, im Unterschied zu dem, was er ursprünglich geplant hatte. Er mochte normalerweise keine Kompromisse, aber sein Instinkt sagte ihm, dass Olivia eine wichtige Bereicherung für dieses Projekt war und dass ihr persönliches Engagement für The Mansion sicherstellen würde, dass nur die höchsten Maßstäbe angelegt wurden.

Er würde sich schwertun, jemanden zu finden, der entschlossener wäre, das Projekt zum Erfolg zu führen, als sie.

„Wären Sie bereit zu bleiben, wenn wir einen konservativeren Ansatz bei der Renovierung verfolgen würden? Ich mache keine Versprechungen, aber ich bin bereit, verschiedene Möglichkeiten zu prüfen."

„Sie geben mir noch eine Chance?", fragte sie und ihre Überraschung war offensichtlich.

Er nickte. Sie hätte ihm keinen reinen Wein einschenken müssen, aber sie hatte es getan, und das respektierte er. Es machte außerdem einen Unterschied, dass ihre Lüge aus der Liebe zu ihrem Großvater resultierte – nicht aus irgendwelchen Absichten oder dem Wunsch, das Projekt scheitern zu sehen. Er war sich sicher, dass sie nach diesem Gespräch in Zukunft gewissenhafter mit ihrer Voreingenommenheit umgehen würde.

„Solange Sie verstehen, was getan werden muss, und ich denke, das tun Sie", sagte er, während er sich ihren Plänen zuwandte. Sie hatte einige wirklich gute, tragfähige Ideen, wenn sie nicht nur darauf bedacht war, die Arbeit ihres Großvaters zu erhalten. Er müsste sie nur genau im Auge behalten. Wenn er jemals das Gefühl hätte, dass sie das Andenken ihres Großvaters über die Zukunft des Hotels stellte, würde er sie auswechseln. Er hatte viel in dieses Projekt investiert und konnte es sich einfach nicht leisten, es scheitern zu lassen. „Und bitte setzen Sie mich bei ihrer Kommunikation mit dem Architekten in CC."

„Natürlich. Danke, und ich bleibe wirklich gern im Team."

KAPITEL FÜNF

„Hey, Olivia. Es ist toll, wieder mit dir zu arbeiten", sagte Seth Tanner, als er ihr die Hand schüttelte. Der Architekt traf sich mit dem Team, um konkrete Ideen für das Hotel zu besprechen, bevor er detailliertere Entwürfe vorstellen würde.

Olivia erzwang ein Lächeln. „Danke. Es freut mich auch, dass wir wieder zusammenarbeiten können", log sie. Obwohl sie Seth als Mensch mochte, freute sie sich nicht auf all die Meinungsverschiedenheiten, die sie in den kommenden Monaten haben würden.

Obwohl sie sich mit dem Ausmaß der Renovierung abgefunden hatte, die Adam wollte, plante sie immer noch, für bestimmte Aspekte des Hotels ihres Großvaters, wie die bemalte Decke der Lobby, zu kämpfen. Aber sie würde nicht zu viel verlangen. Ihre Position in dem Projekt stand bereits auf wackligen Füßen und sie wollte nichts tun, was Adam seine Entscheidung, ihr weiterhin die Leitung zu überlassen, bereuen lassen würde.

„Okay. Jetzt weiß ich, dass du lügst", sagte der Architekt, als er ihre Hand losließ, und sie winkte ab.

„Woran hast du es gemerkt?"

Seth lachte. „Als wir das letzte Mal zusammengearbeitet haben, konntest du nicht aufhören, meine Arbeit zu loben, nachdem du sie gesehen hattest. Ja, du wolltest ein paar Dinge ändern, aber du hast geradezu davon geschwärmt, wie sehr dir die Designs gefielen. Vielleicht leide ich lediglich unter verletztem Stolz, aber dieses Mal habe ich noch kein einziges lobendes Wort von dir gehört. Was ist los? Gefallen dir die Entwürfe nicht?"

„Ich mag sie", sagte sie und zuckte dann mit den Achseln. „Aber ich bin mir einfach nicht sicher, ob es das Richtige für The Mansion ist."

„Wegen deines Großvaters", sagte Seth nickend. Sie runzelte die Stirn.

„Das würde ich nicht sagen." Seine Bemerkung ließ es so aussehen, als wollte sie das aktuelle Design von The Mansion nur wegen einer Sentimentalität bewahren. „Ich mag die klassische Schönheit des Hotels und habe mir mehr eine Restaurierung als eine Generalüberholung und Entkernung erhofft." Sie würde darauf wetten, dass viele Leute das aktuelle Design bevorzugten. Warum sonst würden so viele Leute im Hotel übernachten, wenn es in der Nähe billigere und modernere Hotels gab? „Aber mein Vater und Adam wollen, dass es entkernt und modernisiert wird."

„Nur das Innere", kommentierte Adam, als er den Besprechungsraum betrat, wobei Ricky hinter ihm herlief.

„Ich denke, das Hotel hat eine der besten Fassaden in der ganzen Stadt. Sonst hätte ich es nicht gekauft", sagte er und überraschte sie damit. Obwohl sie wusste, dass er die Außenfassade beibehalten wollte, hatte sie keine Ahnung gehabt, dass sie ihm tatsächlich gefiel.

„Sie müssen Adam Campbell sein." Seth trat vor und hielt Adam seine Hand hin. „Ich bin Seth Tanner."

„Es ist schön, Sie kennenzulernen. Ich mag Ihren modernen Entwurf der Lobby sehr und freue mich auf die Zusammenarbeit mit Ihnen."

Olivia seufzte innerlich, als sie sich an Seths Pläne für die Lobby erinnerte. Dieses Meeting würde die reinste Hölle sein. „Da wir gerade beim Thema sind, können wir ebenso gut anfangen."

„Mir gefällt die Idee einer offenen Küche im Restaurant nicht", sagte Adam. „Ich glaube nicht, dass Köche es mögen, wenn die Leute sie bei der Arbeit beobachten. Ich weiß, dass es mir nicht gefallen würde."

„Gut, also müssen wir die Küche dann nicht an dieser Stelle planen", sagte Seth, während er in der Skizze ein X machte und dann anfing, darin zu zeichnen. „Wir könnten einen traditionelleren Grundriss mit einem Verbindungstresen zum Restaurant kreieren."

„Klingt gut", meldete sich Olivia, als Adam schwieg. Schließlich nickte Adam. *Zum Glück.* In der vergangenen Stunde hatten die Beteiligten viel darüber verhandelt, was in den endgültigen Entwurf aufgenommen wurde und was nicht. Es hatte ein paar angespannte Momente gegeben, aber alle hatten die Ruhe bewahrt. Bis jetzt.

„Das war es, was ich für den Ballsaal im Sinn hatte." Seth blätterte durch seine Skizzen und zog die entsprechenden heraus. Olivia unterdrückte ein Stirnrunzeln, als sie die Entwürfe betrachtete. Er hatte die schönen Säulen mit Holzpaneelen umgeben, ihre Kurven eingeschachtelt und die Verbindungsbögen entfernt. Er hatte auch die zentrale, rechteckige Deckenplatte durch ein Muster von sich wiederholenden quadratischen Platten im gesamten Raum ersetzt. Das würde es auf jeden Fall einfacher machen, den Ballsaal mit den angrenzenden Tagungsräumen zu kombinieren, wenn sie den Raum vergrößern mussten, aber sie hasste den Gedanken, dies auf Kosten der Schönheit des Raumes zu tun.

Sie war im Begriff zu empfehlen, die Säulen und Bögen zu beizubehalten, als Adam das Wort erhob. „Kann ich Ihre Ideen für die Teestube sehen?"

„Klar", sagte Seth und holte zwei weitere Skizzen hervor. Olivia atmete erleichtert auf, als sie merkte, dass die Veränderungen nicht so bedeutend und umfassend waren wie die, die er für den Ballsaal vorgeschlagen hatte. Das moderne Design wirkte eher wie eine Lounge oder ein Steakhaus, aber zumindest hatte er die Glasdecke und die Buntglasfenster behalten. Doch obwohl die Architektur in Ordnung war, passte das Innendesign nicht dazu. Vielleicht könnte sie einen separaten Innenarchitekten einstellen, um an dieser Komponente zu arbeiten …

„Mir wäre daran gelegen, dass weniger Renovierungen sowohl im Ballsaal als auch im Teezimmer durchgeführt werden. Könnten Sie sich etwas einfallen lassen, das mehr von der ursprünglichen Charakteristik beibehält?", fragte Adam nach einem Moment des Schweigens.

„Meinen Sie das ernst?" Olivia schaute überrascht auf. Sie war so erleichtert, dass er ihrem Vater ihre Lüge nicht gemeldet hatte, dass sie ihn nicht auf eine Antwort bezüglich der Umsatzzahlen gedrängt hatte, die sie für die Teestube und den Ballsaal aufgestellt hatte. Aber es sah so aus, als wäre er offen für Alternativen.

„Ja."

Seth lachte. „Natürlich kann ich das, und ich weiß, dass wir von ihrer Seite keine Beschwerden hören werden", sagte er und deutet dabei auf sie. „Ich werde mit meinen Leuten sprechen und Sie wissen lassen, was uns dazu einfällt. Also, das Spa …"

Immer noch überrascht, wandte Olivia sich an Adam. „Danke.".

Er nickte.

Sie wusste, dass es keine Garantie dafür gab, dass er sich für Seths überarbeitetes Konzept entscheiden würde und dass eine sehr reale Chance bestand, dass die Räume doch noch komplett umgebaut würden. Aber die Tatsache, dass er Seth um alternative Designs bat, fühlte sich wie eine Bestätigung an, dass es andere Leute gab, die die Schönheit von The Mansion genossen, und dass es keine reine Sentimentalität war, die sie dazu gebracht hatte, die Renovierungen auf ein Minimum zu beschränken.

Sie hatte vielleicht nicht den schärfsten Geschäftssinn, aber sie hatte immer schon ein gutes Gespür für Design gehabt. Ihr war, als wäre eine Last von ihr genommen worden, und sie richtete ihre Aufmerksamkeit auf den Rest von Seths Designkonzepten.

KAPITEL SECHS

Adam hatte gerade die aktualisierten Ballsaal-Entwürfe für The Mansion heruntergeladen, als sein Handy klingelte. Javier Montebellos Name blinkte auf dem Bildschirm und Adam nahm sofort ab.

„Wie läuft es da unten?", fragte Adam. Javier war für den Einkaufskomplex verantwortlich, den sie in Houston bauten, und während Adam in New York war und an The Mansion arbeitete, hatte er Javier gebeten, ihn täglich auf den neuesten Stand zu bringen.

„Nicht gut. Landon ist ausgestiegen."

„Was? Warum?" Das Familienrestaurant passte perfekt in das neue Einkaufszentrum. Die Leute konnten sich entspannen und eine gute Mahlzeit genießen, nachdem sie eingekauft hatten, oder einen schnellen Happen zu sich nehmen, bevor sie ins Kino gingen. Die Preise waren moderat und wichtiger noch, war das Essen frisch und von guter Qualität. Tatsächlich war Landon selbst auf sie zugekommen, um ein Lokal zu mieten. Und jetzt wollten sie sich zurückziehen? Was sollte das?

„Joe Landon befürchtet, dass wir in Finanzierungsprobleme geraten werden. Sie wollen so dringend aus dem Vertrag entlassen werden, dass sie sogar bereit sind, die Gebühren für das vorzeitige Beenden zu zahlen."

„Unsere Finanzierung ist gesichert, und wir sind noch Wochen von der Eröffnung der ersten Phase entfernt." Es ergab keinen Sinn. Wer machte sich die Mühe, alle Genehmigungen zu bekommen, nur um direkt vor Baubeginn zu stornieren? Adam runzelte die Stirn, als er sich an Jakes Warnung bezüglich angeblicher Insolvenzgerüchte erinnerte. „Er hat ein Gerücht aufgeschnappt, nicht wahr?"

„Ja. Ich habe versucht, ihn zu beruhigen, aber er hat nicht mit sich reden lassen. Die gute Nachricht ist, dass Henrys Roadhouse bereit ist, das Lokal zu übernehmen." Aber sie müssten die Genehmigungen neu ausstellen, ganz zu schweigen von der Änderung der Ausstattung.

„Hat er gesagt, von wem er das Gerücht hat?", fragte Adam, obwohl er es bereits wusste.

„Er wollte nicht darauf eingehen – nur dass es ein Familienmitglied war, weshalb er es geglaubt hat." Javier hielt inne, bevor er hinzufügte: „Ich habe es bisher nicht verstanden, aber jetzt wird mir klar, warum du sie so hasst."

Er hatte ja keine Ahnung. Javier hatte lange genug für Adam gearbeitet, um die familiäre Spannung mitzubekommen, hatte aber bisher keinen Akt der Sabotage wie diesen erlebt.

Was dachten seine Eltern sich dabei, zu versuchen, sein Geschäft zu ruinieren?

Adam wusste, dass er dankbar sein sollte, dass er einen anderen Mieter hatte, aber im Moment war er einfach nur sauer. Er hatte so hart gearbeitet, um AC Developments zum Erfolg zu führen, es zu dem zu machen, was es war, und da kamen seine Eltern und versuchten, seine Bemühungen zu untergraben.

Früher hätte er jetzt Joe Landon angerufen, um zu versuchen, die Bedenken des Mannes zu zerstreuen. Aber jetzt würde er seine Zeit nicht verschwenden. Wenn Joe nicht mit ihm arbeiten wollte, gut. Er würde nicht betteln.

Da er wusste, dass es nicht Javiers Schuld war, seufzte Adam und sagte. „In Ordnung. Dann nehmen wir also Henrys Roadhouse als Mieter. Schicke mir den neuen Vertrag, wenn er fertig ist. Danke, Javier."

Adam beendete den Anruf und erwog, seinen Vater anzurufen. Er wollte seinen Eltern nicht in die Hände spielen, indem er sie kontaktierte, aber gleichzeitig konnte er es sich nicht leisten, dass sie weiterhin seine Geschäftspartner abschreckten. Er hatte Glück, dass die Gerüchte Jake oder Victor nicht davon abgehalten hatten, sich auf ihn einzulassen, und wusste, dass er in Zukunft vielleicht nicht mehr so viel Glück haben würde.

Er war gerade dabei, Edward Monroe anzurufen, einen Privatdetektiv, den er oft benutzte, um zusätzliche Informationen für seine Geschäfte zu erhalten, damit dieser sich um die Gerüchte kümmerte, als sein Handy klingelte.

Er war überrascht, dass „Dad" auf dem Bildschirm blinkte und fragte sich, ob sein Vater anrief, um sich an seinem Erfolg zu weiden.

Es war verrückt, darüber nachzudenken, dass seine Beziehung zu seinen Eltern mittlerweile so angespannt war. Er war immer der Goldjunge gewesen. Sie hatten ihn ständig gelobt und bei jeder Gelegenheit mit ihm geprahlt, während sie ihre Kritiken und Beleidigungen füreinander und seine Geschwister aufgehoben hatten. Aber sobald Adam aus dem Haus ausgezogen war – und was noch wichtiger war, sich außerhalb ihrer Kontrolle befunden hatte –, hatten Mom und Dad ihre Boshaftigkeit auch auf ihn gerichtet.

Adam wollte nicht mit seinem Vater sprechen, aber gleichzeitig musste er wissen, gegen was er kämpfte. Also strich er über den Bildschirm. Er hatte längst gelernt, Mitch Campbell nie zu unterschätzen.

„Ich möchte, dass diese Gerüchte aufhören", sagte er ohne Vorrede. Sein Vater war ein Spezialist darin, um den heißen Brei herumzureden, und brachte seinen Standpunkt nur selten direkt zur Sprache. Adam hatte dafür keine Zeit; er wollte Antworten und zwar jetzt.

„Deiner Mutter und mir geht es prima. Danke der Nachfrage."

Warum sprach Dad über Mom, als ob sie miteinander auskamen? Wenn sie sich nicht bei irgendwelchen gesellschaftlichen Anlässen zeigten, wo sie sich als liebevolles Paar ausgaben, konnten sie sich kaum ausstehen. Ansonsten rissen sie sich nur zusammen, wenn sie gemeinsam einen Plan ausheckten, was seine Sorge nur noch vergrößerte. Was hatten sie dieses Mal vor?

„Ich meine es ernst, Dad. Ich möchte, dass diese Gerüchte aufhören." Wenn dieses Gespräch keinen Erfolg zeigen würde, würde er Edward bitten, tief in die Aktivitäten seiner Eltern einzutauchen. Er konnte den Gedanken nicht ausstehen, sich auf ihr Niveau zu begeben, aber er musste es tun, um weiteren Gerüchten entgegenzuwirken und das Risiko für sein Unternehmen zu reduzieren. Es ging nicht nur um finanzielle Verluste; er hatte auch Mitarbeiter, an die er denken musste.

„Ich weiß nicht, wovon du redest."

Adam schüttelte den Kopf. Sein Vater hatte noch nie ein Fehlverhalten zugegeben – auch wenn man ihm die Beweise direkt unter die Nase rieb. Warum hatte Adam jetzt etwas anderes erwartet?

„Kann ein Vater nicht einfach seinen Lieblingssohn anrufen, ohne dass mehr dahintersteckt?"

Lieblingssohn? Ja, klar. Das mochte früher wahr gewesen sein. Seine Eltern hatten genau kontrolliert, was er studiert hatte, wohin er ging, mit wem er zusammen war … Er hatte törichterweise gedacht, sie wollten das Beste für ihn, und hatte ihnen blindlings gehorcht. Aber nun, da er sie als das sah, was sie waren, war sein Vertrauen in sie völlig zerstört worden.

„Was willst du, Dad?" War diese *Lieblingssohn*-Masche seines Vaters dessen Art, sich zu entschuldigen, oder hatte er etwas noch viel Schlimmeres geplant?

„Nichts. Ich wollte nur sehen, wie es dir geht."

Ja. Sicher wollte er das. „Bist du krank?" Vielleicht lag

Dad im Sterben und wollte sich für alles entschuldigen, was er und Mom Adam und seinen Geschwistern angetan hatten. Es schien unwahrscheinlich, aber es bestand eine Chance, wenn auch eine winzige, dass er sich ändern würde.

„Nein."

Er runzelte die Stirn. „Ist Mom krank?"

„Niemand ist krank. Ich wollte nur Hallo sagen. Irgendwann sollten wir mal wieder gemeinsam zu Abend essen – einfach ein bisschen plaudern oder so?"

Der versöhnliche, leicht flehende Ton stieß Adam ab, weil er für seinen arroganten Vater so untypisch war. Nachdem Adam die Einladung zum Abendessen mit einer vagen Ausrede über einen vollen Terminkalender abgewiesen hatte, beendete er den Anruf und fuhr sich mit einer Hand durch die Haare. Was genau hatte sein Vater vor?

Nachdem er ein paar Minuten gegrübelt hatte, beschloss er, die einzige Person anzurufen, die seine Eltern verstand – seine Schwester. Martha hatte die gesündeste Beziehung zu ihren Eltern, obwohl er wusste, dass auch zwischen ihnen nicht alles rosig war. Sie war Moms zweites Lieblingsziel für Kritik und Wut gewesen – ihr Vater war das erste. Aber Martha hatte sich nie von Moms Verhalten stören lassen – zumindest nicht äußerlich. Sie hatte deren Grausamkeit immer abgeschüttelt und hatte darüber gestanden. Insgesamt war sie viel besser im Umgang mit ihren Eltern gewesen als er und Doug, die sich praktisch bei allem auf Mom und Dad verlassen hatten. Hoffentlich konnte sie den seltsamen Anruf ihres Vaters erklären.

Danach würde er Edward Monroe anrufen, um ihn zu bitten zu ermitteln. Adam weigerte sich, sich zurückzulehnen und auf den nächsten Schritt seiner Eltern zu warten, und dann aufgrund haltloser Gerüchte einen weiteren Kunden zu verlieren.

KAPITEL SIEBEN

„Und das ist mein Vorschlag für ein Standardzimmer", sagte Tina Henderson, während sie Adam und Olivia jeweils einen Ausdruck ihres Grundriss-Entwurfes reichte.

Nachdem Olivia sich nicht mit dem von Seth vorgeschlagenen Einrichtungsstil einverstanden erklärt hatte, hatte sie sich an Tina gewandt, die Innenarchitektin, die an ihrem Hotel in Vancouver gearbeitet hatte. Und nach diesem Grundriss zu urteilen, hatte sie die richtige Entscheidung getroffen.

Tina hatte den überschüssigen Platz im Gästezimmer genutzt, um eine Trennung zwischen Schlaf- und Wohnbereich zu ziehen und quasi einen weiteren Raum zu schaffen. Die Gäste konnten den Raum nutzen, um sich dort mit ihren Freunden zu unterhalten, oder ihn als Mini-Büro oder sogar als ihre eigene private Lounge verwenden, wo sie ein ruhiges Abendessen genießen konnten.

Olivia konnte es sich schon bildlich vorstellen. Ein komplettes Marmorbad mit Badewanne und separater

Dusche, ein geräumiges Schlafzimmer und ein Wohnzimmer mit herrlichem Blick auf die Skyline von Manhattan. Es wäre perfekt für Geschäftsreisende oder Familien mit Kindern.

Aber Adam schien andere Ideen zu haben. „Müssen wir den Wohnbereich wirklich vom Schlafbereich trennen?", fragte er.

Olivia sah ihn an und runzelte die Stirn. Er war schon während des gesamten Treffens schlecht gelaunt, kritisierte die meisten Vorschläge und sprach in einem abrupten, scharfen Tonfall. Es war fast so, als würde er sich auf einen Kampf vorbereiten.

„Ich denke schon", antwortete Tina vorsichtig, als hätte sie das Gleiche gespürt. „Der zusätzliche Wohnraum kann Familien als Spielzimmer für die Kinder dienen und Geschäftsreisenden einen separaten Arbeitsbereich zur Verfügung stellen, in dem sie ihre Unterlagen lassen können, wodurch wir eine angenehmere Atmosphäre schaffen."

Adam sah nicht überzeugt aus, sagte aber nichts und richtet seinen Blick wieder auf die Pläne. Wenige Augenblicke später deutete er auf das Wohnzimmer. „Ein Kronleuchter?", fragte er und gestikulierte in Richtung der Zeichnung. „Es ist albern und verschwenderisch, einen Kronleuchter ins Wohnzimmer zu hängen. Wir versuchen, das Hotel zu modernisieren, und nicht, es pompöser zu machen."

Jetzt reichte es aber! Adam konnte seinen eigenen Angestellten gegenüber das Arschloch raushängen lassen, aber Tina gegenüber durfte er sich nicht so verhalten.

„Kann ich dich einen Moment draußen sprechen?", zischte Olivia und stand auf.

Dunkle Augen blitzten sie an, bevor er ihr aus dem Raum folgte.

Sie zitterte vor Wut. Sein Verhalten war völlig unangebracht, vor allem bei einem Treffen, bei dem ein erster Entwurf präsentiert wurde und es darum ging, Feedback zu erhalten und grundlegende Ideen zu verfeinern.

Er hatte kein Recht, unhöflich zu sein, nur weil er Tinas Entwürfe nicht mochte. Olivia hatte keine Geduld mit Leuten, die ihre Launen an anderen ausließen. Vor allem Menschen wie Adam, die sich in einer Machtposition befanden. Ihrer Meinung nach hatten Menschen, die Autorität besaßen, eine größere Verantwortung dafür, sich anständig zu verhalten und andere Menschen mit Respekt zu behandeln.

Sie hatte angefangen, Adams Arbeitsstil zu respektieren und zu bewundern. Er war immer standhaft und entschlossen, und wenn eine Entscheidung nicht in seiner Kompetenz lag, verwies er auf Experten. Aber nach seinem heutigen Verhalten und der Art und Weise, wie er seine schlechte Laune an Tina ausließ? Dabei war Olivias gute Meinung über ihn gerade um einiges gesunken.

„Was war das denn bitte?", fragte sie, sobald die Tür geschlossen war und sie sich in sicherer Entfernung befanden, sodass Tina sie nicht hören konnte.

„Da wir schon Kronleuchter in der Lobby und im Restaurant haben, denke ich, dass wir in den anderen

Räumen sparsam damit umgehen sollten, oder nicht? Wie gesagt, wir versuchen zu modernisieren."

„Ich bin die Erste, die zugibt, dass mein Grandpa mit den Kronleuchtern etwas übertrieben hat – sowohl in Bezug auf die Quantität als auch auf den Stil –, aber Tina hat definitiv eine gute Auswahl getroffen. Außerdem weißt du genau, dass wir die meisten, wenn nicht alle Kronleuchter in der Lobby entfernen." Denn egal, was Adam dachte, ein gut ausgewählter Kronleuchter an der richtigen Stelle verlieh dem Gesamteindruck eines Raumes Eleganz. „Das ist nicht das Problem, das Problem liegt bei dir. Du warst übermäßig kritisch und hast dich, offen gesagt, furchtbar aufgeführt." Seine Kleinlichkeit überraschte sie, denn sie hatte begonnen, nicht nur die Zusammenarbeit mit ihm zu genießen, sondern sich auch auf ihre Gespräche zu freuen, in denen sie inzwischen zum Du übergangen waren. Er hatte gute Ideen und war meist aufgeschlossen. Aber nicht heute. „Ich weiß nicht, was in dich gefahren ist, aber du musst entweder dein Verhalten überdenken oder gehen."

Sekunden vergingen, während er sie anstarrte, und sie begann sich zu fragen, ob sie einen kritischen Fehler gemacht hatte. Sie hatte noch nie so mit einem Kunden gesprochen, aber sie mochte Tina und schätzte die Vision, die sie mitgebracht hatte. Adams Verhalten war völlig ungerechtfertigt gewesen.

Aber war sie zu weit gegangen?

Adam *hatte* sie trotz ihrer Lüge bezüglich Seths Entwürfen im Projekt behalten und sich sogar bereit erklärt, den Ballsaal und die Teestube statt der ursprünglich von Seth vorgeschlagenen umfassenden Renovierung einfach nur aufzufrischen. Aber wie würde er auf ihre Zurechtweisung reagieren? Sie konnte sich nicht vorstellen, dass er sie einfach so hinnehmen würde.

Schon bildete sich ein übles Gefühl der Angst sich in ihrem Magen, als ein Lächeln seine Lippen umspielte. „Du bist irgendwie süß, wenn du wütend bist."

Die unerwartete Bemerkung traf sie unvorbereitet. Nachdem er sich wie ein trotziges Kind verhalten hatte, machte er nun Witze? „Im Ernst", sagte Olivia schließlich. „So kannst du nicht mit Tina reden. Zeig wenigstens etwas Respekt für ihr Talent und ihre Kreativität." Als er schwieg, seufzte sie. „Wenn dir die Designs wirklich nicht gefallen, können wir einen anderen Innenarchitekten beauftragen." Sie stimmte seiner Kritik nicht zu, aber die Einstellung eines anderen Designers war das Mindeste, was sie nach all den Zugeständnissen tun konnte, die er gemacht hatte.

„Gib mir ein oder zwei Tage, um darüber nachzudenken", sagte Adam nach einer weiteren langen Pause.

„In Ordnung."

Sie rieb sich die Stirn und versuchte, die Spannung dort zu lindern. Die Beratungen bezüglich der Entwürfe schienen sich ewig hinzuziehen. Und ja, zum Teil lag das darin begründet, dass sie einige der Parameter des ursprünglichen Entwurfs geändert hatte. Aber ein weiterer Faktor war, dass es so viele Leute waren, die sich mit den ersten Präsentationen befassten. In der Regel schaute sich eine kleinere Gruppe von Leuten die ersten Entwürfe an, gab Feedback, um die Konzepte zu verfeinern, und präsentierte dann den Aktionären ein geschlossenes

Design. Aber im Gegensatz zu Montgomerys üblichen Kunden war Adam in jeder Phase involviert.

„Du weißt, dass du nicht an all diesen Treffen teilnehmen musst, oder?", fragte sie nach einer Sekunde. Es war wahrscheinlich der Grund, warum er so irritiert war. Es gab so viele Diskussionen – sie verwarfen ständig alte Ideen und kreierten neue. Oftmals griffen sie sogar Ideen wieder auf, die sie bereits beiseite geschoben hatten.

In diesem frühen Stadium gab es so viel Hin und Her, dass es einem leicht vorkommen konnte, als würde man sich im Kreis bewegen, wenn man den Prozess nicht verstand. Ihre Kunden verließen sich in der Regel darauf, dass das Montgomery Projektteam sich um all diese kleineren Details kümmerte, und zogen es vor, die Pläne erst in den späteren Phasen zu sehen, bevor sie ihre Meinung dazu äußerten. Montgomerys Stärke bei der Expertise war einer der Hauptgründe, warum Hotelbesitzer sie unter Vertrag nahmen.

„Ich kann versprechen, keine großen Entscheidungen ohne deine Zustimmung zu treffen", fuhr sie fort, da sie ahnte, dass Adam ihr nicht vertraute, was immerhin verständlich war. Sie würde sich an seiner Stelle auch nicht vertrauen.

„Ich weiß das Angebot zu schätzen, aber ich möchte in diesen frühen Stadien miteinbezogen werden."

„Dann hoffe ich, dass du dein Temperament zügelst", sagte sie, ohne nachzudenken. Er grinste.

„In Ordnung."

Seine plötzliche Freundlichkeit beunruhigte sie, aber sie konnte nichts weiter tun, als darauf zu hoffen, dass er während des restlichen Treffens mit Tina so diszipliniert bleiben würde. Sie nickte, bevor sie in den Sitzungssaal zurückkehrte.

* * *

„Wie wäre es damit?", fragte Tina, als Adam und Olivia wieder den Raum betraten.

Adam nahm ein Tablet und ein Blatt Papier entgegen. Das Bild auf dem Tablet zeigte eine rechteckige Lampe, die an den Ecken aufgehängt wurde, während der Plan eine mögliche Platzierung im Raum zeigte. Die Lampe schien gut zu dem Raum zu passen und obwohl es schwierig war, das anhand des Bildes zu erkennen, schienen die Abmessungen mit den Proportionen des Raumes übereinzustimmen.

„Man hätte ausreichend Licht, wenn man tagsüber die Rollos oben lassen würde", sagte Tina. „Aber in den Nächten und im Winter wird es nicht ausreichen. Irgendwo muss es eine zusätzliche Beleuchtung geben."

„Das ist besser", sagte er, als er Olivia das Blatt und das Tablet zurückgab. Er würde abwarten, wie er morgen darüber denken würde, wenn sein Kopf wieder etwas klarer wäre.

„Ich denke, Kronleuchter wären eine nette Ergänzung für die zweistöckigen Suiten", bemerkte Tina.

„Oh, und wir könnten das rechteckige Design in der Lobby wieder aufgreifen", sagte Olivia, der die Idee offensichtlich gefiel.

Adam sah ihnen beim Reden zu. Die beiden Frauen

verstanden sich ohne viel Reden, wenn er das eifrige Kopfnicken und die Körpersprache richtig deutete, und er seufzte innerlich. Er hatte seinen Frust nicht an Tina auslassen wollen und hatte angenommen, er hätte seine Emotionen fest in Griff.

Aber die schlechte Laune, die er seit seinem Gespräch mit seinem Vater gestern Abend hatte, war offensichtlich zum Vorschein gekommen. Er hasste es, nicht zu wissen, was seine Eltern planten. Es war, als würde er ständig darauf warten, dass etwas passierte. Und je mehr er über alles nachdachte, desto frustrierter wurde er.

Der Grund für den Anruf seines Vaters verblüffte ihn immer noch. Warum hatte Dad nicht seine Schadenfreude über die Auswirkungen dieser Gerüchte auf AC Developments zum Ausdruck gebracht? Warum hatte Dad vorgetäuscht, nichts von diesen Lügen zu wissen? Wenn Adam es nicht besser wüsste, hätte er gedacht, dass seine Eltern versucht hatten, sich mit ihm zu versöhnen, als sein Vater ihm vorgeschlagen hatte, zusammen zu Abend zu essen. Selbst Martha hatte es nicht glauben können und hatte sich prompt selbst zum Essen eingeladen, wann immer es auch stattgefunden hätte.

Adam hoffte wirklich, dass er seine Eltern nicht wiedersehen musste. Trotz ihrer angespannten Beziehung hatte er immer sein Bestes getan, um sich ihnen gegenüber höflich zu verhalten. Aber es war einfach zu viel, wenn sie Lügen über ihn verbreiteten, die sein Geschäft bedrohten, vor allem, da er nicht wusste, was sie planten. Dennoch wäre er für Marthas Unterstützung dankbar, wenn es zu einem Abendessen kommen sollte. Ihre Anwesenheit würde sicherstellen, dass er nichts tat oder sagte, was er bereuen würde.

Als er merkte, dass diese Gedanken ihn grüblerisch machten, schüttelte er sie ab und konzentrierte sich auf das, worüber Olivia und Tina sprachen. Sie diskutierten nun die Badezimmergrößen der verschiedenen Zimmer und die Frage, wie man die Armaturen so anpassen konnte, dass man jeweils eine Wanne und eine separate Dusche unterbringen konnte. Bei der Erwähnung von Duschen und Wasserdüsen stellte er sich automatisch Olivia in einer Dampfwolke vor und sein Blick fiel auf Olivias Lippen.

Er hatte im Flur den verrückten Drang gehabt, sie zu küssen, und hätte das wahrscheinlich auch getan, wenn sie sich nicht mitten im Büro befunden hätten. Sie hatte einfach so verdammt sexy ausgesehen, als sie ihn so wütend angefunkelt hatte. Ihre geröteten Wangen und leidenschaftlich funkelnden Augen hatten ihm die Sprache verschlagen.

Wenn man bedachte, dass sie die Tochter seines neuen Geschäftspartners war, war es ganz gut, dass er dem Drang nicht nachgegeben hatte. Er wollte nichts tun, was ihn bei Victor in Verruf bringen oder den Mann dazu bringen würde, sich von dem Deal zurückzuziehen.

Dennoch fragte Adam sich unwillkürlich, was passiert wäre, wenn er Olivia geküsst hätte. Hätte sie sich an ihn geschmiegt oder hätte sie sich ihm entzogen und ihn aus diesen schönen, wütenden Augen angefunkelt?

Er hatte diese Anziehungskraft zwischen ihnen nicht erwartet – eine Anziehungskraft, die immer stärker wurde, je näher er sie kennenlernte. Er konnte sich nicht erinnern, sich jemals zuvor so zu jemandem hingezogen gefühlt zu haben, und die Tatsache, dass sie den Mut hatte, mit ihm in einer Weise zu sprechen, wie es niemand sonst tat, hatte sofort sein Interesse geweckt und ihn dazu gebracht, sie noch mehr zu wollen.

Als hätte sie seine Gedanken gehört, schaute Olivia ihn an. Er blinzelte und sie erwiderte seinen Blick aus schmalen Augen, bevor sie Tina antwortete. Auf eine Art, über die er nicht genauer nachdenken wollte, besserte sich seine Stimmung sofort. Er dachte viel lieber an Olivia als an das ermüdende Verhalten seiner Eltern. Nachdem er diese Entscheidung getroffen hatte, wusste er, dass er den Rest des Meetings genießen würde.

„Danke, dass du dich vorhin wieder gefangen hast", sagte Olivia, als das Meeting vorbei und Tina gegangen war.

„Es tut mir leid. Ich bin schlecht gelaunt, seitdem ich gestern mit meinem Vater gesprochen habe. Ich hätte es nicht an euch auslassen sollen." Er würde sich bei Tina entschuldigen, wenn er sie das nächste Mal sah.

„Zumindest weiß ich, dass ich nicht die Einzige bin, die von ihren Eltern in den Wahnsinn getrieben wird."

Wenn sie wüsste. Ihr Vater war ein Heiliger im Vergleich zu seinem, obwohl er wusste, dass man einen Menschen nie danach beurteilen durfte, wie er sich in der Öffentlichkeit verhielt. Seine eigenen Eltern taten ihr Bestes, so zu erscheinen, als wären sie das perfekte Paar. Sie besuchten unzählige Wohltätigkeitsveranstaltungen und gaben sich unglaublich charmant. Aber in ihrem Privatleben waren sie Schlangen.

„Bitte begleite mich zum Abendessen", sagte er plötzlich. Er wusste nicht, ob es daran lag, dass er ihre Gesellschaft genoss oder ob er einfach nicht länger an seine Eltern denken wollte, aber er verspürte wirklich den Wunsch, mit ihr auszugehen.

Es dauerte eine Sekunde, bis sie nickte. „In Ordnung."

Ein Stein, den er kaum bemerkt hatte, fiel ihm vom Herzen. „Toll. Ich fahre."

KAPITEL ACHT

„Also entsprechen die Entwürfe, die Seths Firma vorgelegt hat, eher deinen Vorstellungen als Tinas heutige Vorschläge?", fragte Olivia, während sie ihr Steak aufschnitt.

Ein Lächeln umspielte Adams Lippen. Es war das erste Mal, dass er mit einer Frau zu Abend aß, die immer wieder versuchte, das Gespräch auf geschäftliche Themen zu lenken. Meistens war es umgekehrt und die Frauen versuchten, aus einem Geschäftstreffen etwas mehr zu machen. Vielleicht lag es daran, dass Olivia ihn, den Immobilienmogul und Milliardär, nicht als jemand Besonderes betrachtete, wie es bei den anderen Frauen der Fall gewesen war. Da ihre Familie wahrscheinlich genauso reich – wenn nicht sogar reicher – war wie seine, war er in ihren Augen nur ein ganz normaler Mann. Der Gedanke war überraschend befreiend.

„Nein. Tina war definitiv besser. Ich werde morgen

einen Blick auf ihre Entwürfe werfen und dich wissen lassen, wie ich mich entscheide."

„Danke."

Er nickte ihr zu. „Hast du noch andere Projekte in Arbeit?", fragte er, während er die Gabel zur Hand nahm.

„Nun … Ich hoffe, ein Hotel in der Nähe von Yosemite eröffnen zu können", sagte sie nach einem kurzen Zögern. „Ich habe das Gefühl, dass es eine riesige Chance für Luxushotels in Gegenden gibt, in denen Outdoor-Aktivitäten die Hauptattraktion sind. Die aktuell vorhandenen befinden sich alle an den gleichen Orten wie Jackson Hole oder Lake Tahoe und sind oft ein Jahr im Voraus ausgebucht. Ich hoffe, dass wir diese Lücke füllen können." Sie hob eine Schulter. „Nur weil jemand gerne wandert oder Kajak fährt, bedeutet das nicht, dass er nicht all die luxuriösen Annehmlichkeiten eines gehobenen Hotels zu schätzen weiß. Wahrscheinlich legen gerade Gäste dieser Art besonderen Wert auf einen gewissen Luxus. Am Ende eines langen Tages könnten sie sich im Spa massieren lassen oder sich einen ruhigen Abend gönnen, während sie die fantastische Aussicht vom privaten Balkon genießen."

Ihre Augen leuchteten, als sie darüber sprach, dass das Hotel Raum für Familientreffen und Firmenmeetings anbieten könnte, und er war unwillkürlich von ihr verzaubert. Sie war zwar immer schön, aber irgendwie machte es sie noch schöner, wenn man sie so leidenschaftlich über ihre Pläne reden sah.

„Zusätzlich zu einer Grab-und-Go-Station, die Sandwiches und dergleichen an die Leute verkauft, könnten wir ein Restaurant mit einem rotierenden Menü haben. Die meisten Leute werden sich nachts nicht weit vom Hotel entfernen und ich möchte ihnen zusätzlich zu den Angeboten der Restaurants eine Auswahl an verschiedenen Menüs geben."

Er hatte noch nie über den Tourismus in der Nähe von Nationalparks nachgedacht, aber er wusste, dass es dort eine Marktlücke für Luxushotels gab. Die meisten Hotels in der Nähe der Parks lagen am unteren Ende der Ausstattungsskala und er war sich sicher, dass viele Gäste eine luxuriösere Variante bevorzugen würden.

Olivias Schultern sackten plötzlich herab. „Natürlich hat mein Vater es noch nicht genehmigt, aber ich habe das Gefühl, dass er es bald tun wird."

„Er hat deine Vorschläge schon öfter abgelehnt?" Der Gedanke war überraschend. Nach dem, was er bisher von ihr gesehen hatte, schien sie sich wirklich in der Hotelbranche auszukennen – sicherlich mehr als er – und außerdem klug zu sein.

„Ja, obwohl ich die unterschiedlichsten Ideen hatte. Das ist jetzt mein zweiter Versuch, ihm die Abenteurer-Hotels schmackhaft zu machen. Davor wollte ich Hotels für junge Berufstätige eröffnen. Das ist der derzeit am schnellsten wachsende Markt in der Hotellerie."

„Hat er die Ablehnung jeweils begründet?"

„Ja, er hatte verschiedenste Gründe. Angefangen bei: Die Hotels passen nicht ganz zur Marke Montgomery, bis hin zu der Unterstellung, ich würde die Bereitschaft der Menschen überschätzen, für ein Luxushotel zu bezahlen." Sie lächelte. „Obwohl ich meinem Vater in vielen Punkte nicht recht gebe, gebe ich zu, dass ich bei der Aussicht, dem Unternehmen meinen Stempel aufzudrücken, vielleicht ein wenig übereifrig gewesen bin. Aber ich habe seit dieser ersten Ablehnung viel gelernt und vieles davon bei diesem neuen Vorschlag berücksichtigt."

Ihm kam unweigerlich der Gedanke, dass ihr Verlust sein Gewinn war. Wäre einer ihrer Vorschläge angenommen worden, wäre sie nicht The Mansion zugeteilt worden und er hätte nie die Chance bekommen, sie kennenzulernen. Denn unabhängig davon, was er von ihr und ihren Ideen hielt, genoss er es, mit ihr zu arbeiten.

„Hast du jemals in Erwägung gezogen, auf eigene Faust etwas auf die Beine zu stellen?" Warum war sie trotz der Ablehnung ihrer Ideen seitens ihres Vaters geblieben? Er war sich sicher, dass sie von anderer Seite die Unterstützung bekommen konnte, die sie brauchte, um ihre Projekte durchzuführen, aber stattdessen träumte sie von neuen Projekten, die sie ihrem Vater vorlegte.

„Ich möchte mich nicht vom Familienbetrieb lösen. Das habe ich noch nie in Betracht gezogen. Ich möchte Montgomery Hotels so vergrößern, wie mein Vater es getan hat, und ich denke, dass eine kleine Kette von Hotels der richtige Weg ist. Das würde unser Portfolio wirklich erweitern und Menschen, die sonst nicht in einem unserer Hotels übernachtet hätten, einen Vorgeschmack auf unsere Marke geben." Sie lächelte. „Und dann wollen sie hoffentlich in Zukunft auch unsere anderen Immobilien ausprobieren."

Sie so optimistisch zu sehen berührte ihn. Trotz der Zurückweisung ihres Vaters war sie so verdammt fröhlich und freute sich sogar auf zukünftige Chancen. Er glaubte nicht, dass er so optimistisch gewesen wäre. Er wurde vom Streben nach Erfolg angetrieben, ja, aber das vor allem deswegen, weil er seinen Eltern zeigen wollte, dass er sie nicht brauchte, während sie nicht den geringsten Groll gegen ihren Vater zu hegen schien, obwohl er ihre Ideen immer wieder ablehnte. Ihr Herz war auf eine Art rein, von der er bezweifelte, dass er sie jemals zuvor erlebt hatte. Selbst als sie über die Entwürfe des Architekten gelogen hatte, hatte sie dabei an ihren Großvater gedacht – nicht an sich selbst.

Er dachte an das Gespräch, das sie zuvor geführt hatten, und daran, dass sie angeboten hatte, sich um die kleinen Dinge zu kümmern und ihn nur einzubinden, wenn es um die größeren Entscheidungen ging, und ihm war klar, dass er das nicht riskieren konnte. Sicher, sie hatte einige wunderbare Ideen für The Mansion und machte insgesamt einen tollen Job, aber die Liebe zu ihrer Familie machte sie blind für das, was das Hotel wirklich brauchte. Himmel. Er konnte sich noch an ihr Zögern erinnern, als sie sich die Konzeptentwürfe während ihres letzten Treffens mit Axe angeschaut hatte. Sie glaube wahrscheinlich, ihre Reaktion gut verborgen zu haben, aber er hatte die Panik in ihren Augen gesehen. Und aus diesem Grund wusste er, dass er ihr auf keinen Fall in irgendeiner Phase des Designfindungsprozesses die Entscheidung überlassen konnte, egal wie klein sie auch sein mochte.

„Wie sieht es mit deinen Geschwistern aus?", fragte er. „Arbeiten sie auch im Unternehmen?"

„Ich habe nur einen Bruder. Er hat sich für die Branche

entschieden, auf die sich unser Familienunternehmen ursprünglich gegründet hat – das Bankwesen. Er hat nie gerne im Hotel gearbeitet."

„Lass mich raten, dein Vater hat euch zwei als Kinder im Hotel arbeiten lassen."

Sie nickte. „Jeden Tag nach der Schule. Er wollte, dass wir das Geschäft in- und auswendig kennenlernen, so wie es bei ihm der Fall gewesen war. Wir haben uns mit allem beschäftigt, von der Reinigung der Zimmer bis zur Reservierung."

Er lächelte. Er konnte sich eine junge Olivia, die an der Rezeption arbeitete, nur zu gut vorstellen. „Und ich vermute, du hast dich in die Arbeit verliebt?"

„Nein, ich habe sie absolut gehasst", sagte sie mit so viel Überzeugung, dass er lachte. „Es kam mir nicht fair vor, dass meine Klassenkameraden nach der Schule shoppen gehen durften, während ich im Hotel festsaß."

„Was hat sich geändert?" Denn jetzt schien sie die Arbeit offensichtlich zu genießen.

„Ehrlich gesagt? Ich hatte nie vor, im Gastgewerbe zu landen. Ich habe Architektur am College studiert."

„Architektur, wirklich? Das ist eine ganz andere Richtung."

„Ich war schon immer fasziniert von Gebäuden und ihren Entwürfen. Sie sind ein so grundlegender Teil unseres Lebens, und doch gibt es immer wieder diese erstaunlichen Architekten, die die Grundbausteine – Wände, Fenster, Dächer – nehmen und etwas völlig Neues auf den Tisch bringen können. Und ich finde es schön, wenn eine Generation nach der anderen sich an dem gleichen

Gebäude erfreut – an den gleichen Räumen. Als ich angefangen habe, tiefer in das Studium einzutauchen, habe ich mit der Zeit gesehen, dass eine Mauer mehr als nur eine Mauer ist – dass wir über unsere eigenen Grenzen hinausgehen können. Und", sie lachte leise, „dass ich mich davon zu leicht mitreißen lasse."

„Nein, ich mag diese Perspektive. Auch wenn Architektur eine große Rolle bei dem spielt, was ich tue, habe ich mir nie wirklich Gedanken über die Strukturen gemacht, die über funktionale Zwecke hinausgehen." Ihre Leidenschaft erinnerte ihn an seinen Großvater und an die Art und Weise, wie er stundenlang über verschiedene Chemikalien sprechen konnte und wie er den perfekten Prozess und die perfekte Kombination für ein neues Produkt entwickelte. Beide strahlten die gleiche Begeisterung für ihre Arbeit aus und unwillkürlich kam ihm der Gedanke, dass sein Grandpa Olivia geliebt hätte.

Adam bezweifelte, dass er jemals wieder in der Lage sein würde, das Design seiner Einkaufszentren zu betrachten, ohne an die Begeisterung in Olivias Stimme zu denken und sich zu ermutigen, den größeren Zweck in dem zu sehen, was er baute, obwohl seine Manager ihn wahrscheinlich für verrückt erklären würden, wenn er jemals über die Bedeutung des Gebäudes anstatt nur über dessen Kosten pro Quadratmeter sprechen würde.

„Du liebst die Architektur eindeutig. Warum hast du ihr den Rücken gekehrt?"

Mehrere Sekunden verstrichen. Sie schien über ihre Antwort nachzudenken. Schließlich setzte sie an: „Ich habe mich im Entwurf wirklich schwergetan, was leider der wichtigste Kurs war." Sie hob eine Schulter. „Egal, wie hart ich an meinen Entwürfen gearbeitet habe, ich hatte immer Mühe zu bestehen. Drei Jahre später hatte mein Vater einen Herzinfarkt und meine Eltern baten mich, im Büro zu helfen. Da der Infarkt stressbedingt war, hat sich Mom auf die Seite der Ärzte gestellt, die sagten, dass Dad nicht so schnell wieder anfangen könnte zu arbeiten. Natürlich war Dad nicht allzu glücklich darüber, aber Mom wusste, dass er sich wohler fühlen würde, wenn Robert oder ich im Büro wären, die Dinge im Auge behalten und ihn über das aktuelle Geschehen auf dem Laufenden halten würden. Zu dieser Zeit war der Gedanke an zwei weitere Jahre Entwurfskurse reine Folter, also habe ich die Chance ergriffen, eine Pause einzulegen. Ich sagte mir, dass ich wieder aufs College gehen würde, sobald Dad sich erholt hat, aber ich habe es nie getan."

„Denkst du noch darüber nach zurückzugehen?"

„Manchmal, aber ich kann mir einfach nicht vorstellen, wie das zu meiner Arbeit bei Montgomery passen würde. Ich liebe es, im Unternehmen zu arbeiten, aber gleichzeitig bin ich nicht so gut wie jemand wie Seth, wenn es um Architektur geht. Und mein Stolz verbietet mir, nicht die Beste zu sein." Sie lachte. „Es ist schon komisch. Als Kind habe ich immer mein Bestes gegeben, um mich in der Schule zu profilieren, damit ich nicht für Montgomery arbeiten muss, und jetzt liebe ich es."

Adam lachte. „Da deine Aufgaben im Hotel als Kind im Grunde Routinearbeiten waren, ist das nur zu verständlich."

Sie nickte ihm zu. „Wie war es bei dir? Hast du jemals

darüber nachgedacht, Dannier beizutreten?", fragte sie und verwies damit auf die Kosmetikfirma, die sein Großvater gegründet hatte.

„Fast mein ganzes Leben", sagte er. Sie blinzelte überrascht. Er lachte. Er wusste, was sie dachte. Was er jetzt tat, war so ziemlich das komplette Gegenteil. „Ich wollte sogar Chemie studieren, um die Produkte besser zu verstehen", gestand er. „Ich habe mir schon immer gerne die Maschinen in der Fabrik angeschaut und als mein Großvater mich zum ersten Mal in sein Labor brachte, machte es bei mir Klick und mir wurde klar, dass ich genau das tun wollte. Aber mein Vater hatte andere Pläne. Er wollte, dass ich Betriebswirtschaft studierte." Manchmal konnte Adam immer noch nicht glauben, was sein Vater zu tun bereit gewesen war, um ihn zu zwingen, das zu tun, was er wollte. Und seine Mutter war genauso schlimm. „Irgendwann wurde mir klar, dass ich nicht mit ihm arbeiten kann."

Selbst ohne all die Lügen seines Vaters war Adam schnell klar geworden, dass sie nicht lange zusammenarbeiten konnten. Als er siebzehn war, hatte er sich an seinen Vater gewandt, um die Erlaubnis zu bekommen, eine Herrenpflege-Produktlinie zu gründen. Er wusste, dass Männer ihre Produkte kauften, aber es brachte sie oft in Verlegenheit, weil ihre Creme als Feuchtigkeitscreme für Frauen bekannt war. Dad hatte die Idee als faszinierend bezeichnet, sie aber abgelehnt und behauptet, Männer könnten ihre Feuchtigkeitscreme einfach online bestellen. Er hatte nicht einmal einen

Gedanken an all die zusätzlichen Produkte verschwendet, die sie hätten herstellen können.

Obwohl Adam nie Olivias Geduld gehabt hatte, nach mehreren Zurückweisungen weiterhin im Unternehmen zu bleiben, fragte er sich manchmal, was passiert wäre, wenn er geblieben wäre. Hätte er Dad schließlich davon überzeugen können, eine Produktlinie für Männer oder einfach nur ein Aftershave zu entwickeln? Und hätte dieses eine Produkt schließlich zu einer ganzen Produktlinie geführt?

„Das muss hart gewesen sein", sagte Olivia. „Aber ich denke, es ist besser, so früh wie möglich zu dieser Erkenntnis zu kommen und die Beziehung zu retten. Und du hast dir in der Immobilienentwicklung einen guten Namen gemacht. Ich bin sicher, dass deine Eltern stolz auf dich sind."

Wenn sie es nur wären. „Leider sind sie immer noch sauer auf mich, dass ich meinen eigenen Weg gehe", sagte er, bevor er sich bremsen konnte. „Da ich der erstgeborene Sohn war, waren sie der festen Meinung, es sei meine Pflicht, irgendwann die Firma zu übernehmen."

„Wie lange ist es her, seitdem du AC Developments verlassen und deine eigene Firma gegründet hast?

„Etwa zwölf Jahre."

Ihre Augen weiteten sich. „Zwölf Jahre und sie sind immer noch nicht darüber hinweg, dass du gegangen bist?"

Er zuckte mit den Achseln. „Sie haben ein gutes Gedächtnis."

„Aber das ist wahnsinnig. Wie ist es mit deinen Geschwistern? Arbeiten sie im Unternehmen?"

„Nein. Meine Schwester liebt ihren Job als Anwältin für gewerblichen Rechtsschutz und mein Bruder hat nicht genug Disziplin, um zu arbeiten. Aber hoffentlich werden sie im Laufe der Zeit aktivere Rollen übernehmen und in den Vorstand eintreten." Denn egal, was zwischen ihm und seinen Eltern vorgefallen war, Adam wollte, dass Dannier unter der Kontrolle seiner Familie blieb. Es war ihr Vermächtnis.

Olivia runzelte die Stirn und er dachte unwillkürlich darüber nach, wie unterschiedlich die Erfahrungen waren, die sie gemacht hatten. Im Gegensatz zu ihr hatte er für die Tage gelebt, an denen sein Grandpa ihn mit in die Fabrik nahm, und als er älter wurde, wollte er nichts anderes, als im Geschäft der Familie zu arbeiten. Nun sprach er nicht einmal mit seinen Eltern, es sei denn, es war unumgänglich.

„Wie bist du zum Baugewerbe gekommen?", fragte sie und brach das Schweigen. „Es ist so ziemlich das Gegenteil zur chemischen Forschung."

Er lachte. „Damals wollte ich lediglich mein eigenes Geld verdienen, damit ich so schnell wie möglich unabhängig werden konnte. Wenn ich mit der chemischen Forschung weitergemacht hätte, hätte ich einen College-Abschluss machen müssen, bevor ich mir eine Arbeit hätte suchen können, oder ich hätte mein eigenes Unternehmen gründen müssen. Und da ich keine zündenden Ideen für ein neues Produkt hatte, kamen mir Immobilien in den Sinn. Das schien damals eine bombensichere Idee zu sein. Ich habe erst später erkannt, wie sehr das hätte ins Auge gehen können." Zumal er überhaupt keine Ahnung gehabt hatte, was er da überhaupt tat, und keinerlei Bauerfahrung gehabt hatte. Sicher, er hatte viel recherchiert, aber die Realität war doch etwas ganz anderes.

„Das kann ich mir vorstellen! Aber warum Texas? Hast du dort Familie?"

„Nein. Keine Verwandten." Er hatte alles selbst machen müssen. „Ich bin sicher, dass du diese Artikel über die boomende Wirtschaft in Texas gelesen hast und wie viele Unternehmen sich dort angesiedelt haben. Und da die Leute den Jobs folgen, dachte ich, dass eine Wohnsiedlung oder ein Einkaufskomplex am richtigen Ort ein Erfolg sein müsste. Ich habe eine Liste der Bauprojekte erstellt, von denen ich wusste, dass sie geplant waren, und bin nach Dallas geflogen. Dort bin ich herumgefahren, um zu sehen, welche Möglichkeiten ich finden konnte. In Austin habe ich es genauso gemacht. Schließlich habe ich mit dem Geld, das mein Großvater mir hinterlassen hatte, die Baurechte für ein großes Stück Land etwas außerhalb von Houston gekauft und mit dem Bau einer kleinen Siedlung von zwanzig Häusern und einem Einkaufskomplex mit fünf Etagen begonnen."

Er hatte wirklich Glück gehabt, direkt am Anfang einen wunderbaren Architekten zu finden, aber seine Wahl der Baufirmen war unterdurchschnittlich gewesen. Er hatte sich auf den Rücken geklopft, als er eine gefunden hatte, die erfahren und preiswert gewesen war. Aber sie hatte die Arbeit an eine unzuverlässige Crew weitergereicht. Nachdem sie einige Fristen nicht eingehalten hatte, war Adam nach Texas gezogen, um das Projekt selbst zu beaufsichtigen, und hatte sogar zweimal am Tag mit dem Architekten zusammen Inspektionen durchgeführt, um sicherzustellen, dass alles wie geplant verlief. Adam hatte inzwischen sein Traumteam, aber es hatte ihn einiges gekostet.

„Wir hatten bereits Mieter für den Einkaufskomplex, sobald wir den Boden geebnet hatten, und alle Häuser verkauft, bevor wir überhaupt die Chance hatten, ein Modellhaus zu errichten. Es gab eine kurze Verzögerung beim Bau, aber zum Glück haben wir keine Mieter oder Käufer verloren. Der Gewinn ging dann in die Erweiterung der Siedlung."

„Und das ist dir in so kurzer Zeit großartig gelungen!"

„Ich hatte großes Glück, dass mein Großvater mir einen Treuhandfonds hinterlassen hat, und noch größeres, dass er keine Wartezeit festgelegt hat, bis ich auf das Geld zugreifen konnte." Aus diesem Grund war Adam in der Lage gewesen, ohne die Hilfe seiner Eltern und auf eigene Faust etwas aufzubauen.

Olivia lachte. „Das Geld hätte dir wahrscheinlich auf Lebenszeit einen gewissen Luxus garantiert, aber stattdessen hast du alles riskiert."

„Das gilt auch für dich. Ich bin sicher, dass du für dein Leben ausgesorgt hast, und trotzdem hast du dich dafür entschieden, zu arbeiten."

Sie zog ihre Nase kraus. „Charakterschwäche. Ich war noch nie sonderlich schlau. Was ist deine Ausrede?"

Er lächelte und zuckte dann mit den Achseln. „Ich wusste nur, dass ich nicht wie die anderen privilegierten Schnösel sein wollte, die im Grunde nichts tun." Er wollte mehr für sich selbst als das untätige Leben, das viele seiner alten Schulkameraden gewählt hatten. Die Tatsache, dass seine Eltern darauf gewartet hatten, dass er scheiterte, hatte seine Entschlossenheit, etwas aus seinem Leben zu machen, nur gestärkt. „Mein Grandpa war ein Selfmademan und als ich gesehen habe, wie er arbeitete – die Produkte, die er auf den Markt brachte, und die Chancen, die er seinen Mitarbeitern gab –, wollte ich etwas Ähnliches tun. Ich hatte Klassenkameraden, deren Familien sich ausschließlich auf ihr Einkommen aus Investitionen verließen, und ich fand das eine ziemlich verrückte Art zu leben. Sie taten nichts und verdienten trotzdem mehr Geld als die fleißigen Mitarbeiter meines Großvaters. Obwohl mein Grandpa mir nie gesagt hat, wozu ich das Geld verwenden soll, weiß ich, dass er enttäuscht gewesen wäre, wenn ich mich entschieden hätte, davon zu leben, anstatt etwas aus mir zu machen.“

Als er fertig war, war Adam überrascht, wie viel er über sich erzählt hatte. Er hatte sich noch nie jemandem so sehr geöffnet wie ihr – vor allem nicht, was seine Arbeit und sein Geld betraf. Er war immer vorsichtig mit seinen Worten gewesen, aber sein Bauchgefühl sagte ihm, dass es ihr genauso ging.

„Wie sieht's mit dir aus?“, fragte er. „Und sag jetzt nicht, dass es eine Charakterschwäche ist.“

Sie lachte und nickte dann. „Mein Vater. Er hat meinem Bruder und mir eingebläut, wie glücklich wir uns schätzen können. Er hat immer gesagt, wie gut es uns ginge, dass wir essen könnten, was wir wollen, und dass wir uns alles leisten könnten und dass wir uns nicht darüber beschweren sollten, dass wir im Hotel arbeiten müssten.“ Seine Lippen zuckten und sie fuhr fort: „Und ich denke, die Tatsache, dass wir auf diese Weise im Hotel aufgewachsen sind, hat dafür gesorgt, dass Arbeit für uns etwas ganz Natürliches war. Aber als ich älter wurde, habe ich erkannt, wie gesegnet ich war, so viele tolle Chancen zu haben, und mir war klar, dass ich sie nicht vergeuden wollte."

Adam bewunderte unwillkürlich ihre Arbeitsmoral. Er konnte sich leicht vorstellen, dass jemand wie sie – der schon von klein auf hatte arbeiten müssen – die erste Gelegenheit nutzen würde, nicht mehr arbeiten zu müssen und endlich eine Pause einzulegen. Sie aber nicht. Sie wollte sich nicht nur ihren eigenen Weg in der Welt erkämpfen, sondern, genau wie er, auch etwas bewegen. Er glaubte nicht, dass er jemals eine Frau wie sie getroffen hatte, und wünschte, sie hätten sich unter anderen Umständen kennengelernt, was bestätigte, wie verrückt sie ihn machte.

Sie machte einen erstaunlichen Job bei The Mansion und er dagegen dachte darüber nach, wie toll die Dinge zwischen ihnen sein könnten, wenn sie nicht zusammen arbeiten würden. Er schüttelte innerlich den Kopf. Er hatte das Geschäft immer zu seiner obersten Priorität gemacht, aber Olivia brachte alles durcheinander.

Er sollte einfach froh sein, dass er jemanden wie sie in seinem Team hatte, und sich damit abfinden, sie nur im geschäftlichen Umfeld zu sehen. Aber er fragte sich bereits, ob es zu voreilig war, sie morgen zu einem weiteren „Geschäftsessen" einzuladen.

* * *

„Danke für das Abendessen", sagte Olivia, als Adam neben ihrem Auto parkte.

„Was hältst du davon, mir morgen Abend mit einem gemeinsamen Abendessen dafür zu danken?", fragte er, und sie lachte. Sie würde sich gerne mit ihm für ein echtes Date verabreden, doch sie nahm an, dass er nur scherzte. Nachdem sie so viel über sich selbst gesprochen hatte, war es unwahrscheinlich, dass er den Abend tatsächlich genossen hatte. Aber wie immer war er charmant und kokett gewesen.

Sie wusste nicht, was mit ihr los war. Sie hätte das Abendessen nutzen sollen, um ihn mit ihren Ideen für die Renovierung zu beeindrucken. Stattdessen hatte sie über ihre Probleme im College und die von ihrem Vater abgelehnten Vorschläge gesprochen.

Es war einfach so leicht, mit ihm zu sprechen, dass sie sich selbst vergessen hatte. Er schien wirklich interessiert zu sein und stellte bedachte Fragen, die sie dazu brachten, sich in einer Weise zu öffnen, die ihr selten passierte. Er hatte etwas an sich – vielleicht war es die Art, wie er sie ansah, als würde er sie wirklich sehen –, das ihr das Gefühl gab, dass sie die einzigen beiden Personen im Raum waren. Sie wollte nicht, dass der Abend schon zu Ende ging.

Es war so leicht zu vergessen, dass er ein Kunde war und nicht jemand, den sie bereits ihr ganzes Leben lang kannte. Und das war eine gefährliche Denkweise, denn die Gefahr bestand, dass sie sich tatsächlich in ihn verliebte. Wenn sie ganz ehrlich zu sich war, hatte sie das bereits.

Was er geschäftlich erreicht hatte, war äußerst

bewundernswert, und sie hatte das Gefühl, dass ihm wirklich etwas an seinen Mitarbeitern lag. Aber egal, was sie heute Abend gefühlt hatte, er war ein Kunde. Zwischen ihnen konnte sich nichts entwickeln, also musste sie aufpassen, was sie tat, wenn er in der Nähe war, und sicherstellen, dass sie ihre Gefühle – und ihren Mund – im Zaum hielt.

Sie strich sich die Haare hinters Ohr und um ihr Gespräch auf ein weniger gefährliches Terrain zu bringen, sagte sie: „Lass mich wissen, wie du dich bezüglich der Innenarchitektur entscheidest."

„Das werde ich", sagte er, dann legte er seine Hand auf ihre Wange und küsste sie. Seine Lippen waren unerwartet weich, und sie war überrascht, dass sie seinen Kuss erwiderte. Verlangen übermannte sie, als seine Zunge gegen ihre stieß und er den Kuss vertiefte. Es war zu schnell vorbei, und sie widersetzte sich dem Drang, seinen Kopf an sich zu ziehen, um mehr zu bekommen.

Okay, also hatte er wegen des Abendessens morgen nicht gescherzt.

Wärme durchströmte sie bei der Erkenntnis, dass er ihre Gesellschaft genossen hatte, bevor die Realität sie traf. Obwohl ihr Vater vorgeschlagen hatte, sie mit Adam zusammenzubringen, wusste sie, dass er das nicht ernst gemeint hatte. In Wirklichkeit wäre jede Beziehung zwischen ihr und Adam höchst unpassend und sie würde niemals absichtlich etwas tun, was Montgomerys Ruf schaden würde. Die Tatsache, dass ihr Vater ihr nie ausdrücklich verboten hatte, Arbeit mit Vergnügen zu kombinieren, stärkte ihre Entschlossenheit nur. Ihr Vater vertraute darauf, dass sie das Richtige tat. Sie konnte ihn nicht enttäuschen, indem sie dieses Vertrauen verriet.

Außerdem war es schwer genug, objektiv zu bleiben, wenn es um The Mansion ging. Sich auf Adam einzulassen würde die Dinge unnötig erschweren – vor allem, da sie sich so uneins waren, was das Design betraf. Dennoch wünschte sie sich, dass die Dinge anders wären. Sie konnte sich nicht erinnern, jemals so im Einklang mit jemandem gewesen zu sein.

Schauer liefen ihr über die Wirbelsäule, als sie aufblickte und den Ausdruck in seinen Augen sah. Sie sah das Feuer in ihnen. „Das hätten wir nicht tun sollen", sagte sie, als sie endlich ihre Stimme wiederfand. Trotzdem wusste sie, dass ihr der Kuss heute Abend nicht aus dem Kopf gehen würde.

Er nickte, während er sie beobachtete. „Wahrscheinlich nicht, aber ich hätte nichts dagegen, es noch einmal zu tun."

Sie auch nicht, und das war das Problem. Sie spürte eine Verbindung zu ihm, die sie noch nie bei jemand anderem gespürt hatte, und deshalb war sie versucht, alle Vorsicht fallen zu lassen. Aber sie konnte sich keine Fehler mehr leisten. Sie hatte bereits viel Zeit verschwendet, indem sie Seths Konzepte zurückgehalten hatte, und musste sich selbst beweisen, dass sie das Projekt bewältigen konnte.

„Aber wir sollten es nicht noch einmal tun", antwortete sie. „Ich bezweifle, dass sich einer von uns wohlfühlt, wenn es nicht funktioniert und wir trotzdem noch miteinander arbeiten müssen." Da er ein so aktiver Partner war, war die Katastrophe vorprogrammiert. Die Kommunikation auf geschäftlicher Ebene würde viel schwieriger sein und sie wollte nichts tun, was den Mansion-Deal oder ihre Position darin gefährden könnte. Gleichgültig, wie einvernehmlich eine Trennung wäre, sie würde auf jeden Fall Probleme mit sich bringen.

Adam seufzte, als er sich in seinem Sitz zurücklehnte und sich mit der Hand über das Gesicht fuhr. „Okay. Ich habe es verstanden."

Sie war enttäuscht, dass er so leicht nachgab, doch dann schimpfte sie sich stillschweigend. Sie wollte doch nicht, dass er mit ihr stritt, oder? Gelegenheiten wie The Mansion kamen nur einmal im Leben. Sie würde es nicht vermasseln – egal wie gut Adam war oder wie verbunden sie sich ihm heute Abend gefühlt hatte.

KAPITEL NEUN

Er hätte Olivia nicht küssen sollen.

Adam seufzte, als er sich am Donnerstagmorgen auf den Weg zu ihrem Büro machte. Sie hatte gesagt, dass es unangenehm werden könnte, wenn sie sich auf eine Beziehung einließen, die zerbrechen könnte. Aber irgendwie war die Situation bereits seltsam, und das, obwohl sie bisher noch gar nichts miteinander angefangen hatten. Sie hatte ihm während des gestrigen Meetings kaum in die Augen schauen können und ehrlich gesagt, war es ihm nicht besser ergangen. Er hatte versucht, nicht auf ihre Lippen zu blicken, und hatte stattdessen auf seinen Notizblock gestarrt und versucht, nicht daran zu denken, wie süß sie geschmeckt hatten.

Bevor es noch schlimmer wurde, hatte er beschlossen, ihr ein Friedensangebot zu machen, in der Hoffnung, ihre Beziehung wieder auf eine freundschaftliche, aber professionelle Basis zu bringen, weil er sich eine weitere Katastrophe wie gestern einfach nicht leisten konnte. Die sonst so gesprächige und sachkundige Olivia hatte kaum etwas gesagt, und er war genauso abgelenkt gewesen, was zu einem ziemlich unproduktiven Treffen geführt hatte. Wären ihre Teammitglieder nicht da gewesen, um die Diskussion zu führen, wären sie keinen Schritt weitergekommen.

Obwohl es ihm nicht gefiel, wusste er, dass Olivia die richtige Entscheidung getroffen hatte. Eine Geschäftsbeziehung in eine intime Beziehung zu verwandeln, führte immer zu Chaos, weshalb er dies immer vermieden hatte. Ganz zu schweigen davon, dass beide sehr unterschiedliche Ansichten darüber hatten, wie die Renovierungen verlaufen sollten. Sie würden sich wahrscheinlich immer gegenseitig kritisieren oder sich fragen, ob einer den anderen benutzte.

Es war verdammt schade.

Er hätte gerne die Chance gehabt, sie besser kennenzulernen, aber dieses Projekt war zu wichtig für sie beide, um es mit einer Affäre ins Chaos zu stürzen. Hoffentlich würde er es schaffen, die unangenehme Stimmung zwischen ihnen zu zerstreuen. Er hatte die Rezeptionistin angerufen und sie gefragt, ob es eine Süßspeise gab, die Olivia besonders gern mochte, und jetzt stand er hier mit einem Kuchen aus ihrer Lieblingsbäckerei.

Sein Großvater hatte ihm immer gesagt, dass man sich mit kleinen Geschenken die Gunst der Frauen erhält. Grandpa hatte oft die Zeit vergessen, wenn er im Labor experimentierte, und war erst am nächsten Morgen nach Hause gekommen. Um es bei Grandma wiedergutzumachen, hatte Grandpa immer bei einem

Geschäft angehalten, um einen Blumenstrauß oder einen Leckerbissen zu besorgen. Grandma war nur allzu vertraut mit Grandpas Vergesslichkeit, aber sie hatte sich trotzdem gefreut, dass er sie genug schätzte, um ein Entschuldigungsgeschenk mit nach Hause zu bringen.

Adam betete, dass der Rat seines Grandpas auch bei Olivia Wirkung zeigen würde, und klopfte an ihrer offenen Tür. Sie schaute von dem Papier auf, auf dem sie gerade Notizen machte, und erstarrte.

„Hey", sagte sie steif, und er vermisste unweigerlich die Leichtigkeit zwischen ihnen. Es war wahrscheinlich zu viel verlangt, dass die Dinge wieder so sein könnten, wie sie es vor dem Kuss gewesen waren. Dennoch überraschte es ihn, dass er von einem Gefühl des Verlustes übermannt wurde.

Ein Teil von ihm wünschte, er hätte sie nie geküsst. Er hatte nicht nur eine Geschäftsbeziehung gefährdet, sondern möglicherweise auch eine aufkeimende Freundschaft. Er hatte eine Seelenverwandte in ihr gefunden und konnte es nicht ausstehen, dass sie sich jetzt so unwohl fühlte, wenn er in ihrer Nähe war. Aber ein anderer Teil von ihm wusste, dass er es versuchen musste oder es bis in alle Ewigkeit bereuen würde. Denn ungeachtet seiner Sorgen, wie es ihre Arbeit beeinflussen könnte, war er dennoch bereit, eine Beziehung mit ihr zu riskieren. Wenn sie nur bereit wäre. Aber sie hatte ihre Entscheidung getroffen und er würde sie akzeptieren.

„Hey, Olivia. Ich wollte nur schnell diesen Kuchen vorbeibringen", sagte er, als er eintrat.

Ihre Augen weiteten sich, als sie den Karton sah. „Danke. Ich liebe Dawn's."

Sie schob die Papiere, an denen sie gearbeitet hatte, beiseite, um Platz für den Kuchen zu schaffen. Er schaute darauf und sah eine Skizze. Es sah aus wie eine Lobby, aber aufgrund der sehr rustikalen Details, die an ein Blockhaus erinnerten, konnte es sich nicht um The Mansion handeln.

„Ist das dein Yosemite-Hotel?"

Sie erstarrte und ihre Wangen überzogen sich mit einem hübschen Rosa. „Ja. Auch wenn mein Vater es noch nicht bewilligt hat, denke ich immer noch gerne darüber nach und arbeite gerne an den ersten Entwürfen."

„Es sieht gut aus." Der steinerne Kamin und die erdige Farbpalette schufen einen charmanten und einladenden Raum. Er konnte sich leicht vorstellen, sich mit einem heißen Getränk in einen der Ledersessel zu setzen. Er war versucht, sie mit ihrem Architekturstudium zu necken, tat es aber nicht. Dabei würde eine Vertrautheit aufkommen, eine Intimität zwischen ihnen, die besser unangetastet blieb. Ja, da sprangen Funken über, aber er würde sie nicht zu einem Feuer entfachen, egal wie gern er es getan hätte. Er war heute hierhergekommen, um hoffentlich ihre berufliche Beziehung wiederzubeleben – und nicht, um es noch schlimmer zu machen.

Er bewegte sich auf einen der Stühle vor ihren Schreibtisch zu. „Darf ich?" Sie nickte und er nahm Platz. Er seufzte, als er eine Hand auf seine Oberschenkel legte. „Ich wollte nur reinen Tisch machen und sagen, dass zwischen uns alles in Ordnung ist und sich nichts verändert hat."

Ihre Augen funkelten belustigt. „Es wäre nicht gut, wenn es nicht so wäre. Wir arbeiten an einem wirklich wichtigen Projekt und können es uns nicht leisten, den Fokus zu verlieren." Die Mischung aus Ernsthaftigkeit und Unbeschwertheit – die seiner eigenen Ausdrucksweise so ähnlich war – erinnerte ihn daran, warum er sich so zu ihr hingezogen fühlte. „Ich denke, das gestrige Meeting hat uns ein wenig ein Gefühl dafür gegeben, was hätte passieren können."

„Deshalb bin ich heute hierhergekommen. Das Meeting gestern war furchtbar."

Sie winkte ab. „Ich weiß, und das tut mir leid. Dieses Projekt verdient meine volle Aufmerksamkeit und die habe ich ihm gestern nicht gegeben."

„Du musst dich nicht entschuldigen. Ich war nicht besser und mir wird langsam klar, dass deine Entscheidung die richtige war." Er hatte schon Schwierigkeiten, sich zu konzentrieren, nachdem er sie lediglich geküsst hatte. Er wollte sich nicht einmal vorstellen, wie unkonzentriert er in einer Besprechung wäre, wenn sie jemals weitergehen würden, als sich nur zu küssen. „Ich habe mir den Kopf zerbrochen und darüber nachgedacht, wie ich das wiedergutmachen kann, und mir ist nichts anderes eingefallen, als dir einen Kuchen zu bringen, um die Stimmung zwischen uns etwas aufzulockern."

„Was ich total schätze", sagte sie und lächelte.

„Irgendwelche Ideen, wie wir weitermachen sollen?" Auch wenn es nie eine Beziehung zwischen ihnen geben konnte, wollte er die Olivia zurück, die weder Angst hatte, ihm Vorwürfe zu machen, noch ihm zu sagen, er solle seine Haltung bewahren.

„Nun. Ich hoffe, dass die merkwürdige Stimmung mit

der Zeit vergehen wird. Vielleicht war es nur, weil wir uns nach dem Kuss zum ersten Mal wiedergesehen haben. Wir scheinen die Lage jetzt sichtlich besser im Griff zu haben. Hey, wie wäre es damit – wir könnten den Kuchen essen, während wir das besprechen, was wir bei dem Treffen hätten besprechen sollen, wenn wir nicht so abgelenkt gewesen wären?"

„Ich lenke dich ab?" Wärme durchflutete ihn bei dem Gedanken.

„Das weißt du sehr wohl."

„Schon, aber ich wollte es aus deinem Mund hören."

Sie lachte. „Trotzdem sind mir einige Gedanken und Ideen gekommen, als ich mir die Notizen angeschaut habe, die ich an Tina schicken wollte. Ich wollte Ricky heute Nachmittag noch eine E-Mail schicken, aber wir können das gern jetzt besprechen."

Erleichterung durchflutete ihn angesichts der Tatsache, dass sie bereit war, die verlegene Stimmung zwischen ihnen beiseitezuschieben. Er hatte befürchtet, einen Fehler begangen zu haben, der nicht mehr rückgängig gemacht werden konnte.

„Das würde mir gefallen."

„Klasse. Lass mich schnell ein paar Teller und Besteck holen."

* * *

Olivia bahnte sich ihren Weg durch das vertraute Restaurant und bewunderte die einzigartige Mischung aus amerikanischer Handarbeit und moderner Architektur. Mit seinen warmen Lichtern und den schlichten Holzarbeiten strahlte The Tavern eine elegante Gemütlichkeit aus, mit der nur wenige andere Restaurants mithalten konnten.

Es war noch früh am Abend und noch ziemlich leer im Lokal, aber aus Erfahrung wusste sie, dass jeder Tisch besetzt sein würde, wenn sie und Stacy das Lokal wieder verließen. Stacy hatte sie angerufen und gefragt, ob sie zum Abendessen zur Verfügung stehe. Angesichts der Tatsache, wie beschäftigt sie bei der Arbeit war, freute Olivia sich über die Gelegenheit, ein wenig von allem wegzukommen.

Sie fand ihre Freundin an ihrem üblichen Tisch, an einer Seite des Restaurants und etwas vom Hauptspeisesaal entfernt. „Hey Stacy!", sagte sie, als sie sich näherte.

„Livie!" Stacy lächelte, legte ihr Handy beiseite und stand auf, um sie zu umarmen.

Olivia erinnerte sich an Stacys Leibwächter Pete und sah sich suchend um. Er saß zwei Tische entfernt und sie nickte ihm freundlich zu. Der Leibwächter war eine ständige Erinnerung daran, dass Stacy einst entführt und erpresst worden war. Nachdem Stacy wieder zu Hause in Sicherheit gewesen war, hatten ihre Eltern sie nie wieder ohne Schutz irgendwohin gehen lassen. Olivia erinnerte sich an diese beängstigende Zeit und zog ihre Freundin fest an sich, bevor sie sie wieder losließ.

„Also, feiern wir irgendetwas?", fragte Olivia, während sie sich setzten.

„Nein, aber das erinnert mich an etwas. Die Eröffnung unseres Gemeindezentrums in Trenton findet am kommenden Samstag statt."

„Oh. Ich kann es kaum erwarten zu sehen, wie alles

geworden ist." Sie hatten gerade erst die Balken gezogen, als sie die Baustelle das letzte Mal besucht hatte.

„Ich zeige dir ein paar Bilder." Stacy schnappte sich ihr Handy und öffnete das Fotoalbum. „Nochmals vielen Dank für deine Hilfe beim Design", sagte sie, als sie ihr das Telefon überreichte.

„Nicht der Rede wert." Während eines Abendessens hatte Stacy ihr von ihrer Vision für das Zentrum erzählt. Olivia hatte abwesend begonnen, auf einer Serviette Entwürfe zu skizzieren, und als das Abendessen vorbei war, hatte sie eine Handtasche voller Servietten und einen Kopf voller Designideen.

In den nächsten Wochen hatten sie gemeinsam an der Erstellung der Konzepte gearbeitet und sogar ein paar andere Zentren besucht, um zu sehen, was benötigt wurde und was verbessert werden könnte.

Olivia blätterte erstaunt durch die Fotos. Es fühlte sich unglaublich an, ihre Entwürfe zum Leben erwacht zu sehen. Sicher, sie hatte schon Ideen und Vorschläge für Hotelrenovierungen eingereicht, aber sie waren genau das geblieben – Vorschläge. Bei diesem Gemeindezentrum aber hatte die Bibliothek hinten einen separaten Eingang und die Spielecke der Kleinkinder befand sich direkt neben dem Speisesaal, weil sie sie dort platziert hatte. Sie hatte die Herausforderung, etwas anderes zu machen, wirklich genossen, und war nun froh, dass sich ihre harte Arbeit gelohnt hatte. Das Zentrum sah wunderbar aus.

„Das ist sehr wohl der Rede wert", widersprach Stacy. „Abgesehen davon, dass du uns eine Tonne Geld erspart hast, glaube ich nicht, dass irgendjemand anderes so geduldig mit mir gewesen wäre."

Olivia lachte. „Es würde helfen, wenn du aufhören würdest, dich auf Freiwillige zu verlassen." Stacy war gut darin, Leute dazu zu bringen, ihr Geld zu spenden, aber sie streckte jeden Dollar bis zum letzten Cent. Jeder gesparte Dollar, sagte sie, wäre ein weiterer Dollar, den sie verwenden konnte, um Lebensmittel oder Kleidung zu kaufen. Das Problem war, dass sie sich zu sehr auf Freiwillige verließ, von denen viele andere Prioritäten hatten.

„Ich weiß, ich weiß! Ich habe dieses Mal einen Architekten und eine Baufirma engagiert, oder nicht?"

„Weil es diesmal buchstäblich kein Gebäude gab", antwortete Olivia trocken. Die Wohltätigkeitsorganisation, der Stacy angehörte, renovierte normalerweise nur bestehende Gebäude, um sie ihren Bedürfnissen anzupassen. Aber dieses Mal hatte jemand ein leeres Grundstück gespendet, und anstatt es zu verkaufen, hatte der Vorstand beschlossen, ein Gemeindezentrum zu errichten.

„Das hast du", sagte Olivia lächelnd. „Ich kann immer noch nicht glauben, dass Megan Carlyle die Dienste ihres Neffen für dieses Zentrum in Queens zur Verfügung gestellt hat, ohne ihn vorher zu fragen." Es war eine Sache, ein paar kleine Arbeiten zu erledigen, und etwas ganz anderes, neue Wände zu ziehen und eine kommerzielle Küche zu bauen.

„Ich habe *versucht*, es ihr auszureden, aber sie war

wirklich hartnäckig. Wie auch immer, ich glaube, sie hat daraus gelernt –"

„Guten Abend, Ms. Montgomery, es ist schön, Sie wiederzusehen", unterbrach Derek, ihr Kellner, das Gespräch und schenkte Olivia ein Glas Wein ein.

Olivia bedankte sich bei dem Mann und wandte sich an Stacy: „Weißt du, was du willst?" Obwohl Olivia nicht zu spät gekommen war, wollte sie ihre Freundin nicht länger als nötig warten lassen.

Stacy nickte. „Derek hat den Fisch empfohlen."

„Dann nehmen wir ihn zweimal", sagte Olivia, als sie ihm die Speisekarte überreichte.

Nachdem der Kellner gegangen war, fragte Stacy: „Wie läuft es bei dir? Macht Adam Campbell dir immer noch das Leben schwer?"

Olivia verzog das Gesicht, als sie sich an all die schlechten Dinge erinnerte, die sie über Adam gesagt hatte, als sie dem Projekt zugewiesen worden war. „Er ist nicht so schlimm, wie ich ursprünglich dachte", gab sie zu. „Du weißt ja, dass er sich bereit erklärt hat, die Teestube und den Ballsaal wiederherzustellen, nachdem ich ihm deine Zahlen gezeigt habe. Seitdem gab es ein paar Meinungsverschiedenheiten und ich bin immer wieder überrascht, wie bereitwillig er zuhört. Er ist darin besser als ich, obwohl ich mein Bestes tue, um das zu ändern. Alles in allem ist er ein wirklich großartiger Partner."

Eine Sekunde verstrich, bevor Stacy antwortete. „Ach du meine Güte. Du magst ihn."

Olivia war im Begriff, es zu leugnen, bevor sie sich daran erinnerte, dass sie mit Stacy sprach. Ihre beste

Freundin würde ihr Vertrauen nie verraten. „Ja", gab sie zu. „Ich glaube, ich habe angefangen, mich in ihn zu verlieben, als er sich bereit erklärt hat, die Teestube zu behalten. Er hätte das nicht tun müssen, und wenn man bedenkt, wie ich mich vorher verhalten habe, hatte er auch absolut keinen Grund dazu. Und doch hat er es getan." Sie schüttelte den Kopf. „Ich weiß einfach nicht, wie wir zusammenarbeiten können. Seit dem Kuss ist alles so umständlich geworden."

Stacys zog die Augenbrauen hoch. „War das vor oder nach seiner Zustimmung, die Teestube beizubehalten?"

Olivias Wangen wurden warm. „Danach. Wir haben vor ein paar Wochen zu Abend gegessen und er hat mich geküsst, als er mich zu meinem Auto gebracht hat."

Sie verzog innerlich immer noch ihr Gesicht, wenn sie an all die persönlichen Dinge dachte, die sie in jener Nacht offenbart hatte. Ihre Gefühle ihm gegenüber waren stärker geworden, da er sie im Projekt bleiben ließ, aber er hatte sich als so viel mehr herausgestellt, als sie erwartet hatte.

Doch je mehr sie jemanden mochte, desto weniger passte sie auf, was sie sagte.

„Danach habe ich ihm gesagt, dass ich unsere Geschäftsbeziehung nicht zerstören wolle, aber das nächste Meeting war eine totale Katastrophe. Ich konnte mich nicht auf ein Wort konzentrieren, das gesagt wurde. Alles, worüber ich nachdenken konnte, war dieser Kuss." Zugegebenermaßen dachte sie auch in seiner Abwesenheit oft an diesen Kuss. Es war nur ein unglücklicher Umstand, dass er zu dieser Zeit im Zimmer gewesen war. „Ich bin mir ziemlich sicher, dass ich während des gesamten

Treffens rot im Gesicht war. Dann hat er mir einen Kuchen gebracht –"

„Er hat dir Kuchen gebracht?"

„Ja." Egal, wie süß und aufmerksam sie die Geste gefunden hatte, sie wusste, dass er das nur getan hatte, um ihre geschäftliche Beziehung zu retten. Er hatte einfach ein weiteres katastrophales Meeting verhindern wollen.

„Ich wünschte, jemand würde mir Kuchen bringen."

Olivia lächelte und sagte: „Auf jeden Fall schien er darauf bedacht zu sein, die Wogen zwischen uns zu glätten, aber er ist seitdem nicht mehr zu einem Meeting erschienen." Sie hatte sich darauf gefreut, ihn wiederzusehen, und war enttäuscht gewesen, als er nicht aufgetaucht war. „Ricky, sein Stellvertreter, sagt, dass Adam in Houston beschäftigt ist und an einem neuen Komplex arbeitet, den er baut, aber ich mache mir Sorgen, dass er mir aus dem Weg geht. Er war bis jetzt sehr in das Projekt involviert und drei Meetings in Folge sausen zu lassen sieht ihm so gar nicht ähnlich."

Hoffentlich war er *wirklich* nur beschäftigt. Wenn man bedachte, wie praxisorientiert er war, wollte sie nicht einmal darüber nachdenken, was passieren würde, wenn sich herausstellte, dass sie nicht miteinander arbeiten könnten.

„Und du bist sicher, dass du ihn nicht nur magst, weil er die Teestube behält?"

„Ich würde ihn nicht so sehr vermissen, wenn das der Fall wäre." Obwohl sie wusste, dass die Entscheidung, sich nicht auf eine intimere Beziehung einzulassen, die Richtige gewesen war, dachte sie oft über ihren Kuss nach und was passiert wäre, wenn sie ihn nicht aufgehalten hätte.

„Dann denke ich, dass du dich auf ihn einlassen solltest", sagte Stacy.

Olivia stützte ihr Kinn in eine Hand. „Woher habe ich bloß gewusst, dass du das sagen würdest?"

„Weil du weißt, dass ich recht habe", sagte Stacy lächelnd und zuckte dann mit den Achseln. „Ich meine – was hast du zu verlieren? Es ist ja nicht so, dass es noch schlimmer kommen könnte. Tatsächlich könnte es dabei helfen, die Spannungen zwischen euch beiden loszuwerden. Du würdest nicht so viel Zeit damit verbringen, darüber nachzudenken, ‚was wäre wenn', und könntest einfach mit dem Projekt weitermachen."

Das war ein verlockender Gedanke. Zu verlockend.

Und hatte sie in den letzten Wochen nicht Ähnliches gedacht? „Ich zahle schon den Preis dafür", murmelte sie. Selbst wenn sie nicht mit ihm schlief, bestand das Risiko, dass sie bei dem Projekt ersetzt würde.

„Genau!" Stacys senkte ihre Stimme, als sie fortfuhr: „Ich weiß, dass es nicht gut aussieht, wenn man mit einem Kunden etwas anfängt – aber es ist ja nicht so, dass du es zur Gewohnheit machst. Wenn es nicht klappt, dann soll es halt nicht sein. Ich bezweifle, dass dein Vater dich dafür verurteilen würde – zumal er immer nach Enkelkindern fragt."

Bei der Erwähnung ihres Vaters runzelte sie die Stirn. „Es gibt noch nichts Konkretes, aber mein Yosemite-Hotel hängt vom Erfolg dieses Projekts ab." Und das wäre ihr Ticket aus dem Franchise-Management.

Die Tatsache, dass Dad ihr nicht nur mehr Verantwortung für das Mansion-Projekt gegeben hatte, sondern auch ihren Yosemite-Vorschlag in Betracht zog, ehrte sie. Sie hatte bei Whitcombe so viel vermasselt und er vertraute ihr immer noch. Sie konnte ihn nicht im Stich lassen.

„Dann lass einfach nicht zu, dass es scheitert. Und ich weiß, dass du das schaffst, denn es handelt sich ja schließlich um The Mansion. Gleichgültig, was zwischen dir und Adam passiert, du würdest es nie zwischen dich und das Hotel kommen lassen." Wenn Stacy es sagte, hörte es sich so einfach an. „Außerdem habe ich noch nie gehört, dass du so von jemandem sprichst, wie du es gerade über Adam getan hast. Wann hast du dich zum letzten Mal so zu jemandem hingezogen gefühlt?"

„Noch nie", antwortete Olivia ehrlich. Es gab Zeiten, in denen sie an nichts anderes als ihn denken konnte. Es war wie damals mit ihrer ersten großen Liebe – Josh Hicks – in der dritten Klasse, nur dass das hier zehnmal schlimmer war, weil ihre Wünsche jetzt nicht mehr so unschuldig waren. „Und aus diesem Grund weiß ich, dass das Risiko besteht, mich richtig in Adam zu verlieben. So richtig heftig." Instinktiv wusste sie, dass er die Macht hatte, sie zu verletzen.

„Wäre das so schlimm?"

„Das wäre es, wenn er nicht dasselbe empfindet. Außerdem habe ich das Gefühl, dass er eher der Typ ist, der ein Mädchen aufreißt und es dann schnell wieder wie eine heiße Kartoffel fallen lässt." Sicher, er hatte ihr das Gefühl gegeben, etwas Besonderes zu sein, als sie zusammen gewesen waren, aber sie spürte, dass er diese Wirkung auf alle Frauen hatte.

Und obwohl er es sich wahrscheinlich nicht zur Gewohnheit gemacht hatte, die Arbeit mit dem Vergnügen zu vermischen, war sie sich nicht sicher, ob seine Gefühle so stark waren wie ihre. Sie runzelte die Stirn. Es spielte keine Rolle, ob dem so war oder nicht. Er war ein Kunde und eine Affäre mit ihm wäre der Höhepunkt der Unprofessionalität.

„Und die kürzeste Beziehung, die du je hattest, hat knapp zwei Jahre gehalten."

Eine Sekunde verstrich und Olivia sagte schließlich: „Du bist wirklich der Meinung, dass ich es tun sollte, oder?"

Stacy seufzte. „Naja, ich habe bisher nur einen Kerl wirklich gemocht, und ich denke, dass ich die Chance ergriffen hätte, mit ihm zusammen zu sein, wenn ich sie jemals bekommen hätte. Egal wie lange die Beziehung gedauert hätte."

Olivias Brust zog sich zusammen, da sie wusste, dass Stacy über ihren ehemaligen Leibwächter sprach. Es war ungefähr drei Jahre her, dass er gegangen war, und ihre Freundin hatte immer noch ein gebrochenes Herz.

„Hast du in letzter Zeit mit Brad gesprochen?"

Stacy schüttelte den Kopf.

„Du weißt, dass mein Angebot immer noch steht. Wenn du willst, dass ich ihn für eine Veranstaltung oder etwas Ähnliches anheuere, damit du ihn rein zufällig wiedersiehst, werde ich es tun." Stacy verdiente zumindest einen sauberen Schlussstrich. Brad hatte sich nicht einmal die Mühe gemacht, sich zu verabschieden.

„Ich weiß es zu schätzen, aber wenn er nicht mit mir

sprechen will, dann will ich auch nicht mit ihm sprechen."
Sie schwieg einen Moment, bevor sie fortfuhr: „Außerdem
versuche ich, nach vorn zu schauen. Ich gehe aus und treffe
neue Leute."

„Du gehst auf Partys und bittest die Leute um Geld",
sagte Olivia trocken. Manchmal fragte sie sich, ob ihre
Freundin um Spenden bat, um die Menschen von sich
fernzuhalten. Nicht viele Leute waren bereit, sich mit
jemandem anzufreunden, der bei einem Zusammentreffen
gleich zu Beginn um eine Spende bat.

Stacy lachte. „Hey – das sind zwei Fliegen mit einer
Klappe."

Da sie wusste, dass dies für Stacy eine schwierige
Angelegenheit war, wechselte Olivia das Thema. „Also, wie
kommst du mit der Gala voran? Hast du schon einen
Caterer gebucht?"

Stacy schluckte den Köder und begann über das Menü
zu sprechen, das sie gewählt hatte.

Aber während Stacy über Kanapees sprach, dachte
Olivia über die Situation nach, in der sich ihre Freundin mit
Brad befand, und wusste, dass sie nicht im selben Boot
landen wollte. Würde sie irgendwann zurückblicken und
darüber nachdenken, was passiert wäre, wenn sie die
Chance mit Adam ergriffen hätte?

Wahrscheinlich, und ihr wurde klar, dass sie nichts
bereuen wollte.

KAPITEL ZEHN

Olivia zog sich der Magen zusammen, als sie den Besprechungsraum betrat und sah, dass Adams Team wieder ohne Adam erschienen war. Angesichts der Tatsache, dass er seit fast einem Monat nicht mehr an einem Meeting teilgenommen hatte, hätte sie sich mittlerweile an seine Abwesenheit gewöhnen sollen, aber sie war immer noch enttäuscht.

Sie zwang ein Lächeln auf ihr Gesicht und tauschte freundliche Floskeln aus, bevor sie Platz nahm. Als die Jungs ihre Diskussion über die kommende Baseball-Saison wieder aufnahmen, entschied Olivia, dass Adams Abwesenheit eine gute Sache war. Sie würden den Peinlichkeiten entgehen, wenn er die Besprechungen komplett ausließe, und er hätte außerdem keinen Grund, sie aus dem Projekt zu entfernen. Es war die perfekte Lösung und trotzdem war sie nicht glücklich. Es schien fast so, als würde sie lieber Zeit mit ihm verbringen und riskieren, rausgeworfen zu werden, was verrückt war. Sie war so sehr in ihren Gedanken verloren, dass sie nicht merkte, dass Seth den Raum betreten hatte, bis sie hörte, wie der Stuhl neben ihr zurückgeschoben wurde.

„Ich glaube, ich habe etwas, das dir gefallen könnte", sagte der Architekt verschwörerisch, als er sich setzte. Ihr Interesse erwachte, als sie beobachtete, wie er einen Ordner aus seiner Aktentasche nahm.

Er überreichte ihr den Ringordner und sie war überrascht zu sehen, dass es sich um ein neues Konzept für die Lobby handelte. Er hatte einige Elemente des aktuellen Designs von The Mansion, wie die Deckenverzierungen und die Marmorbalustrade mit Blick auf das Hauptgeschoss, mit den offeneren, luftigeren Räume seines ursprünglichen Entwurfs kombiniert. Und überraschenderweise sah das Ergebnis richtig gut aus. Sie war dagegen gewesen, das Fresko im Eingangsbereich zu entfernen, konnte jetzt aber erkennen, dass auf diese Weise die schöne Handwerkskunst in den Holzarbeiten der Decke hervorgehoben wurde.

„Der Entwurf gefällt mir", sagte sie und erkannte plötzlich, dass das ursprüngliche Design ihres Großvaters, obwohl es schön war, zu viele Elemente besaß, die am Ende aufeinanderprallten. Diese einfachere Gestaltung war edler und bewahrte dennoch die Schönheit und Eleganz der Lobby. „Wow. Vielen Dank, dass du dir diese Mühe gemacht hast. Ich weiß es sehr zu schätzen." Niemand hätte dies von ihm erwartet – vor allem, nachdem sie seine früheren Entwürfe für die Lobby bereits genehmigt hatten.

„Kein Problem", sagte Seth. „Da wir den Ballsaal und die Teestube nur restaurieren, wollte ich ein geschlosseneres

Gesamtbild im Hotel, um zwischen den einzelnen Räumen einen harmonischeren Fluss zu schaffen."

Hoffnung blühte in ihr auf, als sie daran dachte, dass nun ein größerer Teil vom Design ihres Großvaters erhalten bleiben würde, bevor sie in die Realität zurückkehrte. Adam musste den Entwurf noch genehmigen. Sie übergab die Entwürfe an Ricky. „Glaubst du, dass Adam das gefallen wird?"

„Ich werde ihn fragen." Ricky nahm sich einen Moment Zeit, um sich das neue Design anzusehen, und schaute dann zu Seth.

Seth nickte. „Ich werde dir eine Kopie per E-Mail schicken."

„Wo hast du das gelernt?" Olivia musste ihn einfach fragen. Er fand immer Wege, kleine, aber sinnvolle Veränderungen vorzunehmen.

„Ich hatte das Glück, für Tom Fielding zu arbeiten", erwiderte er und meinte damit den berühmten, postmodernen Architekten. „Naja. Damals habe ich das nicht so gesehen. Es war immer eine Menge Arbeit. Er hat alles von Hand gezeichnet und wir mussten dann alles in computerunterstützte Entwürfe umwandeln. Aber am Ende war dies die beste Ausbildung, die ich hätte bekommen können. Ich habe viel über Design gelernt, indem ich Dinge auseinandergenommen und wieder neu zusammengestellt habe. Hey, ich habe vergessen, dass du Architektur studiert hast. Wo hast du dein Praktikum gemacht?"

Olivias Wangen wurden warm. „Ich habe keines gemacht. Ich bin bereits nach meinem dritten Jahr ausgestiegen, um hier zu helfen."

Manchmal fühlte es sich immer noch an, als hätte sie den einfachen Weg genommen. Sie hatte die Arbeit als Designerin schon immer geliebt und schon als Kind ständig Gebäude gezeichnet. Aber sie hatte im College kämpfen müssen, mehr als ihre Kommilitonen. Zumindest hatte sie diesen Eindruck gehabt. Sie hatte wochenlang an einem Projekt gearbeitet, nur damit es im Kurs in der Luft zerrissen wurde.

Die Kritik war berechtigt, aber sie hatte es immer schwer gehabt, daraus zu lernen und die neuen Erkenntnisse zu integrieren. Sie behob ein Problem, erzeugte dabei aber unwillkürlich ein größeres als das ursprüngliche. Und das war der Punkt, an dem ihr der Professor jedes Mal gesagt hatte, was nicht stimmte.

Es gab Zeiten, in denen eine Professorin oder Kritikerin ihre Arbeit als uninspiriert oder langweilig bezeichnet und dann erwartet hatte, dass sie Verbesserungen vornahm. Meist hatte sie dann eine ganz neue Idee entworfen, weil sie noch nicht einmal gewusst hatte, wie sie das Problem hätte angehen können.

„Und lass mich raten, du warst erleichtert, als du endlich dort weg warst?"

Olivia lachte. „Ja", gab sie zu. „Egal, wie sehr ich es versucht habe, ich habe nie richtig verstanden, Licht und Texturen konzeptionell zu manipulieren. Es kam mir vor, als hätte ich jedes Semester dafür gebetet, dass die Professoren einen greifbareren Ansatz liefern würden. Ich war ziemlich gut, wenn es um reale Standorte und reale Strukturen ging, aber mit allem anderen habe ich mich unglaublich schwergetan."

„Und das meiste im College ist abstrakt", sagte er und nickte.

„Genau."

Er seufzte. „Weißt du, ich habe die ganze Zeit auf dem College mit der Anpassung von 3D-Modellen auf Papier gekämpft. Ich wusste, was ich wollte. Ich konnte es einfach nicht richtig auf einer 2D-Skala vermitteln."

Sie blinzelte überrascht. Sie hatte nicht erwartet, dass jemand von seinem Kaliber mit einem so grundlegenden Teil der Architektur zu kämpfen hatte. Er hatte es wahrscheinlich so schwer gehabt wie sie, aber anstatt aufzuhören, hatte er gekämpft und war ein beeindruckender Architekt geworden.

Bei dem Gedanken kam sie ins Zweifeln.

„Aber lass mich dir eines sagen", fuhr er fort. „Mein Praktikum bei Fielding hat mir beigebracht, meine Visionen zum Leben zu erwecken. Mehr als es die College-Kurse je getan haben. Ich werde nicht lügen und sagen, dass es besser wird. Nur etwas weniger als die Hälfte der Leute in meinem Semester haben tatsächlich ihren Abschluss gemacht. Aber die Arbeit danach gleicht in nichts dem College. Alles basiert auf echten Baustellen. Also solltest du auf jeden Fall einen zweiten Blick auf die Architektur werfen, wenn du dich für diese Seite der Dinge interessierst."

Sie hatte das schon öfter gehört, aber ein Teil von ihr machte sich Sorgen, dass sie einfach nicht das Zeug hatte, den Abschluss zu schaffen. Obwohl sie alle ihre Kurse bestanden hatte, gab es Zeiten, in denen sie nur knapp durchgekommen war. Und für jemanden, der fast immer die besten Noten bekommen hatte, war es entmutigend gewesen, am College so hart zu arbeiten und doch nur mit Mühe und Not zu bestehen.

„Und wenn du dich jemals entscheidest, wieder aufs College zu gehen, kannst du bei meiner Firma ein Praktikum machen."

„Danke. Ich weiß das sehr zu schätzen." Aufgrund des Interessenkonflikts würde sie sein Angebot nie annehmen, aber sie war dennoch gerührt.

„Natürlich. Du hast ein gutes Händchen für Design, das ich –", er verstummte, als sich die Tür öffnete und Tina hereinkam, zusammen mit dem Rest von Montgomerys Team. Er warf ihr einen entschuldigenden Blick zu, bevor er seine Sachen packte und seinen Platz vorn im Raum einnahm.

Sobald alle saßen, begann er seine Präsentation.

Als Seth über seine Vision für die Ladenlokale im Hotel sprach, schaute Olivia sich seinen neuen Entwurf für die Lobby an und war wieder einmal erstaunt, wie die einfachsten Änderungen die Eleganz des Raumes betonten.

Von dem Wunsch überkommen, das Gleiche tun zu können, dachte sie darüber nach, ob sie tatsächlich wieder aufs College gehen sollte. Vielleicht könnte sie sich für ein paar Kurse einschreiben, damit es nicht zu viel wurde, oder vielleicht einige ihrer alten Kurse wieder aufnehmen und sehen, wie sie sich schlug.

Bestimmt wäre es beim zweiten Mal einfacher …

* * *

„Hey, Adam. Danke, dass du so kurzfristig Zeit für mich gefunden hast", sagte Edward Monroe, als er Adams Büro betrat.

„Du weißt, dass meine Tür dir immer offen steht", antwortete er dem Privatdetektiv. „Was hast du herausgefunden?"

Er wusste bereits, dass seine Eltern Gerüchte über ihn verbreitet hatten, aber er wollte genau wissen, wie weitreichend die Auswirkungen tatsächlich waren. Gab es andere Firmen, die Räume von ihm mieten wollten, sich dann aber entschieden hatten, Landons nicht zu mögen?

Er konnte sich nicht vorstellen, dass es viele Leute gab, die sich die Zeit nahmen, die Gerüchte so zu überprüfen, wie Jake es getan hatte. Tatsächlich hätten die meisten Unternehmen die Gerüchte wahrscheinlich ernst genommen und sich an jemand anderen gewendet, was ihn unermessliche Summen gekostet hätte.

Und da seine Eltern nicht in der Lage waren, auf die Stimme der Vernunft zu hören, würde er Feuer mit Feuer bekämpfen. Ein Teil von ihm hasste die Tatsache, dass er sich auf ihr Niveau begeben würde. Er hatte immer versucht, moralisch besser zu sein, wenn es um sie ging, und hatte sich nie darauf eingelassen, wann immer sie auf einen Kampf aus gewesen waren. Aber jetzt ging es um sein Geschäft und er würde nicht schweigen.

Er wollte keine Gerüchte in die Welt setzen, wie sie es mit ihm getan hatten, aber er konnte sicherlich ihre schmutzigen Geheimnisse lüften und in die Welt hinausposaunen.

Edward seufzte. „Ich fürchte, das wird dir nicht

gefallen. Es sieht so aus, als ob es dein Bruder war, der die Gerüchte verbreitet hat – nicht deine Eltern."

Adam starrte den Mann stumm an. Sicher, er und Doug standen sich nicht wirklich nahe, aber sein Bruder würde ihm das nie antun.

„Da muss ein Irrtum vorliegen", sagte Adam schließlich, als er seine Stimme wiedergefunden hatte. Doug war nicht nur ein guter Mensch, sondern er wusste auch, wie es war, von ihren Eltern aufgehetzt zu werden. Er würde ihnen nicht helfen, Adam zu schaden.

Allerdings stand Doug auf ihrer Gehaltsliste, auch wenn er keinen Finger krumm machte ...

„Es tut mir leid", sagte Edward. „Ich habe mir das von zwei unabhängigen Quellen bestätigen lassen."

Adam schüttelte den Kopf und dachte an das letzte Mal, als er Doug gesehen hatte. Es war im letzten Monat gewesen, als die drei Geschwister sich zum Abendessen getroffen hatten. Er hatte an Dougs Verhalten nichts bemerkt, das Anlass zur Sorge gegeben hätte. Doug war genauso witzig und locker gewesen wie eh und je.

Es war unmöglich, dass er hinter den Angriffen steckte, aber vielleicht wusste er etwas über die Gerüchte. Vielleicht hatte ein Bekannter von ihm schlecht über AC Developments gesprochen, und als Doug denjenigen nicht korrigiert hatte, waren die Leute davon ausgegangen, dass es stimmte?

Das war weit hergeholt, aber glaubwürdiger als die Tatsache, dass sein Bruder ihn sabotierte. Sobald Edward gegangen wäre, wollte er Doug anrufen, um herauszufinden, was dieser wusste. Dann könnte Adam Edward hoffentlich in die richtige Richtung weisen.

Als Edward die Gespräche zusammenfasste, die er geführt hatte, kam Adam unwillkürlich der Gedanke, dass es sich dabei um Informationen aus zweiter Hand handelte. Keiner der Leute hatte direkt mit Doug gesprochen, und Adam nahm sich das zu Herzen. Es musste sich um ein Missverständnis handeln.

Nachdem Edward gegangen war, schnappte Adam sich sein Handy und rief seinen Bruder an. Doug nahm ab, nachdem es ein paar Mal geklingelt hatte.

„Hey Adam. Was ist los?"

„Verbreitest du das Gerücht, dass ich zahlungsunfähig bin?", fragte er und zuckte innerlich zusammen. Er hatte geplant, langsam in das Gespräch einzusteigen, aber diese Geschichte machte ihn fertig.

„Nein. Natürlich nicht! Warte mal – vielleicht habe ich es doch getan."

Ein ungutes Gefühl erfüllte Adam. „Erzähl."

„Naja, da war dieses wirklich nette Mädchen und sie hat mich für dich gehalten. Ich habe ihr gesagt, dass sie es auf den falschen Campbell-Bruder abgesehen hätte, und habe eventuell erwähnt, du seist bankrott."

Adam stöhnte. „Und lass mich raten, das war auf einer Party?" Obwohl sein Bruder sich zu nichts motiviert fühlte, als Spaß zu haben, besaß er viele Freunde, die gut vernetzt waren. Von den drei Geschwistern war Doug der Einzige, der sich das Mantra ihrer Eltern „Es kommt darauf an, wen du kennst" zu Herzen genommen hatte.

„Ja. Auf Alan Plummers Geburtstagsparty." Das würde

also erklären, warum die Gerüchte so weit verbreitet waren. Plummer war Vorstandsvorsitzender der Tellers Bank. Bei seinem Glück war die Frau, die Doug versucht hatte zu beeindrucken, auch eine bekannte Bankerin. Oder vielleicht hatte jemand anderes ihr Gespräch belauscht. „Warum? Ist etwas passiert?", fragte Doug und Adam schüttelte den Kopf. Würde sein Bruder jemals lernen, dass sein Handeln Konsequenzen hatte?

„Landons – die Restaurantkette – hat sich aus dem Plex zurückgezogen, weil sie Gerüchte gehört haben, dass ich zahlungsunfähig sei. Die Anträge waren bereits genehmigt und wir waren gerade dabei, mit dem Bau zu beginnen."

„Ach du Scheiße. Das tut mir wirklich leid, Adam. Willst du, dass ich etwas sage?"

„Nein. Das würde die Dinge nur noch verschlimmern. Aber es wäre wirklich nett, wenn du in Zukunft nicht über mich oder meine finanzielle Situation sprechen würdest." Hoffentlich würden sich die Gerüchte irgendwann von ganz allein zerstreuen, wenn die Leute sahen, dass es gut bei ihm lief. Es half, dass es sich nur um eine einmalige Sache handelte und nicht um den ausgeklügelten Angriff, den er von seinen Eltern erwartet hatte.

„Es tut mir leid."

Adam seufzte. Obwohl er von Doug enttäuscht war, wusste er auch, dass das Gehirn seines Bruders nicht richtig funktionierte, wenn er eine schöne Frau sah. „Ich hoffe, du hast die Nummer des Mädchens?"

„Wir haben uns ein paar Mal getroffen, aber es hat nicht geklappt."

Natürlich nicht.

Adam fand es nicht allzu überraschend, dass er und seine Geschwister nie ernsthafte Beziehungen hatten. Welcher vernünftige Mensch wäre eine solche eingegangen, nachdem er die Ehe ihrer Eltern miterlebt hätte? Er wusste, dass seine Eltern einmal ineinander verliebt gewesen sein mussten. Sein Vater hätte sonst niemals jemanden geheiratet, der weder reich noch einflussreich gewesen war. Aber irgendwie hatte sich ihre Liebe in etwas Krankes verwandelt und es schien, als wäre es ihr einziges Ziel, dem anderen mit ihren Affären zu schaden. Sie liebten es, wenn es dem anderen nicht gut ging, und hätten sich bereits vor Jahren scheiden lassen, wenn sie sich nicht so sehr um ihren Ruf und ihr Geld gesorgt hätten.

Martha war der Meinung, dass ihre Mutter mit ihrer Art, alles kontrollieren zu wollen, Dad dazu gebracht hatte, Affären zu suchen. Da Mom nicht wie Dad in eine reiche Familie geboren worden war, kompensierte sie dies, indem sie übertrieben eifrig dafür sorgte, dass die Familie nach außen hin immer adrett wirkte. Sie mussten immer die richtige Kleidung tragen, sich auf eine bestimmte Art und Weise verhalten und es war ihr wichtig, dass sie bei den exklusivsten Veranstaltungen gesehen wurden. Aber da Dad genauso war, bezweifelte Adam, dass dies der Grund war.

Wenn man bedachte, wie schrecklich Mom und Dad waren, war es glaubhafter, dass sie jeden, den sie geheiratet hätten, zur Verzweiflung getrieben hätten. Adam und seine Geschwister hatten einfach Pech gehabt, dass die beiden sich gefunden und sie gezeugt hatten.

Da er wusste, dass er und seine Geschwister mehr Glück

hatten als die meisten Menschen, seufzte Adam. Er sollte einfach nur froh sein, dass er nicht mehr unter ihrer Kontrolle stand.

Nachdem er sich von Doug verabschiedet hatte, wurde ihm erst wirklich bewusst, dass seine Eltern nichts mit den Gerüchten zu tun hatten, was ihn *überraschte.* Er konnte es nicht glauben. Sie waren unschuldig. Aber warum hatte sein Vater dann letzte Woche angerufen? War es möglich, dass er tatsächlich nur Hallo hatte sagen wollen?

Schuldgefühle überkamen ihn bei dem Gedanken, wie er sich verhalten hatte, und er erwog, seinen Vater anzurufen, um sich zu entschuldigen, bevor er den Gedanken wieder verdrängte. Nur weil sein Vater die Gerüchte nicht in die Welt gesetzt hatte, bedeutete das nicht, dass er nicht doch etwas plante.

Denn ehrlich gesagt, rief Dad *nie* an, es sei denn, er wollte etwas.

Dennoch fühlte es sich gut an zu wissen, dass seine Eltern die Gerüchte nicht verbreitet hatten, und Adam nahm sich vor, herzlicher zu sein, wenn er das nächste Mal mit einem von ihnen sprach.

KAPITEL ELF

Während sie auf einen Aufzug wartete, ging Olivia noch einmal ihre Gesprächspunkte für ihr bevorstehendes Treffen mit Julian für das Spa durch.

Montgomery betrieb in der Regel eigene Spas in ihren Hotels, aber sie wollte weg von diesem Geschäftsmodell. Sie waren zwar eine der Top-Marken für Luxushotels, aber sie hatten bei Weitem nicht die besten Spas. Und es ergab einfach keinen Sinn, mit den Besten zu konkurrieren, wenn sie einfach einen von ihnen bitten konnten, ein Spa in ihren Hotels zu eröffnen.

Julian würde einen ordentlichen Rabatt bei der Miete bekommen, Montgomery würde mehr Umsatz machen, und ihre Kunden würden wissen, dass sie das Beste vom Besten bekommen würden. Ihr Vater und Adam hatten den Plan ausgearbeitet und wenn sie einen Vertrag bekämen, wäre The Mansion ihr erstes Hotel, in dem das Spa eines anderen Unternehmens zu finden wäre.

Die Aufzugtüren öffneten sich, und sie war überrascht,

Adam aussteigen zu sehen. Es war das erste Mal, dass sie ihn sah, seitdem er ihr den Kuchen gebracht hatte, und sie musste sich davon abhalten, wie blöd zu grinsen. Sie hatte ihn vermisst.

Es war lächerlich.

Sie hatten sich bereit erklärt, ihre Arbeitsbeziehung zur Priorität zu machen, aber hier war sie nun und starrte ihn an, als ob er plötzlich wieder verschwinden könnte. Seine breiten Schultern spannten seinen dunklen Anzug und er sah besser aus, als sie ihn in Erinnerung hatte. Plötzlich wurde ihr bewusst, in welchen Schwierigkeiten sie steckte.

Es war viel einfacher, sich selbst zu raten, ihre Beziehung auf professionellem Niveau zu halten, wenn er nicht direkt vor ihr stand. Denn gleichgültig, wie versucht sie war, alle Vorsicht fahren zu lassen, sie konnte ihre Position bei The Mansion und ihre Träume, eine kleine Hotelkette zu gründen, nicht aufs Spiel setzen.

Ihre Blicke trafen sich und sie sah die Wärme in seinem Blick. Sie wäre gern davon ausgegangen, dass er sich auch freute, sie zu sehen, aber sie wusste, dass dies nur Wunschdenken war. Er senkte den Blick auf ihre Aktentasche und streckte einen Arm aus, um den Aufzug zu stoppen. „Nach unten?" Sie nickte und er sagte: „Ich fahre mit dir."

„Wolltest du mit mir sprechen?", fragte sie, als sie eintrat.

„Ja. Ich wollte über The Mansion sprechen." Besorgnis erfüllte sie, über was er mit ihr reden wollte, aber sie wollte nicht zu spät kommen.

„Ich bin gerade auf dem Weg zu einem Treffen mit Julian Spa."

„Dann begleite ich dich einfach und wir können unterwegs etwas reden."

Sein Angebot, sie zu begleiten, kam unerwartet, aber es hätte sie eigentlich nicht überraschen sollen. Obwohl er nicht zu den Meetings kam, war er immer noch aktiver im Entscheidungsprozess als jeder andere Kunde, mit dem sie zusammengearbeitet hatte. Wenige Stunden nach dem Meeting hatte er bereits Seths Neugestaltung der Lobby angenommen. Nachdem sie schon öfter mit Franchisenehmern zu tun gehabt hatte, die manchmal Wochen brauchten, um zu reagieren, war das richtig angenehm.

„In Ordnung."

Die Tatsache, dass er sie begleitete, linderte ihre Sorgen. Sie bezweifelte, dass er ebenso gehandelt hätte, wenn er mit ihrer Leistung unzufrieden gewesen wäre. Und während sie sich über den Gedanken freute, Zeit mit ihm zu verbringen, fragte sie sich insgeheim, ob er sie prüfen wollte, um zu sehen, ob sie zusammenarbeiten konnten oder nicht. Wenn es so war, würde sie ihm zeigen, dass sie sich nicht nur professionell verhalten konnte, sondern auch in der Lage war, ein gutes Geschäft für The Mansion auszuhandeln.

„Ist das die Firma, die du erwähnt hast und die ein Spa in der Nähe des Hotels betreibt?", fragte er.

„Ja", sagte sie und freute sich, dass er sich an dieses kleine Detail erinnerte. „Zwei Blocks entfernt." Eine andere Option war Summerville, aber sie bevorzugte Julian, weil der Anspruch des Unternehmens besser zur Marke Montgomery passte. Sie boten hochwertige, aber dennoch ansprechende Dienstleistungen an, während Summerville, obwohl deren Kundenservice seinesgleichen suchte, manchmal einschüchternd wirken konnte.

Sie hob ihre Handtasche. „Ich habe die Zahlen mitgebracht. Die meisten Leute, die Montgomery Spas nutzen, sind Gäste, und ich glaube, dass diese Zahlen ausreichen, um die Eröffnung eines weiteren Standortes zu rechtfertigen, ohne dass Julian Verluste in dem anderen Spa in der Nähe zu verbuchen hat. Vielen Dank übrigens, dass du mir das ermöglicht hast." Sie hatte etwas Ähnliches in ihrem Hotel in Los Angeles machen wollen, aber der Franchisenehmer wollte die Einnahmen des Hotels in keiner Weise reduzieren.

„Kein Problem. Ich denke, der Name Julian wird auch die Gäste anlocken, die normalerweise das Spa nicht besucht hätten, und ich glaube außerdem, dass das zusätzliche Geschäft die reduzierten Gewinnmargen mehr als wettmachen wird."

Sie war derselben Meinung und dankbar, dass Adam sich als ein so angenehmer Partner entpuppte.

* * *

„Und Sie würden sich um Bettwäsche, Handtücher und dergleichen kümmern?", fragte Greg Mateik, der Julian vertrat, anderthalb Stunden später.

Olivia knirschte mit den Zähnen. Sie hatte diese spezielle Frage jetzt bereits zweimal beantwortet. „Ja, wir würden uns um all das kümmern", wiederholte sie, und bevor er noch einmal fragen konnte, fügte sie hinzu, „sowie um alle Utensilien und das Geschirr." Sie bezog sich dabei auf die Teller und Tassen, die Julian benutzte, um ihren Kunden Tee und Kekse anzubieten.

Sie befürchtete langsam, einen Fehler begangen zu haben, als sie auf Julian zugegangen war. Sie wusste, dass Greg der Schwiegersohn des Besitzers war, aber sie konnte nicht glauben, dass sie jemanden als Stellvertreter einsetzten, der so schwer umgänglich war wie Greg. Nicht nur das, er zählte auch jeden Penny und sie musste unwillkürlich an Don Frazer denken, einen Franchisenehmer, der fast jede ihrer Aussagen infrage stellte.

Sie fürchtete bereits dessen stundenlangen Anrufe in jedem Quartal und leider hatte er bisher keinen einzigen ausgelassen. Es gab nichts, was sie gegen Don tun konnte, da er ein langjähriger Kunde war, aber sie würde sich nicht freiwillig noch einmal mit jemandem wie ihm auf ein Geschäft einlassen, wenn sie es verhindern konnte. Außerdem, wie viel konnte die Reinigung von dem bisschen Wäsche schon kosten? Es schien nichts zu sein, das für einen Deal entscheidend war.

„Und was ist mit unseren Produkten?"

Olivia runzelte die Stirn. „Was meinen Sie?"

„Würde Montgomery auch prozentual an den Einnahmen des Verkaufs unserer Produkte beteiligt sein?"

Sie ballte unter dem Tisch ihre Hand zur Faust. Sie konnte nicht glauben, dass er so dreist war, diese Frage zu stellen, nachdem sie ihm bereits zugesichert hatte, dass

Montgomery die Produkte in der Lobby und in ihrem Katalog bewerben würde.

Sie tat ihr Bestes, um ihre Stimme ruhig zu halten, und antwortete: „Wenn der Kunde sie im Hotel kauft, dann ja. Wir würden den gleichen Prozentsatz wie für die Dienstleistungen erhalten."

Sie konnte sich bildlich vorstellen, wie er sie wegen jeder Kleinigkeit bedrängen würde, wenn sie sich auf eine Partnerschaft einließe. Und obwohl sie auch der Meinung war, dass es nötig war, bestimmte Details auszuarbeiten, bevor sie tiefer in die Diskussion eintauchten, war ihr das zu viel. Sie wollte einfach keine Geschäfte mit jemandem wie Greg machen.

Der Gedanke, wie inkompetent sie in Adams Augen aussehen musste, war ihr peinlich. Zuerst hatte sie bei dem gemeinsamen Abendessen all ihre Misserfolge aufgezählt und jetzt das! Er bereute zweifellos seine Entscheidung, sie weiterhin im Projekt zu behalten, und fragte sich wahrscheinlich, ob es schon zu spät war, sie zu ersetzen.

„Das kommt mir nicht fair vor. Die Produkte nehmen nicht einmal viel Platz in Anspruch."

„Und Sie wollen, dass wir unsere Kreditkartengebühren dafür auch selbst decken?", fragte sie und kam damit auf eine ihrer früheren Streitfragen zurück. Er hatte darauf bestanden, auf der Grundlage der Gesamteinnahmen statt der Nettoforderungen ausgezahlt zu werden.

„Nun, wir könnten zwei Kreditkartengeräte in Betrieb nehmen", sagte er, und sie stöhnte innerlich. Das wurde lächerlich. Sie dachte kurz darüber nach, Greg zu ignorieren und mit einer anderen Person aus Julians Team zu sprechen, bevor sie die Idee schnell wieder verwarf. Nicht nur, dass die Geschäftsbeziehung auf dem falschen Fuß beginnen würde, sondern es bestand immerhin die Möglichkeit, dass die Geschäftsleitung auch in Zukunft die Aufgabe an Greg delegierte und sie wieder mit ihm zu tun haben würde.

Es war zu schade, denn Julian hätte gut zu Montgomery gepasst.

Der Bildschirm ihres Handys leuchtete auf. Sie hätte es normalerweise ignoriert, aber sie verschwendete hier einfach Zeit. Mit Greg würde sie auf keinen Fall Geschäfte machen. Sie nahm ihr Handy und sah, dass es eine Nachricht von Adam war.

SOS?

Sie freute sich über die Ausrede, um das Meeting zu beenden, und widerstand dem Drang, Adam anzulächeln. Sie würde ihm später danken. „Es tut mir leid, Greg. Ich fürchte, wir müssen gehen. Ich muss mich um etwas im Büro kümmern."

„Okay. Ich schicke Ihnen eine E-Mail mit meinen restlichen Fragen."

„Wunderbar", sagte sie, als sie aufstand. Sie sammelte ihre Sachen ein und sagte: „Es war schön, Sie kennenzulernen."

„Ebenso", sagte er, als er erst ihr die Hand schüttelte und dann Adam. „Ich freue mich auf die Zusammenarbeit mit Ihnen und Montgomery."

Sie konnte nicht schnell genug aus dem Büro kommen, aber sie bemühte sich, ihre Schritte zu zügeln, als sie durch die Lobby gingen. Sie würde Summervilles Angebote überprüfen, sobald sie ins Büro kam. Nach dem schrecklichen Treffen, das Adam gerade miterlebt hatte, würde sie sich sofort bemühen, die Dinge in Ordnung zu bringen und so schnell wie möglich einen Ersatz zu finden.

„Das war eine totale Pleite", sagte Adam, als sie die Bürosuite verließen.

„Es tut mir leid, dass du deine Zeit verschwendet hast, und vielen Dank für die Rettung." Ihr gefiel, dass er ihr eine Wahl gelassen hatte, indem er ihr eine Nachricht geschickt hatte. Wenn man bedachte, wie schlecht das Treffen verlaufen war, hätte er leicht vorgeben können, selbst eine Nachricht bekommen zu haben, um das Treffen zu verkürzen, aber er hatte ihr die Entscheidung überlassen, und sie schätzte das.

„Es war keine komplette Pleite. Die Kekse waren köstlich", sagte er und lachte.

Sie erreichten die Aufzüge und er drückte den Abwärtsknopf. Während sie warteten, ging ein Mann im Anzug an ihnen vorbei und musterte sie langsam von Kopf bis Fuß, bevor er ihr ein Lächeln schenkte.

Von hinten spürte sie, wie Adam einen schützenden Schritt auf sie zu machte. Der Blick des Mannes wurden kalt, und er nickte ihr knapp zu, bevor er seinen Weg fortsetzte.

Sie stöhnte innerlich. Sie mochte Adam schon mehr, als klug war. Aber so, wie er sich heute verhalten hatte – sie entscheiden zu lassen, ob sie das Treffen beenden wollte, und jetzt dies –, war sie dabei, sich tatsächlich Hals über Kopf zu verlieben. Bei jemandem, der nicht nur sündhaft sexy, sondern auch rücksichtsvoll war, konnte sie einfach nicht widerstehen.

„Danke für deine Hilfe", murmelte sie, als sich die Aufzugtüren öffneten und sie eintraten. Aber insgeheim machte sie sich Sorgen über ihre wachsenden Gefühle für ihn und darüber, wie sie ihre Arbeitsbeziehung beeinflussen würden.

Olivia dachte, er hätte versucht, sie zu beschützen.

Es war wahrscheinlich besser, sie in dem Glauben zu lassen, anstatt ihr den wahren Grund zu verraten. Er hatte gesehen, wie der Mann sie angesehen hatte, und hatte sein Territorium abstecken wollen. Er wollte ihr zeigen, dass er das nicht aus reiner Freundlichkeit getan hatte, und zog sie an sich und küsste sie. Sie erstarrte und er erinnerte sich verspätet daran, dass ihr der Blick dieses Kerls nicht gefallen hatte und sie bereits seine eigenen Annäherungsversuche zurückgewiesen hatte.

Er ließ sie los. „Das hätte ich nicht tun sollen", sagte er und wurde unterbrochen, als sie seinen Kopf für einen weiteren Kuss nach unten zog.

Er schlang seine Arme um sie und vertiefte den Kuss. Süß. Sie schmeckte so verdammt süß. Er wollte mehr. Er knabberte an ihren Lippen und teilte sie. Sie stöhnte, als seine Zunge gegen ihre stieß, und der Laut fuhr ihm direkt in den Schwanz.

Der Aufzug stoppte und sie sprangen auseinander, als sich die Türen öffneten. Stolz erfüllte ihn, als ihre Augen sich öffneten und er ihren verhangenen Blick sah. Dafür war er verantwortlich. Und er wollte noch so viel mehr, wusste aber, dass sie Zeit brauchte, um darüber nachzudenken, bevor sie irgendwelche Entscheidungen traf.

Zwei Personen betraten den Aufzug, bevor sich die Türen wieder schlossen. Das Schweigen war ohrenbetäubend, und er war überrascht, wie groß sein Verlangen war, sie wieder in seinen Armen zu haben. Sie hatte sich so perfekt angefühlt – als würde sie dorthin gehören.

Es schien ewig zu dauern, bis der Aufzug endlich in der Lobby anhielt. „Ich nehme an, du hast etwas Zeit, da das Treffen nicht so lange gedauert hat?", fragte er, als sie zur Tür gingen.

Obwohl seine Stimme ruhig war, tobte es in seinem Inneren. Sein Herz raste, und es kostete ihn unglaublich viel Willensstärke, sie nicht wieder an sich zu ziehen.

Sie nickte und er fuhr fort: „Mein Büro ist ein paar Blocks von hier entfernt. Möchtest du den neuen Komplex sehen, den ich baue?" Obwohl er sie viel lieber mit zu sich nach Hause genommen hätte, war er überrascht, dass es ihm gleichgültig war, was sie unternahmen, solange er Zeit mit ihr verbringen konnte. Außerdem wollte er ihr das Projekt zeigen, das ihm so viel bedeutete.

„Gerne", sagte sie, und bei dem Gedanken, dass sie mehr über ihn und das, womit er sich beschäftigte, erfahren wollte, wurde ihm warm ums Herz.

KAPITEL ZWÖLF

Olivia schaute sich das Modell des Plex an, der Einkaufsmeile, die Adam baute, und war beeindruckt. Es war viel schöner, als sie erwartet hatte. So wie Adam es beschrieben hatte, hatte sie etwas anderes erwartet, aber das hier war ein richtiger Komplex, komplett mit einem Kino, Restaurants, Geschäften und sogar einem Hotel. Einem Stone House Hotel.

„Warum hast du Stone House nicht für The Mansion unter Vertrag genommen?", fragte sie neugierig.

Stone House hatte einen guten Ruf und eine High-End-Abteilung, mit der Montgomery konkurrierte. Sie war der Meinung, Montgomery sei die bessere Marke, wusste aber auch, dass sie zu voreingenommen war, um eine unparteiische Entscheidung zu treffen.

„Stone House war ein wirklich großartiger Partner für uns, aber ich wollte etwas Besseres für The Mansion."

„Und du wolltest, dass The Mansion mehr ist als nur

einer ihrer vielen Standorte in New York", sagte sie und nickte.

Obwohl es ihre Schuldgefühle nicht verringerte, erkannte sie plötzlich, dass der Verlust von Whitcombe eine gute Sache gewesen war. Wenn das nicht geschehen wäre, wäre Adam wahrscheinlich nie mit dem Auftrag für The Mansion auf sie zugekommen.

Und obwohl sie The Mansion schon solange sie denken konnte wieder unter der Schirmherrschaft von Montgomery haben wollte, war es Adam, an den sie gerade dachte. Himmel. Er war schon seit Wochen alles, woran sie denken konnte. Zuerst an ihren Kuss nach dem gemeinsamen Abendessen und jetzt an den Kuss im Aufzug.

Sie war immer noch überrascht von ihrer Dreistigkeit, ihn noch einmal zu küssen, nachdem er sich bereits von ihr gelöst hatte, aber sie hatte irgendwie gewusst, dass er sie von sich aus nicht noch einmal küssen würde, und der Gedanke war unerträglich gewesen.

Also hatte sie ihn innig geküsst, hatte ihre ganzen Gefühle für ihn in diesen Kuss gelegt, und er hatte ihn erwidert.

Schauer jagten über ihre Wirbelsäule, als sie sich daran erinnerte. Sie glaubte nicht, dass sie von einem Kuss jemals so heiß geworden war, und konnte sich vorstellen, wie unglaublich gut der Sex mit ihm wäre. Ihre Umarmung im Aufzug war so aufregend und heiß gewesen und die Tatsache, dass er sie nicht unter Druck gesetzt hatte, schürte lediglich ihr Verlangen nach ihm.

Es wäre töricht, mit ihm zu schlafen, aber sie wollte nicht auf die Vernunft hören. Als sie merkte, dass sie auf die Lippen starrte, die sie so innig geküsst hatte, wurden ihre Wangen rot und sie senkte schnell ihren Blick auf die Entwürfe.

„Wo genau befindet es sich?", fragte sie, während sie sich zwang, sich auf das Gespräch zu konzentrieren. Er schien so stolz, ihr seine Arbeit zu zeigen. Zumindest konnte sie ihm ihre Aufmerksamkeit schenken.

„Es befindet sich etwa dreißig Minuten außerhalb von Houston – in Clear Lake."

„Wo auch das Space Center ist?"

Er nickte. „Und viele andere Unternehmen."

„Also wirst du sowohl Touristen als auch Geschäftsreisende anlocken." Auch Montgomery sprach oft diese beiden Zielgruppen an, außer in größeren Städten, obwohl ihr Yosemite-Hotel ganz anders sein würde. Da das Hotel sich nicht in der Nähe von irgendwelchen großen Industriekomplexen oder Unternehmen befinden würde, müssten sie sich hauptsächlich auf Touristen konzentrieren. Obwohl sie sich durchaus vorstellen konnte, dass Unternehmen sich dafür interessieren könnten, dort Geschäftstreffen und Konferenzen zu veranstalten …

„Darauf hoffen wir."

Etwas in seinem Ton ließ sie aufblicken und überrascht stellte sie fest, dass er seinen Blick auf ihre Lippen gerichtet hatte. Er hob seinen Blick, sah ihr in die Augen und ein köstlicher Schauer lief ihr über den Rücken, als sie die Hitze darin sah. Es gefiel ihr, dass er sie so mochte, wie sie war. So oft hatten Männer vorgetäuscht, sich für sie zu interessieren, um Zugang zu einem ihrer Familienmitglieder zu bekommen, aber Adam war anders. Er hatte bereits seinen Geschäftsvertrag in der Tasche und alle Bedingungen waren festgelegt.

Das bedeutete, dass er sie geküsst hatte, weil er es wirklich wollte.

Nicht nur das, er war sogar eifersüchtig geworden. Sie glaubte nicht, dass sie jemals zuvor jemanden eifersüchtig gemacht hatte, und der Gedanke war berauschend. Sie hatte Angst, dass er ihre Gefühle nicht erwidern würde, aber was wäre, wenn er es täte?

„Wollen wir zu mir gehen?"

Ihr wurde heiß und kalt, nachdem sie die Worte ausgesprochen hatte. So etwas hatte sie noch nie gemacht, doch sie hatte auch noch nie das Bedürfnis verspürt, so etwas zu tun. Und sie wollte es für sich selbst tun. Sie würde sich später über die Folgen Sorgen machen.

Eine Sekunde verstrich, bevor er nickte. „Ich fahre."

* * *

Adams Herzschläge dröhnten in seinen Ohren, als er die Stufen von Olivias Stadthaus beinahe hinaufrannte. Er wusste, dass das eine schlechte Idee war, aber er fand nicht die Willensstärke, um den Dingen Einhalt zu gebieten. Er wollte es auch gar nicht.

Sie war alles, woran er seit Wochen denken konnte. Selbst als er sich in die Arbeit gestürzt hatte – in der

Hoffnung, sie zu vergessen –, hatte sie sich nachts dennoch in seine Gedanken eingeschlichen.

Ihre Bewegungen waren sicher und präzise, als sie die Tür öffnete, und er wünschte sich, er wäre auch so ruhig. Er wollte es langsam angehen und jeden Moment genießen, aber da er sie schon so lange wollte, war er einfach viel zu aufgewühlt.

Sobald sie drinnen waren und die Tür geschlossen hatten, drückte er sie dagegen und küsste sie. Ihre Hände wanderten gierig über seine Brust und jagten ihm Schauer über die Wirbelsäule, während sie Küsse auf sein Kinn und seinen Hals verteilte. Sie zog sein Jackett aus und begann dann, sein Hemd aufzuknöpfen.

Er griff nach dem Reißverschluss ihres Kleides und sein Mund wurde trocken, als er das Kleid von ihren Schultern zog und ihre mit Spitze bedeckten Brüste zum Vorschein kamen. Er legte sofort seinen Mund auf eine und biss sanft hinein. Sie schnappte nach Luft, schlang einen Arm um ihn und zog ihn fester an sich.

Lächelnd wechselte er zur anderen Brustwarze, und die Laute, die sie von sich gab, machten ihn ganz benommen. Er wechselte erneut die Brust und sie griff nach seinem Gürtel. Sie rieb sich an seiner Härte und sein ganzer Körper spannte sich an. Besorgt, dass er kommen würde, bevor sie überhaupt begonnen hatten, zog er sich von ihr zurück.

„Ich kümmere mich um meine Hose und du –", sein Blick fiel auf ihr Spitzenhöschen. Er schwor sich, dass er sie später kosten würde.

Zum Glück verstand sie, was er wollte, und zog das

Höschen aus. Das kleine dreieckige Haarbüschel lockte ihn, und er vergaß kurzzeitig, was er tun wollte. Sie machte einen Schritt auf ihn zu und es fiel ihm wieder ein. Er zog schnell seine Hose aus und holte ein Kondom aus der Tasche.

Er berührte ihre Spalte und war dankbar, dass sie bereits feucht und bereit war. Er schob einen Finger in sie und stöhnte. Verdammt. Sie war eng. Ihre Augenlider flatterten, als sie stöhnend den Kopf in den Nacken warf. Er genoss es, wie schnell sie reagierte, und schob einen weiteren Finger in sie. Nach ein paar Stößen konnte er nicht länger warten. Er zog seine Hand zurück und zog schnell das Kondom über seinen Penis.

Er umfasste ihre Hüften, hob sie an und stieß in sie hinein. Er verdrehte die Augen, als ihre heiße Enge ihn verschlang. Sie fühlte sich so gut an. Als hätten sie das schon tausendmal getan, bewegten sie sich in perfekter Harmonie.

Sie schlang die Beine um ihn und drängte ihn noch tiefer in sich hinein. Er zog ihren BH nach unten, enthüllte ihre üppigen Brüste und begann, an einer zu saugen.

Ihre Nägel gruben sich in seinen Rücken und sie schrie, als sie anfing, sich um ihn zu verkrampfen. Das erregte ihn so sehr, dass auch er die Beherrschung verlor und sie gemeinsam kamen. Ihre Beine gaben nach, aber er hielt sie fest und legte seine Stirn an ihre.

Verdammt. Er hatte geahnt, dass sie gut harmonieren würden, aber mit so etwas hatte er nicht gerechnet. Er begehrte sie bereits erneut, senkte seinen Mund auf ihren und nahm sich Zeit, während er jeden Zentimeter ihres Mundes erkundete.

„Das war toll", sagte sie, als sie sich voneinander lösten, und er lachte.

„Ja. Ja, das war es." Es kam ihm vor, als wäre er gerade durch den Central Park gejoggt, und er wollte es wieder tun. Aber dieses Mal wollte er es langsam angehen und mehr von ihrem köstlichen Körper erkunden.

Sie war so sensibel. Er konnte sich schon die Geräusche vorstellen, die sie machen würde, wenn er einen besonders empfindsamen Punkt fand. Er grinste, als er sie von der Tür wegzog. „Schlafzimmer, sofort."

* * *

„Also, was hat dich dazu gebracht, deine Meinung uns bezüglich zu ändern?", fragte Adam, als sie Stunden später aneinandergeschmiegt im Bett lagen. „Nicht dass ich mich beschweren wollte."

„Ich glaube, ich wollte zur Abwechslung einfach etwas tun, was mir guttut." Sie würde die Entscheidung wahrscheinlich am Morgen bereuen, aber vorerst war sie zufrieden, in seinen Armen zu liegen und den Moment zu genießen.

„Also tue ich dir gut."

Lachend wandte sie sich ihm zu. Wenn man bedachte, dass sie gerade den besten Sex ihres Lebens gehabt hatte, traf die Beschreibung zu. Aber es war nicht nur toller Sex gewesen. Es gab auch eine echte Verbindung. Sie hatte sich noch nie zuvor so im Einklang mit jemandem gefühlt und hoffte, dass es ihm genauso ging.

„Ja. Ich denke, ich hatte immer im Hinterkopf, dass

mein Handeln auf meine Familie zurückfällt, aber ich wollte die Vorsicht einfach einmal vergessen.“

„Du liebst deine Familie sehr, nicht wahr?“

„Ja. Vielleicht liegt es daran, dass wir so viele Jahre im Hotel zusammengearbeitet haben, aber wir sind uns schon immer sehr nahegestanden.“ Sie hatte es damals nicht erkannt, aber sie hatte mit ihren Eltern wirklich den Jackpot erwischt. Während andere Eltern die Erziehung ihrer Kinder den Kindermädchen oder der Kita überließen, waren ihre Eltern ständig bei ihr und ihrem Bruder gewesen. Ja, sie waren manchmal unerträglich gewesen, aber sie und Robbie hatten immer gewusst, dass ihre Eltern für sie da waren. „Wie ist es bei dir? Ich weiß, dass du deinen Eltern nicht sehr nahestehst, aber wie ist es mit deinen Geschwistern?“

„Ich stehe meiner Schwester Martha sehr nahe. Wir waren in der Schule nur eine Klasse auseinander, also waren wir immer zusammen. Doug dagegen ist sieben Jahre jünger als ich. Als er in der ersten Klasse war, habe ich schon nach der Schule in der Firma meines Großvaters geholfen. Wir verstehen uns gut, aber ich bin mir nicht sicher, ob wir überhaupt den Kontakt gehalten hätten, wenn Martha uns nicht immer wieder zu sich eingeladen hätte.“

Es entstand eine Pause, bevor er fortfuhr. „Mein Vater hat meine Traum-Uni bestochen, damit sie mich ablehnen.“ Sie erstarrte, und er fuhr fort: „Ich wollte Chemie studieren, um im technischen Bereich des Unternehmens zu arbeiten, während mein Vater wollte, dass ich an seiner Alma Mater Betriebswirtschaft studiere. Ich hatte mit meinen Eltern abgemacht, dass ich Chemie hätte studieren dürfen, wenn ich einen Notendurchschnitt von drei Komma acht Punkten aufrechterhalten und in meine Traum-Uni aufgenommen worden wäre." Er schüttelte den Kopf. „Ich glaube nicht, dass sie jemals erwartet haben, dass ich es schaffen würde. Ich war zwar kein guter Schüler, aber ich habe wirklich viel gelernt und wurde aufgenommen. Aber sie hatten andere Pläne."

„Das ist schrecklich!"

Er zuckte mit den Achseln. „Zumindest weiß ich, was mein Vater getan hat. Wenn der Anwalt der Familie nicht gewesen wäre, der mir zufällig eine Kopie des Dankesbriefes an meinen Vater geschickt hätte, hätte ich es nie erfahren. Himmel. Ich hätte es nicht einmal geglaubt." Er lachte bitter. „Ich hatte mich auf die Zusammenarbeit mit meinem Vater gefreut und meine Pläne für das Unternehmen bereits im Kopf."

„Hast du seitdem mit deinen Eltern gesprochen?"

„Normalerweise sehe ich sie einmal im Jahr auf der Geburtstagsfeier meiner Schwester, aber ich habe gerade letzten Monat mit meinem Vater gesprochen."

„Hat er versucht, es wiedergutzumachen?"

Ihr war der Gedanke zuwider, dass er nicht mit seinen Eltern auskam. Was sie ihm angetan hatten war undenkbar, aber sie bezweifelte, dass irgendeine böse Absicht dahintergesteckt hatte. Sie hatten wahrscheinlich nur versucht, das zu tun, was sie für richtig hielten. Auch Eltern waren nur Menschen und machten Fehler.

„Er meinte, er wolle sich irgendwann zum Abendessen treffen, was verrückt ist, denn er und Mom können meinen

Anblick kaum ertragen. Ich habe gefragt, ob einer von ihnen krank wäre, aber er meinte, es ginge ihnen gut."

„Wirst du sie sehen?"

„Wir haben nichts Festes ausgemacht, aber ich denke, ich werde die Einladung annehmen, wenn einer von ihnen noch einmal anruft."

Da sie annahm, dass er vielleicht nur einen kleinen Anstoß brauchte, um sich mit seinen Eltern zu versöhnen, fragte sie sich, ob es etwas gab, was sie tun könnte, und ihr fiel ein, dass Dannier eine Kosmetikreihe anbot.

Vielleicht könnte ein Geschäftsabschluss der erste Schritt sein, um den Riss zwischen Adam und seinen Eltern zu schließen. Danniers Kosmetikreihe war nicht so etabliert wie Julian oder Summerville, aber ihre Marke war dem durchschnittlichen Amerikaner bekannt. Ihre Gesichtscreme wurde in praktisch jedem Kaufhaus verkauft und besaß fast schon kultähnliche Beliebtheit.

Sie würde sich morgen damit befassen, bevor sie Adam von ihrer Idee erzählte. Aber je mehr sie darüber nachdachte, desto mehr gefiel ihr der Gedanke, Adams Familienunternehmen zu integrieren. Sie fragte sich, ob Julians Erfolg der eigentliche Grund für Greg Mateiks pingeliges Verhalten gewesen war. Vielleicht bekamen sie so viele Angebote, dass sie es sich leisten konnten, so anspruchsvoll zu sein. Dannier hingegen stand mit seiner Kosmetikreihe erst am Anfang und würde sich wahrscheinlich hungrig auf Geschäftsmöglichkeiten stürzen.

Apropos Hunger, ihr wurde plötzlich bewusst, wie spät es sein musste. „Wollen wir etwas zu essen bestellen?"

„Bist du hungrig?"

„Nein."

Ihr Blick war verspielt, als er mit einer Hand über ihren Arm strich. „Dann kann ich mir bessere Wege vorstellen, wie wir unsere Zeit verbringen können", sagte er und machte sich an die Arbeit, es ihr zu beweisen.

KAPITEL DREIZEHN

Am nächsten Morgen wurde Adam von einer Bewegung geweckt. Er schaute zur Seite und sah, dass Olivia ihren Körper im Schlaf zusammengerollt hatte. Ein Lächeln umspielte seine Lippen, als die Bilder des gestrigen Tages in seinem Kopf aufblitzten – wie er sie gegen die Tür gedrückt und in dieser Position genommen hatte, wie sie ihm einen geblasen hatte, während sie ihn mit ihren schönen braunen Augen angesehen hatte, wie sie im Bett Thai-Gerichte gegessen hatten … Daran hätte er sich definitiv gewöhnen können.

Der Gedanke überraschte ihn. Er verbrachte *nie* die ganze Nacht mit den Frauen, mit denen er Sex hatte. Er wollte damit nicht nur verhindern, dass die Frauen auf die Idee kamen, er wäre an mehr als nur einem One-Night-Stand interessiert, sondern es kam für gewöhnlich auch immer der Zeitpunkt, an dem ihn der Drang zu gehen überwältigte. Aber aus irgendeinem Grund hatte sich dieses Gefühl gestern nicht eingestellt. Himmel. Es war noch nicht einmal heute Morgen da.

Er hätte wissen sollen, dass es bei Olivia anders war.

Er hatte noch nie Arbeit und Vergnügen vermischt. Wenn er sich zu einer Frau hingezogen fühlte, mit der er zusammenarbeitete, wandte er sich schlicht der nächsten zu. Aber das hatte bei Olivia einfach nicht funktioniert. Sie war ihm unter die Haut gegangen und wollte von dort nicht mehr verschwinden.

Sie hatte aufgrund ihrer Geschäftsbeziehung Vorbehalte gehabt, sich auf eine Affäre mit ihm einzulassen, aber hoffentlich war dies nicht nur ein One-Night-Stand für sie. Denn er hatte bei Weitem noch nicht genug von ihr.

Verdammt. Er hatte schon Probleme, wenn er sich mit ihr im selben Raum befand. Jetzt, da er wusste, wie es sich anhörte, wenn sie seinen Namen stöhnte, während sie kam, und wie perfekt sie in seine Arme passte, hatte er keine Ahnung, wie er ein weiteres Meeting überleben würde, wenn er sich nicht darauf freuen konnte, mehr Nächte mit ihr zu verbringen. Während des ganzen Meetings würde er nur darüber nachdenken, was ihm fehlte.

Als spürte sie, dass er an sie dachte, kuschelte sie sich an ihn, öffnete die Augen und schaute auf. Sie war so schön, dass er unwillkürlich den Kopf neigte, um sie zu küssen.

„Ich will dich wiedersehen", sagte er, als sie sich voneinander lösten.

„Wir haben am Freitag ein Meeting mit Prism", sagte sie und meinte damit den derzeitigen Betreiber von The Mansion. Er stöhnte. *Bitte sag mir, dass sie Witze macht.*

Ein sexy Lächeln lag auf ihren Lippen, als sie seinen Hintern packte und drückte. „Ich bin heute Abend frei."

„Das wollte ich hören." Ein Gewicht, dass er kaum bemerkt hatte, fiel ihm plötzlich von der Brust. Er beugte sich nach unten, um sie erneut zu küssen, als sie etwas hinter ihm erblickte und ihre Augen sich erschrocken weiteten.

„Oh", sagte sie, während sie aus dem Bett sprang. Neugierig drehte er sich um und sah eine Uhr. Er wusste nicht, ob er lachen oder beleidigt sein sollte.

„Es tut mir leid", sagte sie, als sie ihren Schrank öffnete und sich eine Bluse schnappte. „Normalerweise bin ich um diese Zeit schon auf dem Weg zur Arbeit." Das war eine weitere Seite, die er an ihr mochte. Wie er hatte auch sie reiche Eltern, aber sie benutzte das nicht als Ausrede, um nicht zu arbeiten.

Sie beugte sich nach vorn, um eine Schublade zu öffnen, und er vergaß alle seine Gedanken, als er ihren perfekt geformten Hintern betrachtete. Sie nahm einen BH und Unterwäsche heraus und plötzlich kam er wieder zu sich. Dies war ihr Haus und er musste sie noch zu ihrem Büro fahren, wo sie ihr Auto stehen gelassen hatte.

Er stieg aus dem Bett, um nach seinen Kleidern zu suchen, aber im Hinterkopf zählte er bereits die Stunden, bis er ihr das Höschen würde ausziehen können, das sie sich gerade übergestreift hatte.

* * *

„Würde es dir etwas ausmachen, wenn wir im Büro nicht damit hausieren gehen, dass wir zusammen sind?", fragte Olivia Adam, als sie an diesem Abend zusammen im Bett lagen. Sie hatten eigentlich vorgehabt, zum Abendessen auszugehen, aber sobald sie in seiner Wohnung gewesen waren und sie ihn geküsst hatte, hatten beide keinen Gedanken mehr daran verschwendet.

„Warum? Schämst du dich für mich?", neckte er sie.

„Natürlich nicht, aber ich weiß, dass es einen unschönen Eindruck machen würde. Ich meine, ich kann mir gut vorstellen, wie ich mich fühlen würde, wenn einer unserer Mitarbeiter mit einem Kunden schlafen würde. Ich habe nichts dagegen, dass es andere Leute erfahren, aber ich möchte nicht, dass jemand im Büro schlecht über uns denkt oder Angst davor hat, etwas Kritisches zu sagen."

„Ja. Das verstehe ich auf jeden Fall." Er wäre auch nicht glücklich, wenn ein Mitarbeiter von ihm mit einem seiner Geschäftspartner zusammen wäre. „Das bedeutet also, dass ich weder deinen Hintern berühren noch mir im Flur einen Kuss stehlen darf?"

Ein Lächeln umspielte ihre Lippen. „Genau."

„Also, dann werde ich wohl die verlorene Zeit wieder wettmachen müssen, hm?", sagte er, bevor er sie küsste. Ihre weichen Lippen gaben unter seinen nach, und er vertiefte den Kuss, erkundete ihren Mund und berauschte sich an ihrer Süße.

Nach einer Weile legte sie ihm eine Hand auf die Brust und schob ihn weg. „Warte. Es gibt noch etwas, was ich dich fragen wollte." Seine Augenbrauen schossen in die Höhe und sie stöhnte. „Ich kann nicht denken, wenn deine nackte Brust sich genau vor meiner Nase befindet." Er grinste angesichts der Erkenntnis, eine solche Wirkung auf sie zu haben. Es fühlte sich gut an zu wissen, dass er nicht der Einzige war, dem es so ging.

Sie hatte allerdings ihre Hand nicht zurückgezogen, sondern streichelte seine Brust. Seufzend zog er sie auf seine Seite des Bettes. Leider schob sie das Bettlaken hoch, um ihre Brüste zu bedecken.

„Was hältst du davon, unser Spa in The Mansion von Dannier betreiben zu lassen? Sie haben nur wenige Spas –"

Er starrte immer noch auf die verdammte Decke, die ihre Brüste bedeckte, sodass es einen Moment dauerte, bis er ihre Worte registrierte. Seine gute Laune verflüchtigte sich sofort.

„Davon halte ich absolut nichts", unterbrach er sie.

Olivia erstarrte und begann dann erneut zögerlich: „Es ist nicht so, als würden wir Dannier bevorzugen. Obwohl sie neu in der Branche sind, haben sie stetig Marktanteile gewonnen. Zusammen mit der Bekanntheit ihres Namens –"

„Es ist mir egal, ob sie das Spa Nummer eins der Welt sind, wir werden sie nicht für The Mansion nehmen." Wenn Dannier das Spa im Hotel übernähme, könnte er seinen Eltern seinen Erfolg nicht unter die Nase reiben.

Wie konnte Olivia das überhaupt von ihm verlangen?

Sie wusste, dass er mit seinen Eltern auf Kriegsfuß stand. Als er sich daran erinnerte, wie nahe sie ihrer Familie stand, sah er sie aus schmalen Augen an. „Versuchst du, die Situation zwischen mir und meinen Eltern zu entschärfen?"

Sie sah aus, als würde sie es leugnen wollen, bevor sie

seufzte: „Ein wenig, glaube ich. Ich denke, Dannier würde gut zu uns passen, aber ich glaube auch, dass es für euch einfacher wäre, wieder zueinanderzufinden, wenn ihr eine Geschäftsbeziehung hättet."

Er stöhnte und fuhr sich mit der Hand über das Gesicht.

Er hätte wissen sollen, dass sie versuchen würde „zu helfen". Aber die Beziehung zu seinen Eltern konnte man nicht reparieren. Diese Möglichkeit gab es längst nicht mehr. Und obwohl er frustriert war, dass sie versuchte, sich in seine Angelegenheiten zu mischen, gefiel es ihm doch irgendwie, dass ihr genug an ihm lag, um es zu versuchen. Trotzdem musste er eine Grenze ziehen.

„Lass uns eines klarstellen", sagte er und setzte sich auf. „Wenn wir uns weiterhin treffen wollen, darfst du nicht mehr versuchen, meine Beziehung zu meinen Eltern zu reparieren."

„Das verstehe ich. Ich werde es nicht wieder tun", sagte sie feierlich, und er hasste den Gedanken, dass sie jetzt schlecht von ihm dachte. Er wusste, wie wichtig Familie für sie war, aber seine Eltern waren einfach schreckliche Menschen.

„Meine Eltern sind keine guten Menschen", setzte er an. Die Tatsache, dass nicht sie die Gerüchte in die Welt gesetzt hatten, ließ ihn nicht automatisch all die anderen schrecklichen Dinge vergessen, die sie getan hatten. „Sie haben mich benutzt, um meine verwitwete Tante zu hintergehen."

Er hatte noch nie jemandem die ganze Geschichte erzählt, aber sie musste verstehen, wie gefährlich seine Eltern waren. „Mein Grandpa hatte immer geplant, seinen beiden Söhnen die Firma zu gleichen Teilen zu vermachen. Aber als klar wurde, dass mein Onkel – der Bruder meines Vaters – mit Geld nicht umgehen konnte, änderte er seine Meinung. Mein Onkel war ein zwanghafter Spieler und hat oft alles verloren, nur um zu versuchen, es wieder zurückzugewinnen. Nach dem Tod meines Onkels versprachen meine Eltern meinem Grandpa, meiner Tante Helen und meinem Cousin Louie einen gleichen Anteil an den Gewinnen zu geben, wenn er alles meinem Vater überließe."

Adams Kehle schnürte sich bei der Erinnerung an seinen Grandpa zusammen – und bei der Erinnerung daran, dass dieser ihn gebeten hatte, sich um seine Tante und seinen Cousin zu kümmern, wenn er für Dannier verantwortlich wäre. Da Adam nicht gewusst hatte, was seine Eltern getan hatten, hatte er angenommen, sein Grandpa wollte damit nur betonen, wie wichtig die Familie war, und so hatte er bereitwillig zugestimmt.

„In dem Glauben, dass ich Dannier nach meinem Vater führen würde, hat mein Großvater nachgegeben. Da ich sein erstes Enkelkind gewesen war, hatte er immer eine Schwäche für mich gehabt, die noch zunahm, als ich anfing, mich für Dannier zu interessieren. Nachdem mein Grandpa gestorben war, stoppten meine Eltern die Auszahlungen und erhöhten stattdessen das Gehalt meines Vaters."

Er schämte sich immer noch zuzugeben, dass er nicht einmal davon gewusst hatte. Er und seine Geschwister hatten erst davon erfahren, als Martha Tante Helen und ihren Sohn zu ihrer Geburtstagsfeier eingeladen hatte. Martha war überrascht gewesen, als ihre sonst so freundliche Tante nichts mit ihnen zu tun haben wollte. Seine Schwester hatte wissen wollen, was los war, und hatte seine Tante Helen so lange bedrängt, bis diese ihr schließlich erzählt hatte, warum sie so wütend war.

Es hatte einige Zeit gedauert, bis Adam und seine Geschwister ihre Tante davon überzeugt hatten, dass sie nichts von den Plänen ihrer Eltern gewusst hatten, doch schließlich hatte sie ihnen vergeben.

Er hasste es, dass er seinen Eltern unwissentlich geholfen hatte, seine Tante und seinen Cousin um ihr rechtmäßiges Erbe zu bringen. Obwohl Louie einen Treuhandfonds von ihrem Großvater bekommen hatte, war das nichts im Vergleich zu dem, was ihm rein rechtlich zustand.

„Deine arme Tante!"

„Ich habe versucht, ihr zu helfen, sobald ich Geld verdient habe, aber sie war zu stolz."

Manchmal fragte er sich, ob er etwas hätte tun können, um seine Eltern aufzuhalten. Wenn er mehr Zeit zu Hause verbracht hätte, hätte er vielleicht gewusst, was sie vorhatten. Stattdessen hatte er so viel Zeit wie möglich in der Fabrik verbracht, um nicht das ständige Gezanke seiner Eltern hören zu müssen.

Aber er ahnte, dass er vielleicht dankbar sein sollte, dass seine Eltern immer gestritten hatten. Es war beängstigend, darüber nachzudenken, was sie hätten erreichen können, wenn sie zusammengehalten und zusammengearbeitet hätten.

Er nickte Olivia zu. „Bitte sag mir, dass du ein anderes Unternehmen für das Spa ausgesucht hast." Sie war so fröhlich gewesen, als sie Dannier vorgeschlagen hatte. Er hasste den Gedanken, sie enttäuschen zu müssen.

„Ich dachte an Summerville, bevor mir Dannier in den Sinn gekommen ist. Ich dachte, Dannier könnte den Auftrag eher gebrauchen, weil sie sich noch in den Anfangsstadien ihres Spa-Geschäfts befinden. Ich werde mich nächste Woche mit Summerville in Verbindung setzen."

Plötzlich wurde ihm bewusst, dass Olivia genau die Art von Frau war, die seine Eltern gerne an seiner Seite sehen würden, und er warnte sie. „Wenn meine Eltern jemals versuchen sollten, dich zu kontaktieren, hast du meine Erlaubnis, ihnen zu sagen, dass sie sich zum Teufel scheren sollen."

Angesichts der Tatsache, dass sie schon immer zum alten Geldadel hatten gehören wollen, war es nicht so abwegig, sich vorzustellen, dass sie Olivia dafür benutzen würden. Sie könnten sogar versuchen, über Olivia ihre Beziehung zu ihm wieder zu kitten.

Sie lachte. „Hoffentlich kommt es nicht dazu."

Adam fragte sich unwillkürlich, was Olivia von ihm halten musste. Sie stand ihrer Familie so nah und arbeitete sogar mit ihnen, während er seine nicht einmal sehen wollte. In der Hoffnung, sie von diesen Unterschieden zwischen ihnen abzulenken, küsste er sie und schlug ihr dann spielerisch auf den Hintern.

„Wir sollten jetzt besser langsam los." Ihre Reservierung war schon lange verstrichen, aber er wusste, dass das Restaurant sie dennoch willkommen heißen würde.

KAPITEL VIERZEHN

Olivia seufzte glücklich, als sie die Ereignisse ihres gestrigen Dates mit Adam Revue passieren ließ. Er hatte sie auf eine private Tour durch den Zoo mitgenommen, wo sie die Tiere streicheln und füttern durften.

Sie lächelte, als sie sich daran erinnerte, wie er die Bären gefüttert hatte. Er hatte versucht, es zu verbergen, aber er hatte sich nicht wohlgefühlt, und sie hatte dem Drang zu lachen widerstehen müssen. Bei den entzückenden roten Pandas war er sichtlich entspannter gewesen.

„Olivia?"

„Hm?"

„Olivia! Würdest du mir bitte die Butter reichen?"

Es dauerte eine Sekunde, bis sie die Worte ihrer Mutter registrierte und zusammenzuckte. Sie reichte ihrer Mutter die Butter. „Sorry." Die Familie traf sich jeden Sonntag zum Brunch im Klub und ihr war bewusst, dass sie heute ein wenig abgelenkt war.

Mom lächelte wissend. „Also, wann wirst du Adam zum Brunch mitbringen?"

Sie sollte sich nicht wundern, dass ihre Mutter von ihr und Adam wusste, aber sie tat es trotzdem. Sie hatten ihre Beziehung zwar nicht wirklich geheim gehalten, aber an die große Glocke hatten sie es auch nicht gerade gehängt.

Sie ahnte, dass das bedeutete, dass auch Dad es wusste.

Sie dachte kurz darüber nach, sich dafür zu entschuldigen, dass sie sich mit einem Kunden einließ, bevor sie den Gedanken wieder aufgab. Ihr Dad war von Anfang an daran interessiert gewesen, sie mit Adam zu verkuppeln, daher bezweifelte sie, dass er sich jetzt darüber aufregen würde. Außerdem freute er sich wahrscheinlich, dass sie endlich eine feste Beziehung hatte.

Aber sie war erst seit einem Monat mit Adam zusammen – und diese Zeitspanne reichte definitiv nicht aus, um ihn bereits den Eltern vorzustellen, obwohl die Dinge in dem Fall vielleicht anders lagen, da Adam Dad bereits kennengelernt hatte … Nein. Das schien nicht richtig zu sein. Adam sollte sich nicht aufgrund ihrer Arbeitsbeziehung verpflichtet fühlen, zum Brunch zu kommen. Wenn er ihre Familie treffen würde, dann deshalb, weil er es wollte, nicht weil er sich dazu gezwungen fühlte. Ihre Familie hatte Besseres verdient.

„Ich bin noch nicht bereit, ihn der Familie vorzustellen", gab sie zu. „Es ist einfach alles noch so neu." Sie war sich sicher, dass ihre Mutter Adam nach seinen Absichten gegenüber ihrer Tochter fragen würde, und sie wusste, dass sie ihn dem nicht aussetzen wollte.

Und tief im Inneren fürchtete sie sich vor seiner

Antwort. Obwohl sie noch nicht vorhatte zu heiraten, war Adam ihr bereits sehr ans Herz gewachsen, und sie wollte ihn nicht vergraulen.

„Oh. Wir verstehen das, aber warte nicht zu lange, Liebes. Tamara Blake hat bereits nach ihm gefragt. Sie hat euch bei Monsieur Augustin gesehen."

„Oh. Ich habe sie gar nicht bemerkt." Denn wenn das der Fall gewesen wäre, hätte sie angerufen, damit Mom es nicht von jemand anderem erfahren musste.

Schuldgefühle überkamen sie, als sie darüber nachdachte, was ihre Mutter gedacht haben musste, als sie den Anruf bekommen hatte. Sie waren sich immer so nah gewesen, aber nachdem Mom so aufgeregt gewesen war, als sie erwähnt hatte, dass sie mit Adam zu Abend essen würde, hatte sie Mom absichtlich im Dunkeln gelassen, als sie und Adam begonnen hatten, sich öfter zu verabreden.

Erstens, weil sie ihrer Mutter keine verfrühten Hoffnungen hatte machen wollen, und zweitens, weil sie gewusst hatte, dass Mom Adam kennenlernen wollen würde. Aber da er seinen eigenen Eltern nicht sehr nahestand, bezweifelte sie, dass er etwas mit ihren zu tun haben wollte.

„Es tut mir leid, dass du es so herausfinden musstest."

„Solange Adam Kinder mag, verzeihe ich dir."

„Mom!" Ihr Bruder gluckste und sie tat ihr Bestes, um ihm nicht die Zunge rauszustrecken.

„Naja, du weißt ja, dass dein Vater und ich nicht jünger werden."

„Deine Mutter hat recht", bemerkte Dad. „Ich habe neulich mit Dan Laraby gesprochen und er hat sich darüber beschwert, dass seine müden Knochen schmerzen, wenn er mit seinem Enkeln Fangen spielt. Du willst uns das doch nicht antun, oder? Deine Mutter und ich wollen fröhliche Großeltern sein, die ihre Enkel zum Spielen und zu Jahrmärkten mitnehmen – keine alten Leute, die nach Arthritis-Creme riechen und die Kinder anschreien, leiser zu sein."

„Ich bin erst seit einem Monat mit Adam zusammen. Wir reden noch nicht einmal über Kinder."

„Aber er will Kinder, oder?", fragte ihre Mutter. „Ich meine, wer will keine Kinder?"

„Viele Leute. Robbie zum Beispiel", sagte sie und versuchte, nicht zu grinsen. Sie genoss ihre kleine Rache.

„Olivia", warnte ihr Bruder sie, aber es war zu spät. Ihre Eltern stürzten sich auf ihn.

„Was meint sie damit, dass du keine Kinder willst?", platzte Mom heraus.

Obwohl das Verhalten ihrer Eltern albern war, war das ein wichtiger Punkt, den sie bisher ignoriert hatte. Sie wollte sicherlich irgendwann heiraten und eine Familie gründen, und Adam war in der Beziehung so ganz anders als sie. Es war nichts falsch daran, jetzt Spaß zu haben, aber sie musste sich daran erinnern, sich nicht zu sehr an ihn zu gewöhnen. Sie waren einfach zu unterschiedlich, als dass es auf lange Sicht zwischen ihnen funktionieren könnte.

* * *

„Und das Schuh-Emporium und Rebecca werden auch erst später öffnen", erklärte Javier während seines täglichen

Anrufs am Freitagmorgen. Adam seufzte. Das erhöhte die Gesamtzahl der Läden, die für die Eröffnung nicht bereit waren, auf sechs. Es waren nicht genug, um den Eröffnungstermin für die erste Phase nach hinten verschieben zu müssen, aber es würde wehtun.

„Was ist passiert?"

Javier seufzte. „Der Sturm. Er hat das Lager vom Schuh-Emporium getroffen und eine Lieferung von Kleidungsstücken für Rebecca verzögert." Und verständlicherweise wollten die beiden Läden nicht mit einem begrenzten Angebot eröffnen anstatt mit großem Tam-Tam. Es war nur gut, dass das Kino nicht auch erst später öffnen würde, ansonsten bekämen sie ernsthafte Probleme. Adam setzte auf die mit Spannung erwarteten Filme des Sommers, um die Massen in den neuen Komplex zu locken. „Sie sollten bis Juli fertig sein", fuhr Javier fort.

„Ich werde morgen dort sein", erklärte Adam bestimmt. Er hatte schon geplant, in der nächsten Woche einmal wieder nach dem Rechten zu sehen, aber es war klüger, so schnell wie möglich dorthin zu fliegen und sich mit eigenen Augen davon zu überzeugen, wie die Dinge standen. Er konnte keine weiteren Überraschungen gebrauchen.

Bedauern erfüllte ihn, als ihm klar wurde, dass er nun den Besuch der Show, die er sich mit Olivia hatte ansehen wollen, absagen musste. Er war zwar kein großer Broadway-Fan, doch er liebte es, Zeit mit ihr zu verbringen.

Sie war so aufgeregt gewesen, als sie ihn eingeladen hatte. Er enttäuschte sie nur ungern, aber das Geschäft war wichtiger als eine Show, die sie sich jederzeit ansehen konnten. Außerdem schien sie sich mehr für die

Architektur des Theaters zu interessieren als für die Show selbst.

„Wir haben morgen früh ein Meeting mit Stevens", sagte Javier und verwies auf das Bauunternehmen, das den Komplex errichtete. „Willst du, dass ich es verschiebe?"

„Nein, aber vielen Dank für das Angebot." Das hier war ein Problem mit den Läden, kein Bauproblem, aber er würde sicherstellen, dass er an einem Meeting mit der Firma teilnahm, wenn er zur Eröffnung im nächsten Monat zurückkehrte.

Sie sprachen noch ein paar Minuten darüber, wie die zweite Phase anlaufen sollte, bevor Adam auflegte. Dann rief er seinen Assistenten an, um die Vorbereitungen für den morgigen Flug zu treffen.

Als er fertig war, lehnte er sich zurück und rief Olivia an. Hoffentlich würde es ihr nichts ausmachen, wenn sie den Besuch der Show verschoben.

„Hey, Adam", begrüßte ihn Olivias fröhliche Stimme, weshalb er sich noch schlechter fühlte, dass er ihr Date absagen musste.

„Hey Olivia. Es tut mir leid, ich werde es morgen nicht schaffen. Mit dem Plex haben sich einige Probleme ergeben, und ich möchte sicherstellen, dass alles andere problemlos läuft, bevor wir nächsten Monat eröffnen."

„Schon okay. Das verstehe ich."

Sie war immer so verdammt verständnisvoll, und anstatt sich darüber zu freuen, hasste er es. Wie oft war er zu spät gekommen, weil ein Meeting länger gedauert hatte, als er erwartet hatte?

Er hatte diese Probleme schon früher gehabt, aber

normalerweise hatte er sich dann einfach immer bei den Frauen entschuldigt und beim nächsten Mal ein kleines Geschenk mitgebracht. Aber bei Olivia war das anders. Er wollte es dieses Mal tatsächlich wiedergutmachen.

Das war eine verrückte Vorstellung. Noch nie hatte er so viel in eine Beziehung investiert – Dinge geplant, von denen er annahm, dass sie ihr Spaß machen würden, versucht, sie zu beeindrucken … Ehrlich gesagt, hätte er das Ganze schon vor Wochen satthaben sollen. Stattdessen freute er sich auf jedes Date.

Er dachte an die bevorstehende Geschäftsreise und wie er die Situation retten könnte. Einerseits wollte er die Reise nicht hinauszögern und andererseits wollte er auf das Zusammensein mit Olivia nicht verzichten.

„Begleitest du mich?", fragte er plötzlich.

Es wäre wie ein verlängertes Date. Außerdem hatte diese Lösung den zusätzlichen Vorteil, dass sie ihm erlaubte, ihr den Plex zu zeigen. Obwohl es ihm Freude machte, ihr seine Arbeit zeigen, wollte er sie auch einfach beeindrucken. So war es auch mit dem Modell gewesen, das er ihr im Büro gezeigt hatte. Er wusste nicht warum, aber er wollte, dass sie ihn für einen erfolgreichen Geschäftsmann hielt.

Zweifel erfüllten ihn, als sie nicht gleich antwortete, also fügte er hinzu: „Wir sollten um neun oder zehn zurück sein. Also, wenn du nicht zu beschäftigt bist." Normalerweise verbrachte sie den Sonntagmorgen mit ihrer Familie und ihm war klar, dass sie bis dahin wieder zurück sein wollte.

Es entstand eine kleine Pause, bevor Olivia antwortete: „Sicher. Ich würde gerne mitkommen."

Er grinste. Er verstand nicht, warum ihn etwas so Einfaches wie die Tatsache, dass sie ihn nach Texas begleitete, so glücklich machen konnte, aber so war es. „Toll. Ich hole dich ab."

Sie verabredeten sich, die Show am nächsten Samstag anzuschauen, und Adam kam der Tag plötzlich um einiges schöner vor.

KAPITEL FÜNFZEHN

„Du verwendest also die gleichen Designs für all deine Komplexe?", fragte Olivia, als sie im Plex herumliefen, das sich in der zweiten Bauphase befand. Adam widerstand dem Drang zu lächeln. Olivia schien wirklich an dem Projekt interessiert zu sein und mit dem Helm sah sie einfach niedlich aus.

Er wollte sich ein paar Küsse stehlen, wusste aber, dass Händchenhalten alles war, zu dem sie momentan in der Öffentlichkeit bereit war. Und obwohl er es liebte, sie erröten zu sehen, wollte er sie nicht in Verlegenheit bringen. Vielleicht konnte er später einen Kuss ergattern, wenn sie zu den Containern zurückgingen, in denen sich die Baubüros befanden.

„Wir benutzen nicht die gleichen Entwürfe für all unsere Komplexe, wie andere Bauunternehmen es tun." Es gab Unternehmen, die, um Zeit und Geld zu sparen, die exakt gleichen Pläne für all ihre Bauvorhaben verwendeten. Sie kauften ähnliche Grundstücke und bauten immer wieder das gleiche Gebäude. „Aber zum Zwecke der Wiedererkennung unseres Namens setzen wir oft ähnliche Designs und Farben ein." Er wies mit dem Kopf auf das Gebäude. „Aber das Plex ist von Grund auf neu. Weil dieses Projekt ein gehobeneres Niveau besitzt als meine vorherigen, habe ich die für unseren Namen typischen Charakteristika dieses Mal nicht berücksichtigt."

Olivia lächelte. „Ich kenne einen Mann, der die Dächer der Gebäude auf seinen Grundstücken in einem hellen Gelbton streicht, damit er leicht erkennen kann, was ihm gehört, wenn er darüber fliegt."

Adam lachte. „Ich bin mir ziemlich sicher, dass mir das schon aufgefallen ist." Er nickte ihr zu. „Wie ist es mit Montgomery? Ich weiß, dass die Designs von Hotel zu Hotel sehr unterschiedlich sein können, aber gibt es ein prägendes Merkmal, das alle Montgomery-Hotels gemeinsam haben?"

„Zum Design oder der Struktur fällt mir nichts ein. Ich denke, der Fall liegt hier etwas anders, da wir oft ältere Hotels renovieren, anstatt neu zu bauen, und wir versuchen, jedem Hotel seine eigene Persönlichkeit zu geben, wobei wir uns oft von dessen ureigener Geschichte inspirieren lassen. Wir verwenden nicht einmal die Marke Montgomery in all unseren Hotels, sondern behalten manchmal den ursprünglichen Namen des Hotels bei, falls dieser von historischer Bedeutung oder bekannt genug ist, um wie beim Biltmore allein für sich zu stehen."

Die Strategie von Montgomery unterschied sich sehr von der, die Stone House verfolgte. Letztere besaßen strenge Richtlinien, wie alles aussehen sollte, und waren somit ein Musterbeispiel für Uniformität, was die Hotels oft ununterscheidbar voneinander machte. Man bekam in einem Stone-House-Hotel zwar nichts Ausgefallenes, aber man wusste, dass man ein bequemes Bett und ein sauberes Zimmer bekommen würde.

„Aber wenn ich ein charakteristisches Merkmal auswählen müsste, würde ich wahrscheinlich unseren Kundenservice nennen", fuhr Olivia fort. „Wir sind uns der Tatsache bewusst, dass viele unserer Kunden wochenlang sparen, um eine Nacht in unserem Hotel zu verbringen, also tun wir stets unser Bestes, um die Erwartungen noch zu übertreffen."

Ihre Argumentation überraschte ihn, doch sie ergab Sinn. Wenn einem jemand sein hart verdientes Geld anvertraute, sollte man alles in seiner Macht Stehende tun, um die Erwartungen zu übertreffen.

Olivia kräuselte ihre Nase. „Ich wünschte nur, die Leute würden aufhören, detaillierte Bewertungen online zu veröffentlichen. Wir freuen uns, unsere Gäste mit Kleinigkeiten oder Geschenkkörben zu überraschen – vor allem, wenn sie einen besonderen Anlass feiern. Aber dies ist mittlerweile so bekannt, dass es keine wirkliche Überraschung mehr ist."

„Der Gedanke zählt." Es war nicht ihre Schuld, dass die Gäste den anderen die Überraschung verdarben.

„Ich weiß, aber trotzdem!"

Er lachte und erkannte, dass er es mochte, jemanden um sich zu haben, der sich so leidenschaftlich für die Hotellerie und den Kundenservice im The Mansion einsetzte. Aber im

Moment war er dankbarer dafür, dass diese Leidenschaft sie zu ihm geführt hatte.

Er stieß sie mit der Schulter an. „Möchtest du zum Mittagessen ins Stanton gehen? Das ist das Restaurant, von dem meine Jungs so geschwärmt haben."

Jetzt, da er seine Inspektion der ersten Phase beendet hatte und keine drängenden Probleme sah, konnte er sich entspannen und seine Zeit mit ihr genießen. Er interessierte sich nicht besonders für das Restaurant, doch er wollte etwas tun, um die verpasste Show wettzumachen, und wollte ihr zeigen, wie viel es ihm bedeutete, dass sie ihn begleitet hatte. Er hätte ihr gerne das Space Center gezeigt, doch dafür hatten sie keine Zeit, wenn sie noch heute Abend nach Manhattan zurückkehren wollten. Er hatte sich umgehört und Stanton schien das Restaurant zu sein, das alle empfahlen.

„Nein, es sei denn, du willst unbedingt dorthin gehen. Ich bin immer noch voll von all den Donuts, die ich gegessen habe."

Adam lachte. Einer seiner Mieter, der ein Café betrieb, bildete seine Mitarbeiter heute für die Herstellung von leckeren Donuts aus und hatte genügend gebacken, um die ganze Crew satt zu machen. Er nahm an, dass er und Olivia es etwas übertrieben hatten.

„Lass uns später essen gehen", sagte er und setzte dann die Tour fort. „Wenn alles fertig ist, haben wir hier einen Zug für Kinder und ihre Eltern, der durch den gesamten Komplex fährt."

„Oh, ich habe so etwas schon einmal gesehen. Als ich jünger war, gab es in den Einkaufszentren immer Karussells für Kinder." Sie lachte. „Ich hatte sogar einen Lieblingselefanten, den ich immer gewählt habe."

Er war überrascht, dass ihre Eltern ihr erlaubt hatten, Karussell zu fahren, geschweige denn ins Einkaufszentrum zu gehen. Seine eigene Mutter hatte immer darauf gepocht, sich nicht unter das „gemeine Volk" zu mischen. Anstatt in die Läden zu gehen, ließ sie sich die Artikel schicken. Er fragte sich, wie sie reagieren würde, wenn er ihr sagen würde, dass eine der Familien, die sie so sehr nachzuahmen versuchte, gern in Einkaufszentren ging.

Olivia schüttelte den Kopf, als sie sagte: „Ich weiß immer noch nicht, ob die Karussells dazu gedacht waren, Familien anzulocken oder die Kinder zu besänftigen, weil sie mit ihren Eltern einkaufen gehen mussten."

Er wollte sie gerade wieder einladen, sich alles noch einmal anzusehen, sobald der Komplex fertig wäre, damit sie sehen konnte, wie alles aussah, wenn die Läden geöffnet wären und der Betrieb lief, doch dann bremste er sich. Die zweite Phase wäre erst in sieben Monaten beendet. Es war zweifelhaft, ob sie bis dahin noch zusammen wären. Schließlich war er noch nie so lange mit einer Frau zusammen gewesen. Tatsächlich war Olivia seine bisher längste Beziehung.

Er band sich normalerweise nicht zu fest an die Frauen, mit denen er zusammen war, und doch fühlte er eine gewisse Leere bei dem Gedanken, dass er und Olivia nicht mehr zusammen sein könnten, wenn das Plex öffnete. Er wehrte sich gegen den abwegigen Gedanken und antwortete: „Ein bisschen von beidem, denke ich."

Es nützte nichts, an Dinge zu denken, die niemals sein

konnten. Er war nie der Typ für eine langfristige Beziehung gewesen. Er war einfach nicht dafür geschaffen. Aber wenn er es wäre, dann wäre Olivia die richtige Frau für ihn. Ihre Persönlichkeit und ihre Energie gefielen ihm außerordentlich.

„Und hier wird unser zweiter Innenhof sein", sagte er und deutete auf die freie Fläche zwischen zwei Kaufhäusern.

Sie strahlte. „Ich kann mir den Weihnachtsbaum zwischen den beiden Läden schon vorstellen", sagte sie und drehte sich dann um. „Hier wird doch der Weihnachtsbaum stehen, oder?"

Seine Brust zog sich zusammen, als er darüber nachdachte, wer sie in diesen kalten Winternächten wärmen würde, bevor er den Gedanken resolut beiseite schob. *Fang erst gar nicht damit an.* „Ja, und wir werden morgens Yoga-Kurse geben und nachts Livemusik spielen."

„Willst du die Kurse leiten oder wird jemand den Raum mieten?"

„Ein lokales Tanzstudio wird den Raum gegen eine geringe Gebühr mieten."

„Und sie werben damit potenzielle Kunden, wenn die Kurse enden. Intelligent."

Stolz erfüllte ihn, als sie seine Pläne guthieß. Er hatte früher nie wirklich etwas um die Meinungen der Frauen gegeben, mit denen er zusammen gewesen war, aber jetzt fragte er sich ständig, was Olivia dachte. Die Erkenntnis, dass diese Beziehung viel tiefer ging, als er erwartet hatte, ließ ihn kurz innehalten, aber er wusste, dass es so war. Wenn sie nicht bei ihm war, dachte er ständig an sie, und wenn sie bei ihm war, wollte er alles mit ihr teilen, einschließlich der Gedanken und Ideen, die er normalerweise für sich behielt.

Dass er solch merkwürdige Gefühle für sie hatte, lag wahrscheinlich nur daran, dass sie miteinander arbeiteten. Er hatte seine Arbeit schon immer geliebt und es war nur natürlich, sich in eine Frau zu verlieben, die Interesse daran bekundete, aber seine Gefühle gingen ein wenig zu weit. Er musste eine Grenze ziehen und die Arbeit vom Vergnügen trennen. Von nun an würde er sich bei seinen geschäftlichen Gesprächen auf The Mansion konzentrieren und darauf achten, seine anderen Projekte nicht mehr zu erwähnen.

„Nicht alle Läden werden bis zum Ende der Kurse geöffnet sein, aber ich gebe zu, dass wir das berücksichtigt haben." Die Leute konnten sich auf dem Heimweg noch einen Smoothie oder ein Sandwich mitnehmen. „Komm, lass uns die Sicherheitsvorkehrungen überprüfen."

* * *

Sie lagen an einem Samstagmorgen im Bett, als Olivia sich Adam zuwandte. „Wärst du dazu bereit, meine Familie beim Brunch kennenzulernen?" Sie wollte ihn eigentlich nicht einladen, aber Mom wurde hartnäckig und sie wollte nicht, dass ihre Eltern das Gefühl bekamen, dass er sie mied.

„Sicher."

„Du hast nichts dagegen?", fragte sie überrascht, da er so einfach zustimmte.

„Ich gebe zu, dass ich noch nie die Eltern einer meiner

Freundinnen kennengelernt habe. Himmel. Keines meiner Geschwister hat jemals jemanden mit nach Hause gebracht, außer das eine Mal, als meine Schwester ihren Freund loswerden wollte.“

„Hat es funktioniert?“

Adam lachte. „Ja. Der arme Mann hat sich bereits in der darauffolgenden Woche von Martha getrennt. Doug und ich wussten von Anfang an Bescheid, also haben wir ihn ein bisschen aufgezogen. Aber unsere Eltern haben ihn abgeschreckt, ohne es zu wissen.“

„Sind deine Eltern so furchtbar?“

„Naja, in der Regel achten sie darauf, wie sie sich verhalten, wenn sie in der Öffentlichkeit sind. Aber scheinbar dachten sie, dass Marthas Freund nicht gut genug für sie wäre.“

„Das ist furchtbar!“

„Ja, aber es hat gut geklappt für Martha. Hey, wie wäre es mit einem kleinen *quid pro quo*? Ich gehe zum Brunch bei deinen Eltern und du begleitest mich zur Geburtstagsparty meines Patenkinds im nächsten Monat.“

Olivia blinzelte. „Du bist Pate?“

Er grinste. „Ja. Von einem hübschen kleinen Mädchen. Warum siehst du mich so überrascht an?“

„Ich weiß es nicht. Ich glaube, ich habe dir so viel Häuslichkeit nicht zugetraut.“ Adam schien nicht wirklich der Familientyp zu sein. Konnte es sein, dass sie sich so sehr in ihm irrte? Ungebeten erwachte Hoffnung in ihr.

„Normalerweise sage ich Nein zu solchen Dingen, aber ich stehe den Eltern sehr nahe.“

„Beiden? Hast du sie rein zufällig verkuppelt?", fragte sie fasziniert. Vielleicht glaubte er doch an die Ehe.

„Ich wünschte, ich könnte das behaupten, aber nein. Ich hatte nichts mit ihrem Zusammenkommen zu tun. Ich bin mit einem Mann namens Jason Collins zur Schule gegangen und habe über die Jahre Kontakt zu ihm gehalten. Er hat schließlich einen Investmentfonds mit einem Bekannten eröffnet, Luke Darren. Und –"

„Warte – du bist der Pate von Luke und Samanthas Baby?", fragte Olivia überrascht.

„Ja. Du kennst sie?"

„Nicht persönlich, aber ich erinnere mich, dass ihre Ehe für viel Aufsehen in den Medien gesorgt hat." Luke hatte Jasons Witwe nicht einmal ein Jahr nach dessen Tod geheiratet. Olivia erinnerte sich, wie traurig sie es gefunden hatte, dass jemand so schnell über den Verlust eines anderen Menschen hinwegkam.

Vielleicht war das naiv, aber ihr gefiel die Vorstellung einer Liebe, die ein Leben lang hielt. Stacy hingegen hatte ganz anders darauf reagiert und die ganze Affäre romantisch gefunden. Sie hatte den Gerüchten geglaubt, dass Luke Samantha immer geliebt und sie während dieser schwierigen Zeit unterstützt hatte.

Adam winkte ab. „Ja. Die Presse war nicht besonders freundlich zu ihnen. Aber du wirst es selbst sehen, wenn du sie kennenlernst. Sie sind kein bisschen so, wie die Zeitungen sie darstellen."

Olivia erinnerte sich. Sie hatten Samantha wie eine billige Goldgräberin aussehen lassen und Luke als eine Art

Geschäftshai hingestellt, der Samantha nur geheiratet hatte, um die volle Kontrolle über das Unternehmen zu erlangen.

„Also haben wir einen Deal?", fragte Adam.

„Ja. Ich würde gern mitkommen", antwortete sie und freute sich, dass er wollte, dass sie seine Freunde kennenlernte. Das musste etwas bedeuten, oder?

„Und, wie sieht es bei dir aus? Willst du Kinder?", fragte Adam, als sie sich wieder in seine Arme kuschelte.

„Ja, aber nicht so bald", gab sie zu. „Ich möchte beruflich etwas erreicht haben, bevor ich eine Familie gründe." Vielleicht würde sie darüber nachdenken, nachdem sie ein oder zwei Hotels eröffnet hätte. „Und du?"

„Auf keinen Fall." Er zögerte, bevor er hinzufügte: „Ich habe nichts gegen Kinder, aber ich glaube nicht wirklich an die Ehe."

„Oh", sagte sie und Enttäuschung erfüllte sie. Sie hatte es schon vermutet, aber die Bestätigung aus seinem Mund zu bekommen, tat dennoch weh.

Sie stöhnte innerlich, als sie an ihre Eltern dachte und wie sehr sie sich Enkelkinder wünschten. Sie wollte ihnen keine falsche Hoffnung machen, indem sie Adam mitbrachte, aber sie konnte die Einladung jetzt auch nicht mehr so einfach zurücknehmen – vor allem, da Mom so inbrünstig darauf gedrängt hatte, ihn kennenzulernen.

Da sie nicht wusste, was sie tun sollte, betete sie stumm, dass ihre Eltern ihn nicht mögen würden.

KAPITEL SECHZEHN

„Nochmals vielen Dank, dass du gekommen bist", sagte Olivia, als sie durch die Lobby des Country Clubs gingen. Sie bedankte sich bereits zum dritten Mal bei ihm und Adam begann misstrauisch zu werden. Vielleicht war ihre Familie doch nicht so perfekt, wie sie sie darstellte.

„Nicht der Rede wert. Außerdem ist das wahrscheinlich der beste Weg, um Punkte bei deinem Vater zu sammeln." Es wäre nicht gut, sich mit ihrem Vater zu überwerfen, bevor sie überhaupt mit der Renovierung begonnen hatten. Er wusste, dass er es bereuen sollte, einen geschäftlichen Vertrag wegen einer Frau zu riskieren – vor allem einen so großen wie The Mansion –, aber er genoss seine Zeit mit Olivia zu sehr, um sich darum zu kümmern.

„Ich weiß, aber mein Vater wird sich darauf verlassen, dass meine Mutter die Fragen stellt, die er sich nicht stellen traut."

„Mich zu verhören, meinst du?"

Sie nickte. „Sie ist härter, als sie aussieht."

Er wusste nicht warum, aber er fand es liebenswert, dass Olivia sich seinetwegen Sorgen machte. „Ich schreibe den Buchstaben H auf deine Handfläche, wenn ich Hilfe brauche." Er bezweifelte, dass das der Fall sein würde, aber es schadete nicht, vorbereitet zu sein – vor allem, da Olivia sich Sorgen machte.

„Das wird funktionieren, aber wir sollten uns wahrscheinlich einen Notfallplan ausdenken, falls meine Mutter uns trennt."

Während sie über mögliche Signale sprachen, schaute sich Adam in dem Klub um, dem seine Eltern so gern beitreten würden, und war überrascht, wie warm und einladend er zu sein schien.

Er hatte mehr Ähnlichkeit zu dem Klub erwartet, dem seine Familie angehörte, Räume voller Kronleuchter, Marmor und steifer Kellner. Aber das hier war das komplette Gegenteil. Hier gab es Kinderlachen, das die Luft erfüllte, eine Holzvertäfelung und ein Feuer, das im Kamin der Lobby prasselte und der Umgebung eine warme, heimelige Atmosphäre verlieh. Dagegen waren Kinder in dem Klub seiner Eltern nicht einmal erlaubt, es sei denn, es gab einen besonderen Anlass.

Vielleicht lag es daran, dass die Mitglieder des Klubs seiner Eltern vornehmend Neureiche waren, die es als notwendig empfanden, sich zu beweisen. Sie füllten ihren Klub mit teurer Kunst und schufen ein kaltes Umfeld für Familien mit kleinen Kindern. Aber vielleicht war das ja auch beabsichtigt. Beide Arten von Klubs förderten geschäftliche und politische Partnerschaften, aber vielleicht konzentrierten sich ältere Klubs wie dieser hier eher auf ein

Gefühl von Familie und Gemeinschaft. Der alte Geldadel konnte wählen, mit wem er zusammenarbeitete, während die Neureichen sich diesen Luxus oft nicht leisten konnten.

„Unser Tisch befindet sich im hinteren Teil des Restaurants – auf der Terrasse", sagte Olivia, als sie eine Rotunde passierten und das Hauptgebäude verließen. „Da fast jeder in der Familie einen Brunch im Buffetstil vorzieht, anstatt individuell zu bestellen, hat mein Vater für das Restaurant ein eigenes kleines Buffet arrangiert."

Sie erreichten die überdachte Terrasse und er sah die Familie an einem Tisch sitzen. Er zählte zehn Personen. Da er gestern Abend einige Artikel über Olivias Familie gelesen hatte, erkannte er Olivias engste Familie sowie ihren Onkel, ihre Tante und ihre Cousins. Er hatte nicht viel darüber nachgedacht, als sie erwähnt hatte, dass alle hier versammelt wären, aber jetzt wurde ihm bewusst, wie seltsam es war, dass sie sich so oft trafen.

Barbara Montgomery, Olivias Mutter, schaute auf und strahlte, als sie die beiden sah. „Olivia!", sagte sie, stand auf und eilte herbei, um ihre Tochter zu umarmen.

Olivia lächelte, als sie die Umarmung erwiderte. „Hallo Mom."

Barbara ließ Olivia los und wandte sich an ihn. „Und du musst Adam sein", sagte sie, als sie ihn umarmte. „Es ist so schön, dich endlich kennenzulernen. Ich bin Barbara Montgomery, Livies Mutter."

„Hallo Barbara. Ich freue mich auch, dich kennenzulernen. Vielen Dank, dass ihr mich eingeladen habt."

„Danke, dass du gekommen bist. Ich weiß, dass du ein

beschäftigter Mann bist." Sie packte seinen Arm mit einem überraschend kräftigen Griff und führte ihn zum Buffettisch. „Lasst uns etwas essen, dann werde ich dich jedem vorstellen."

Die nächste Stunde verging wie im Flug, wobei die Familie über alles Mögliche plauderte und gelegentlich ein Bekannter der Familie am Tisch vorbeikam. Es war, als wäre er zu Gast bei einem dieser Thanksgiving-Dinner, die er in Filmen gesehen hatte, jedoch ohne die unvermeidlichen Streitereien. Zumindest war es bis jetzt noch nicht dazu gekommen. Es hatte Meinungsverschiedenheiten gegeben, aber Olivia und ihre Mutter hatten sie zerstreut, bevor sie zu groß geworden waren. Anscheinend war es in Ordnung, beim Essen über Politik zu sprechen, solange man einen guten Schiedsrichter hatte.

Alles in allem war es überraschend zu sehen, wie gut sich alle verstanden. Angesichts der Art und Weise, wie sein eigener Vater seinem Bruder dessen Anteil an Dannier gestohlen hatte, hatte Adam zumindest mit einigen Reibereien zwischen Olivias Familienmitgliedern gerechnet.

Die Familie Montgomery besaß zwei Unternehmen, wobei Victor und sein Bruder jeweils eines leiteten. Und obwohl das Hotelgeschäft groß war, war es nicht annähernd so groß wie die Bank, also konnte man es auch nicht gleichmäßig aufteilen. Adam wusste nicht, wie die Anteile an dem Unternehmen strukturiert waren, aber nach der Leichtigkeit zu urteilen, mit der die beiden Brüder miteinander umgingen, waren sie offensichtlich zufrieden mit der Vereinbarung. Himmel. Olivia und ihr Bruder schienen sich sogar mit ihren Cousins gut zu verstehen und Adam bekam das Gefühl, dass sie sich alle tatsächlich sehr nahstanden.

„Also, ich habe eine Idee, wen wir als Generaldirektor einsetzen könnten", sagte Victor, als er sein Dessert vor sich hatte. „Pierre –"

Er wurde von seiner Frau unterbrochen, die ihm auf die Schulter schlug. „Keine Gespräche über Geschäfte während der Familienzeit", sagte sie und lächelte Adam an. „Es tut mir leid. Victor lebt nur für die Hotels."

Adam erwartete, dass Victor über die Unterbrechung verärgert sein würde. Doch als er ihn ansah, stellte er überrascht fest, dass der Mann seiner Frau ein kleines Lächeln schenkte, bevor er Victor einen entschuldigenden Blick zuwarf und mit den Achseln zuckte.

Das Paar war den ganzen Morgen schon so herzlich miteinander umgegangen und Adam fragte sich unwillkürlich, wie viel davon echt war. Seine Eltern gaben vor anderen auch vor, ein liebevolles Paar zu sein, aber zu Hause sah alles ganz anders aus. Dort zeigten sie einander entweder die kalte Schulter oder schrien sich an.

„Und, wie lange bist du denn schon mit Olivia zusammen?", fragte Barbara. „Ist es zu fassen, dass ich es von Tamara Blake erfahren habe, die euch offensichtlich zusammen gesehen hat?" Sie warf ihrer Tochter einen verletzten Blick zu und Adam musste lächeln.

Olivias Mutter war etwas Besonderes. Ihre überschwängliche Wärme und Freundlichkeit verbarg ihre Charakterstärke, die ebenso stark war wie ihre

Entschlossenheit. Er hatte bemerkt, wie sie ihn fast unmerklich auf den Sitz neben sich manövriert und dafür gesorgt hatte, dass er sich erst einmal wohlfühlte, bevor die eigentliche Befragung begann.

„Ein paar Monate. Wir haben uns aufgrund unserer Arbeitsbeziehung entschieden, es nicht an die große Glocke zu hängen."

„Ein paar Monate und Olivia hat nie etwas erwähnt! Ich dachte sogar, Tammy müsste sich irren, denn Victor hat über nichts anderes als The Mansion geredet. Ich war mir sicher, dass es sich um ein Geschäftsessen gehandelt haben musste, aber Tammy hat mir versichert, dass es ein Date war."

„Barbara", warnte Victor. Barbara lächelte ihn an.

„Ich plappere schon wieder, nicht wahr?" Victor nickte und Barbara wandte sich lachend an Adam. „Das tut mir leid. Jetzt erzähl mir von dir."

* * *

Als Olivia am nächsten Morgen zum Büro fuhr, erhielt sie einen Anruf von Stacy. „Hey Stacy! Was ist los?", fragte sie.

„Und? Wie ist es gelaufen?"

Da sie wusste, dass Stacy nach dem gestrigen Brunch fragte, seufzte Olivia. „Ich denke, es hängt davon ab, wie man es betrachtet." Stacy war sich der Bedenken bewusst, die Olivia gehabt hatte, Adam ihren Eltern vorzustellen.

Es war nicht so, dass sie gehofft hatte, dass ihre Eltern Adam hassen würden. Vielmehr hatte sie sich gewünscht, er wäre ihnen gleichgültig. Stattdessen hatte Adam ihrer

Mom so sehr gefallen, dass sie Olivia gesagt hatte, sie könnte ihn jederzeit wieder zum Brunch mitbringen.

„Ich denke, das bedeutet, dass deine Eltern Adam mögen", sagte Stacy.

„Ja."

„ Das ist nicht wirklich eine Überraschung, oder? Ich meine, dein Vater mochte sogar William irgendwann", sagte sie in Anspielung auf Olivias High-School-Freund. „Nicht, dass mit William irgendetwas nicht stimmt, aber dein Vater hat ihn immer einen Schnorrer genannt."

Olivia lächelte. „Ja. Es spielte keine Rolle, dass wir noch die High School besuchten. Dad erwartete, dass alle arbeiten. Jetzt, da William einen Job hat, erfüllt er alle Qualifikationen für einen Schwiegersohn."

Stacy lachte. „Das ist die Sehnsucht nach Enkelkindern. Sobald sie sehen, dass ihre Freunde Enkelkinder bekommen, wünschen sie sich eigene."

„Es ist so frustrierend. Wir heiraten doch nicht schneller, nur weil sie es immer wieder erwähnen. Sie haben Adam Gott sei Dank nicht gefragt, ob er Kinder will, aber ich konnte in Moms Augen sehen, dass sie es gern getan hätte." Olivia fühlte sich, als hätte sie die Hälfte der Zeit damit verbracht, ihre Mutter anzustarren und sicherzustellen, dass diese nichts Peinliches fragte oder sagte.

„Es ist verrückt. Ich fühle mich, als wäre ich eine alleinerziehende Mutter, die sich Sorgen macht, dass ihre Kinder sich zu sehr an einen Freund gewöhnen." Es war das erste Mal, dass sie mit jemandem zusammen war, der nicht an die Ehe glaubte, und sie fühlte sich überfordert.

Doch sie konnte sich keinesfalls von Adam trennen. Sie

wusste, dass das ihre Zusammenarbeit bei The Mansion erneut gefährden würde. Sie hatten es gerade erst geschafft, sich bei den Meetings wieder normal zu verhalten, und eine Trennung würde mit Sicherheit alle Fortschritte zunichtemachen, die sie erreicht hatten. Und die Wahrheit war, dass sie sich in ihn verliebt hatte.

„Deine Eltern sind erwachsen. Sie wissen, dass nicht jede Beziehung von Dauer ist."

Olivia hatte gewusst, dass Stacy etwas dazu sagen würde, und jetzt fragte sie sich unwillkürlich, ob das der Grund war, warum sie sich Stacy vor Kurzem abends anvertraut hatte, weil sie sich von jemandem bestätigen lassen wollte, dass es okay war, mit Adam zusammen zu sein.

„Du hast recht. Ich mache mir wahrscheinlich unnötige Sorgen", sagte sie, während sie dem Parkwächter zuwinkte und in die Tiefgarage fuhr.

„Du liebst deine Familie."

Olivia wurde plötzlich bewusst, dass sie Stacy nicht mehr gesehen hatte, seitdem sie letzten Monat zum Brunch bei ihrer Familie erschienen war, und sie verfluchte sich insgeheim, dass sie eine so schlechte Freundin war. Sie wollte nicht wie eine der Frauen werden, die ihre Freundinnen ignorierten, sobald sie einen Freund hatten, aber es war leicht, sich in Adam zu verlieren. „Hast du am Mittwoch zum Abendessen frei?"

„Am Donnerstag passt es mir besser. Ich habe am Mittwoch ein Meeting."

„Klingt gut."

„Super. Ich habe ein großartiges libanesisches

Restaurant entdeckt, in dem das beste Hühnchen serviert wird."

Olivia lachte, während sie auf ihrem Stellplatz parkte. „Du magst Hühnchen nicht einmal."

„Ich weiß! Aber es hat so gut geduftet und da habe ich den Kellner gefragt, was es wäre. Er sagte, es wäre Huhn, und ich musste es einfach bestellen."

„Ich kann kaum erwarten, es zu probieren." Wenn Stacy sagte, dass ein Restaurant gut war, dann war es erstklassig. Ihre Freundin hatte einen tollen Geschmack.

„Ich schicke dir die Adresse."

Nachdem sie sich verabschiedet hatte, schnappte sich Olivia ihre Aktentasche und machte sich auf den Weg zu den Aufzügen. Sie hatte gerade die Sicherheitskontrolle passiert und wartete auf den Aufzug, als ihr Handy klingelte.

Sie runzelte die Stirn, als sie Kevin Mayers Namen auf dem Bildschirm sah. Kevin war ein Franchisenehmer, dem das Crown Jewel, ein Montgomery Hotel in New Orleans, gehörte. Normalerweise machte er immer einen Termin aus, wenn er mit ihr sprechen wollte.

„Guten Morgen, Kevin", sagte Olivia, als sie das Gespräch annahm und sich für schlechte Nachrichten wappnete. Der Franchisenehmer kontaktierte sie selten aus heiterem Himmel, um ihr gute Nachrichten mitzuteilen.

„Es tut mir leid, Olivia, wirklich, aber ich habe das Hotel gerade an Tierpoint Properties verkauft. Ich brauchte das Geld, um meine Restaurants zu unterstützen."

Ihr drehte sich der Magen um und als sich die Aufzugtüren öffneten, trat sie zur Seite, um eine ruhige

Ecke zu finden, in der sie das Gespräch führen konnte. Sie wusste, dass Kevin schon seit einiger Zeit in finanziellen Schwierigkeiten steckte.

Er war sehr offen gewesen und hatte erzählt, dass er die geplante Expansion seiner Restaurantkette stoppen musste und dass er wegen der harten Konkurrenz sogar ein paar Restaurants geschlossen hatte. Aus diesem Grund hatte sie ihr Bestes getan, um das Ausmaß der Renovierungen zu minimieren, um sein Budget so weit wie möglich zu schonen, aber es hatte keinen Unterschied gemacht. Ein paar Hunderttausend zu sparen war nicht gerade hilfreich, wenn man Millionen brauchte.

„Das ist in Ordnung", sagte sie und tat ihr Bestes, um sich nicht anmerken zu lassen, wie betroffen sie war. Es spielte keine Rolle, dass das Hotel profitabel war, wenn der Besitzer Geld brauchte. Am Ende musste jeder das tun, was für ihn am besten war.

Montgomery besaß nicht das Recht, das erste Angebot für das Crown Jewel zu machen, aber es tat trotzdem weh, dass er sie vor seiner Entscheidung nicht kontaktiert hatte. Allerdings war Tierpoint wahrscheinlich von selbst auf ihn zugegangen. Denn dieses Unternehmen agierte aggressiv, um Hotels in sein Portfolio aufzunehmen, und war oft bereit, deutlich mehr als den Marktwert zu zahlen.

„Ich weiß, dass es nicht die besten Zeiten waren", murmelte sie. Da Tierpoint einer der größten Silver Stream - Franchisenehmer war, bezweifelte sie, dass Tierpoint mit Montgomery weitermachen würde, aber sie würde die neuen Besitzer morgen trotzdem anrufen, um herauszufinden, ob sie etwas tun konnte.

„Danke, dass du so verständnisvoll bist. Ich weiß die Arbeit zu schätzen, die du und Montgomery im Laufe der Jahre geleistet habt. Ich werde euch das formelle Schreiben über den Verkauf mit allen Details noch heute Nachmittag zuschicken. Ich hoffe, dass wir in Zukunft wieder zusammenarbeiten können."

Olivia schüttelte wortlos den Kopf, als sie das Gespräch beendete. Sie konnte es nicht glauben. Sie hatte so viel Zeit in die Arbeit an dem Hotel investiert – von den Renovierungen bis zur Einstellung der Manager – und jetzt würde ihre Konkurrenz von ihren Bemühungen profitieren.

Sie wusste, dass das, was geschehen war, außerhalb ihrer Kontrolle lag. Das Hotel war für Kevin nur ein Hobby gewesen, so wie andere Leute Pferde oder Jachten kauften, während die Restaurants seine Leidenschaft und das waren, womit er sein Vermögen gemacht hatte. Also hatte er natürlich die Restaurants an die erste Stelle gesetzt. Aber die Realität tat trotzdem weh und unwillkürlich kam ihr der Gedanke, dass so etwas nicht passiert wäre, wenn sie ihre eigene Hotelkette gehabt hätte.

Denn wenn Montgomery die Hotels besitzen würde, müssten sie sich nicht mit den Launen der Franchise-Nehmer oder dem Hin und Her der anderen Unternehmen auseinandersetzen. Mit Franchisenehmern konnte man alles richtig machen und trotzdem am Ende auf der Verliererseite landen, und sie erkannte, dass sie den Fokus auf ihr Yosemite-Hotel nicht verlieren durfte. Sie hatte endlich ein Projekt gefunden, das ihr Vater nicht ablehnte. Sie durfte nicht zulassen, dass es scheiterte.

KAPITEL SIEBZEHN

Adam schluckte, als Olivia sich etwas Frischkäse vom Finger leckte. Es war zu einfach, sich diese Lippen und den Mund bei anderen Sachen vorzustellen. Sie nahm einen Bissen von ihrem Bagel und er zwang sich, sich auf sein Frühstück zu konzentrieren.

„Also, ich dachte, wir könnten an den Strand gehen", sagte er, während er sein Omelett zerschnitt. Es war Samstagmorgen und so gerne er den ganzen Tag mit ihr im Bett bleiben würde, wollte er nicht, dass sie dachte, ihm ginge es nur um Sex. „Wir könnten Kajak fahren, paddeln oder am Ufer spazieren gehen …" Martha besaß ein Haus in den Hamptons, in dem sie fast jede Art von Wassersportgeräten aufbewahrte. Seine Schwester war der Inbegriff von „work hard, play hard".

„Es tut mir leid. Ich wollte es dir gestern Abend schon sagen, aber ich muss heute arbeiten. Wegen der Arbeit am The Mansion bin ich mit meinen regulären Aufgaben im Rückstand."

Verdammt. Er hatte sich wirklich darauf gefreut, den Tag mit ihr zu verbringen, aber er verstand es. Angefangen beim derzeitigen Betreiber von The Mansion, der alles aus dem Deal herausholen wollte, bis hin zu den aktuellen Mietern, die Probleme verursachten, schien es, als ob immer etwas los war. Sie mussten sich mittlerweile bereits zweimal die Woche treffen, um über alles reden zu können, was vor sich ging.

Ihre Pflichten bezüglich The Mansion waren ein harter Job und er fragte sich, warum Victor nicht mehr von ihren Aufgaben anderen zugewiesen hatte. Glaubte Victor, dass sie scheitern würde, oder war dies eine Art Test, bei dem sie sich beweisen musste, bevor er ihr mehr Verantwortung übertrug? Wahrscheinlich Letzteres, vermutete Adam, weil sie definitiv qualifiziert war. Sie konnte manchmal eine Perfektionistin sein, aber das war für ihre Arbeit nicht schlecht.

„Du könntest hier arbeiten", sagte Adam. Es spielte keine Rolle, wo sie sich aufhielten, solange er bei ihr sein konnte.

„Du weißt, dass wir nichts zustande bringen, wenn wir zusammen arbeiten. Du lenkst mich viel zu sehr ab."

„Ich lenke dich ab? Läufst nicht du in einem Hemd herum, während ich meine E-Mails lese?" Nicht, dass er sich beschweren wollte. Er liebte es, sie in seinen Hemden zu sehen.

„Hey, bist nicht du es, der mich innerhalb weniger Minuten nach meiner Ankunft auszieht? Und ich laufe auch nicht nackt herum."

Er grinste. Er liebte es, sie zu necken, und genoss es

besonders, dass sie ihre Hände nicht von ihm lassen konnte. Aber sie hatte viel Arbeit und wenn er ehrlich war, hatte er auch ein paar Dinge zu erledigen. Obwohl sein Team die Dinge gut im Griff hatte, musste er sich auf die Suche nach Standorten für seinen nächsten Komplex machen.

Aber seitdem er Olivia kennengelernt hatte, war ihm das irgendwie nicht mehr so wichtig. Er konnte sich einreden, dass es daran lag, dass er sein Geld in das Plex und The Mansion investiert hatte und keine weiteren Risiken eingehen wollte, indem er sich noch mehr Geld borgte. Aber die einfache Wahrheit war, dass er lieber seine Freizeit mit Olivia verbrachte, als neue potentielle Bauprojekte zu planen.

Dieser Gedanke hätte ihn erschrecken sollen. Stattdessen fragte er sich, warum er sich immer so viel Arbeit auflud. Ehrlich gesagt verdiente er diese Pause mit Olivia, und er beschloss, dass er seine Zeit mit ihr genießen und sich später Sorgen über die Erweiterung seines Unternehmens machen würde.

„Wie wäre es damit? Du kannst heute hinter verschlossenen Türen in meinem Büro arbeiten, während ich im Wohnzimmer bleibe. Ich verspreche, dich nicht zu belästigen, bis du herauskommst." Es würde ihm schwerfallen, sich von ihr fernzuhalten, aber er würde es tun.

Sie sah ihn aus schmalen Augen an. „Und du wirst auch arbeiten?"

Angesichts der Tatsache, dass er, bevor er sie getroffen hatte, beinahe seine gesamte freie Zeit mit Arbeit verbracht hatte, fand er ihre Frage merkwürdig. Sie hielt ihn wahrscheinlich für einen Playboy und obwohl er in der Vergangenheit sicherlich diesen Ruf verdient hatte, war er im Laufe der Jahre reifer geworden.

„Ja", murmelte er. „Ich muss mir ein Angebot anschauen und einige andere Dinge auch."

„In Ordnung", sagte sie und ein Gefühl der Erleichterung erfüllte ihn. *Sie würde bleiben.*

* * *

Adam überprüfte gerade die PR-Pläne für die Eröffnung des Plex, als Olivia das Wohnzimmer betrat.

„Es ist fast Zeit für das Abendessen", sagte sie. „Willst du, dass ich etwas bestelle?"

„Sicher. Woran hast du gedacht?"

„Wie wäre es mit mediterran?", fragte sie, während sie sich auf seinen Schoß setzte und ihre Arme um ihn schlang.

„Klingt gut." Er gab ihr einen schnellen Kuss. „Hast du alles erledigen können, was du dir vorgenommen hattest?" Außer zu ihrem gemeinsamen Frühstück und Mittagessen, hatte sie sich den ganzen Tag hinter verschlossener Tür in seinem Büro aufgehalten.

„Beinahe, aber ich überschätze immer wieder, was ich in einer bestimmten Zeit erledigen kann. Und du?"

„Ich habe einiges in meinem Posteingang abgearbeitet." So sehr er ihre Gesellschaft auch vermisst hatte, war er auch froh, dass er ein paar liegen gebliebene Dinge hatte aufarbeiten können.

Ein Immobilienverwalter hatte ihm eine E-Mail

geschickt und ihm mitgeteilt, dass einer seiner Mieter nicht in der Lage war, die Miete zu bezahlen. Die Mail war unter vielen anderen begraben gewesen und wenn sich Olivia heute nicht entschlossen hätte zu bleiben, hätte er sie wahrscheinlich nicht mehr rechtzeitig bemerkt. Da Nicks Reinigungsservice einer seiner ältesten Mieter war, rief er sofort seinen Manager an. Er würde der Firma eine vorübergehende Mietminderung einräumen, würde aber die Situation neu bewerten müssen, falls die Probleme bestehen blieben.

Sein Vater hätte ihn einen Narren geschimpft.

Er gewährte seinen langjährigen Mietern bereits einen ordentlichen Rabatt auf die Miete und jetzt würde er vorübergehend die Miete für einen von ihnen noch weiter kürzen. Aber diesen Luxus konnte er sich leisten. Da er der alleinige Besitzer von AC Developments war, musste er sich weder um eine eventuelle Berichterstattung an Investoren noch um die Erhöhung des Gewinns sorgen.

Olivia sah ihn an und ihm wurde bewusst, dass er immer noch seine Computerbrille trug. Verlegen nahm er sie ab.

„Warum habe ich dich noch nie mit Brille gesehen?"

Weil er es vermieden hatte, sie vor ihr zu tragen. Ihm hatte es noch nie etwas ausgemacht, die Brille zu tragen, aber in ihrer Anwesenheit hatte er sich bisher immer gescheut. Es war unsinnig, aber er konnte sich nicht helfen.

„Ich trage sie nur, wenn ich am Computer arbeiten muss", erklärte er. Er verlor sich oftmals so sehr in seiner Arbeit, dass er seine Augen zu sehr anstrengte.

„Ich finde es gut, dass du sie nie während der Meetings trägst. Ich könnte mich nicht mehr konzentrieren."

„Oh?"

Sie nickte. „Du lenkst mich ohnehin schon viel zu sehr ab. Wenn ich dich mit einer Brille sehe, dann kann ich gar nicht mehr klar denken."

Das konnte nicht ihr Ernst sein. Die Brille war nicht sexy. Aber er hielt auch Arme nicht für sexy, und doch ertappte er sie oft dabei, wie sie seine anstarrte. Er schnappte sich seine Brille und setzte sie wieder auf.

„Du sagst also, dass du mich damit unwiderstehlich findest?"

„Mm-hmmm", sagte sie und malte mit dem Zeigefinger kleine Kreise auf seinen Nacken. „Sie schadet aber auch nicht, wenn du nicht am Computer sitzt, oder?"

Ihre sanften Berührungen erzeugten einen Kurzschluss in seinem Gehirn und er musste sich zusammenreißen, bevor er ihr antwortete. „Nein. Sie blockiert lediglich das grelle Licht."

Ihre Lippen verzogen sich zu einem sinnlichen Lächeln. „Gut", murmelte sie, bevor sie sich nach vorn beugte, um ihn zu küssen. Sein Geschmack breitete sich in ihrem Mund aus, während ihre Zungen miteinander tanzten. Sie biss sanft in seine Lippe und er stöhnte. Er hielt ihre Beine fest, die sie um ihn geschlungen hatte und stand auf. *Bett.* Er brauchte ein Bett für all die Dinge, die er mit ihr tun wollte.

Ihre Hände wanderten gierig über seinen Rücken, während sie den Kuss vertiefte. Er konnte nicht schnell genug in sein Zimmer kommen. Er schaltete das Licht ein, trat ein und legte sie auf das Bett. Er zog ihr Shirt über den

Kopf und wurde mit dem Anblick ihrer prächtigen Brüste belohnt. Stöhnend nahm er eine in den Mund, während er eine Hand um die andere legte und die Brustwarzen leckte und zwickte.

Sie stöhnte seinen Namen und grub ihre Nägel in seinen Rücken. Er gab ihre Brustwarze frei und verteilte Küsse auf ihrem Bauch, während seine Hände ihren Körper erforschten. Dann öffnete er ihre Hose und zog sie ihr zusammen mit dem schwarzen Höschen aus.

Das Verlangen traf ihn hart und schnell, als er ihr die Beine spreizte und die zarten, glänzenden Blätter ihrer Blüte sah. Wie immer war sie bereit für ihn. Er senkte seinen Mund auf sie hinab und spürte, wie sie unter ihm zitterte, als er sie leckte. Grinsend nahm er sich Zeit, leckte und knabberte und genoss es, wie ihr Stöhnen die Luft erfüllte.

Sie schrie seinen Namen, als sie kam. Er verstärkte seinen Griff um ihre Beine, machte weiter und ließ nicht nach, bis sie wieder kam. Erst als sie erschöpft dalag, lockerte er seinen Griff und hob den Blick zu ihr.

Sie blickte ihn aus verhangenen Augen an und er grinste. „Bist du nicht froh, dass du dich entschieden hast zu bleiben?"

„Darüber bin ich mir noch nicht ganz im Klaren", neckte sie ihn.

„Dann sollte ich mich wohl ins Zeug legen." Er stand auf und sie lachte.

Er zog seine Kleidung aus und genoss es, wie sie ihn mit ihren dunklen Augen beobachtete. Es gefiel ihm sehr, dass sie von seinem Körper genauso fasziniert zu sein schien wie er von ihrem. Er kehrte ins Bett zurück, schmiegte sich in ihre offenen Arme und küsste sie. Dann drang er in sie ein. Ihre heiße Enge verschlang ihn und er stöhnte. Verdammt. Er konnte nie genug von ihr bekommen.

Die Lust baute sich zu unglaublichen Höhen auf, als sie sich miteinander im gleichen Rhythmus bewegten. Sie schlang die Beine um ihn und er war kurz davor zu kommen. Zähneknirschend stieß er immer wieder in sie hinein. Das Verlangen wurde bald zu viel, als er spürte, wie sie kam, während sich ihre engen Wände um ihn zusammenzogen und ihr Stöhnen ihn verrückt machte… Er folgte ihr und stieß in sie, bis er sich vollständig entleert hatte.

Eine tiefe Genugtuung erfüllte ihn, als er sich neben sie fallen ließ und sie in seine Arme zog. Das Leben war gut. Das Einzige, was es noch besser machen konnte, wäre, wenn sie nie wieder gehen würde. Er wollte sie gerade bitten, bei ihm einzuziehen, doch da schrak er zurück.

Was zum Teufel tat er da?

Sicher, der Sex war erstaunlich, und er liebte es, Zeit mit ihr zu verbringen, aber wollte er tatsächlich, dass sie bei ihm einzog? Das wäre der erste Schritt zur Häuslichkeit und darauf würde er sich definitiv nicht einlassen.

Er wünschte, er könnte sich einreden, es wäre einfach nur eine Laune, aber er wusste, dass er sich damit selbst belügen würde. Je mehr Zeit er mit ihr verbrachte, desto mehr sehnte er sich nach ihr. Es hatte damit begonnen, dass er seine ganzen Nächte mit ihr verbringen wollte. Jetzt, ein paar Monate später, wollte er auch tagsüber bei ihr sein. Er konnte sich noch daran erinnern, wie enttäuscht er gewesen war, als sie gesagt hatte, dass sie heute Morgen zu Hause arbeiten wollte, und wie erleichtert er gewesen war, als sie ihre Meinung geändert hatte. Irgendwann hatte er angefangen, es von ihr abhängig zu machen, ob er glücklich war oder nicht, und das jagte ihm furchtbare Angst ein.

Hatte so auch die Beziehung seiner Eltern angefangen?

Er würde nie verstehen, warum sie es zuließen, dass sie sich gegenseitig so verletzten, aber wenn die Höhen in ihrer Ehe so gut waren wie das hier, dann dachten sie vielleicht, dass die Tiefpunkte es wert wären. Da er niemals jemandem diese Macht über sich geben wollte, wusste er, dass er sich zurückziehen musste, bevor Olivia ihm zu sehr ans Herz wuchs.

Denn auf gar keinen Fall würde er wie seine Eltern enden.

KAPITEL ACHTZEHN

„Strength Fitness hat angeboten, unseren Gästen den Zugang zu ihrem Fitnessstudio zu ermöglichen", informierte Olivia zwei Wochen später alle, die sich um den Besprechungstisch versammelt hatten, als sie zum nächsten Punkt auf ihrer Checkliste überging.

Sie hatte geplant, mit der Diskussion über dieses spezielle Thema bis zum Ende des Meetings zu warten, aber Ricky hatte die Idee aufgebracht, ein Restaurant in die oberste Etage des Hotels zu bringen, was die geplante Menge an Tagungsflächen reduzieren würde. Sie war zwar nicht besonders angetan von der Idee, ein Fitnessstudio in einem anderen Gebäude zu nutzen, doch das würde ihnen die Möglichkeit verschaffen, das Restaurant einzubringen, ohne die Fläche für die Tagungsräume zu beeinträchtigen. Außerdem war es ihre Pflicht, ihre Partner über solche Möglichkeiten zu informieren. „Ich habe die Pläne für das Fitnessstudio in den Ordner aufgenommen."

„Dieses wird ein paar Häuser entfernt eröffnet werden",

fuhr sie fort, während sich alle die entsprechenden Papiere anschauten. „Das Hotel würde zwar keinen direkten Zugang zu dem Studio haben, aber diese Lösung würde uns mehr Raum lassen und außerdem könnten die Gäste zusätzlich das Schwimmbad im Fitnessstudio nutzen."

„Hat Montgomery über die anderen Hotels irgendwelche Beziehungen zu Fitnessstudio-Anbietern?", fragte Adam und sah sie an.

Zum x-ten Mal an diesem Tag versuchte sie herauszufinden, ob sich sein Verhalten ihr gegenüber geändert hatte. Sie hatte ihn in den letzten zwei Wochen wegen seines „vollen Terminkalenders" nicht viel gesehen und sie fragte sich unwillkürlich, ob das nur eine Ausrede war, um ihr aus dem Weg zu gehen.

Da sie nichts Ungewöhnliches bemerkte, antwortete sie: „Nur in San Francisco. Dort befindet sich ein Fitnessstudio namens Razor Gym unter dem Dach des Hotels, was für unsere Gäste sehr angenehm ist."

Vielleicht interessierte er sich nicht mehr für sie. Das würde erklären, warum er die ganze Zeit beschäftigt war. Ihre Brust schmerzte bei dem Gedanken. Während sie sich noch mehr in ihn verliebt hatte, schien er langsam genug von ihr zu haben.

„Und du meinst, dass es für die Gäste zu umständlich ist, das Hotel zu verlassen", stellte Adam fest und nickte.

„Ja. Sie müssten entweder in ihrer Trainingskleidung auf die Straße gehen oder andere Kleidung mitbringen. Aber ich denke, dass wir uns das Schwimmbad im Strength etwas genauer anschauen sollten." Sie wusste, dass ein Schwimmbad für manche Gäste ein entscheidendes

Kriterium darstellte, aber dafür hatten sie einfach keinen Platz in The Mansion. Hoffentlich konnten sie sich mit Strength darauf einigen, dass ihre Gäste den Pool des Fitnessstudios nutzen konnten.

„Okay. Schau es dir an.“

Sie nickte und wandte sich dann an Ricky. „Und ich werde mit Seth sprechen, um mir darüber klar zu werden, was wir mit dem Restaurant machen.“ Sie begannen nun, die Liste abzuarbeiten, die Prim zu den Wartungsanfragen und ihren Empfehlungen aufgestellt hatte.

Als das Treffen vorbei war, wandte Olivia sich zu Adam um, aber der sprach bereits mit Ricky. Da sie nicht wusste, wie lange das Gespräch dauern würde und ob die beiden allein sein wollten oder nicht, ging sie in ihr Büro.

Sie machte sich wahrscheinlich ganz umsonst Sorgen. Sicher, sie hatte Adam in letzter Zeit nicht oft gesehen, aber er war genauso aufmerksam wie zuvor, wenn sie zusammen waren. Sie seufzte. Früher hatte sie die ganze Zeit gearbeitet und jetzt schien es, als könne sie nur noch an ihn denken. Vielleicht sollte sie sich ein Beispiel an ihm nehmen und sich ebenfalls auf die Arbeit konzentrieren.

Sie hatte gerade ihren Computermonitor eingeschaltet, als sie Adams Stimme hörte. „Sehen wir uns später?“

Ihr Herz setzte kurz aus, als sie aufblickte und ihn in der Tür stehen sah. Sein Lächeln wärmte ihr das Herz und ihre Bedenken verflogen. *Er war wirklich nur beschäftigt gewesen.*

„Das hatte ich geplant.“

„Sind Lasagne und Hühnchen okay?“

Sie lachte. „Habe ich eine Wahl? Cynthia bereitet das Essen wahrscheinlich schon vor“, sagte sie in Anspielung auf seine Köchin. „Außerdem schmeckt alles göttlich, was sie kocht."

„Ich lasse sie wissen, dass du das gesagt hast", sagte er mit einem Augenzwinkern, und sie hatte das Verlangen, ihn zu küssen. Sie bedauerte oft, dass sie sich darauf geeinigt hatten, ihre Beziehung im Büro nicht an die große Glocke zu hängen, vor allem in Zeiten wie diesen. *Warum musste er im Anzug so verdammt gut aussehen?*

„Gut, ich mache mich jetzt besser an die Arbeit", sagte er und wandte sich zum Gehen. „Ricky wartet auf mich."

„Wir sehen uns heute Abend."

„Mach dir nicht die Mühe, dich umzuziehen. Ich habe Pläne für dieses Kleid." Seine Worte überraschten sie, aber bevor sie antworten konnte, grinste er und war verschwunden.

$$* * *$$

Adam war zufrieden, als er Javiers Bericht über das Plex las. Das Theater und einige der Läden hatten bereits schon vor der eigentlichen Eröffnung ihre Türen geöffnet und trotz einiger kleiner Probleme lief es so gut, dass einer der Parkplätze fast voll ausgelastet war. Es war zwar zu früh, das Projekt als Erfolg bezeichnen zu können, aber es war definitiv ein guter Anfang.

Sein Team hatte sich der Herausforderung wirklich gestellt – vor allem wenn man all die Verzögerungen und Problemen bedachte, die aufgekommen waren, und er hätte nicht stolzer sein können. Viele seiner Mitarbeiter waren schon seit einigen Jahren bei ihm und es freute ihn, sie an ihren Aufgaben wachsen zu sehen.

Er dachte an seine Assistentin Sylvia Lee, die jetzt am Telefon knallhart war, und die ein schüchternes Mäuschen gewesen war, als er sie eingestellt hatte. Im Laufe der Jahre hatte sie immer mehr Selbstvertrauen gewonnen und war nun Leiterin seines PR-Teams. Javier, der als Praktikant angefangen hatte, leitete nun die Abteilung für neue Entwicklungen. Und es waren noch so viele mehr.

Adam gab seinen Mitarbeitern oft jährliche Weihnachtsboni, doch jetzt wollte er etwas mehr tun, um diejenigen zu belohnen, die schon lange bei ihm waren. Er erinnerte sich vage an seinen Buchhalter, der vor einiger Zeit etwas von einer gewissen Gewinnbeteiligung erwähnt hatte, und beschloss, sich nach der Eröffnung damit zu befassen.

Als er sich an seinen letzten Besuch in Houston erinnerte, lächelte er. Er war schon Hunderte Male nach Texas gereist, aber dass Olivia ihn auf der Reise begleitet hatte, hatte sie zu einem Besuch gemacht, den er nie vergessen würde. Es hatte ihn begeistert, ihr alles zu zeigen, und er hatte ihre Küsse genossen. Er merkte plötzlich, wie sehr er sich wünschte, sie wäre bei der Eröffnung bei ihm. Außerdem würde er die zwei Wochen in Houston verbringen und er wollte einfach nicht so lange von ihr getrennt sein.

Er wusste, dass sie sich nicht eine ganze Woche freinehmen konnte, aber er hatte nichts dagegen, ein paar Mal hin und her zu fliegen, wenn dies bedeutete, dass sie bei ihm sein könnte. Er hatte sie in den letzten Wochen nicht oft gesehen, obwohl das zugegebenermaßen seine eigene Schuld war. Aus Angst, er könnte sich zu sehr in sie verlieben, hatte er sich zurückgezogen.

Aber das hatte die Situation nicht besser gemacht. In der Zeit, in der er sie vermisst hatte, hätte er mit ihr zusammen sein können. Er griff zu seinem Handy, um sie einzuladen.

„Hey, Adam", begrüßte ihn Olivias fröhliche Stimme.

„Hey, Olivia. Was hältst du davon, in zwei Wochen, wenn dort die große Eröffnung stattfindet, wieder mit mir nach Houston zu fliegen?"

Es entstand eine Pause, bevor sie antwortete. „Es tut mir leid. Ich habe noch viel Arbeit aufzuholen."

Enttäuschung machte sich in ihm breit, aber er verstand sie. Die Arbeit hörte nicht auf, nur weil man mit jemandem zusammen war. Und obwohl er ihre Hingabe bewunderte, war er unwillkürlich eifersüchtig auf ihre Arbeit. Er hatte sich darauf gefreut, ihr den Komplex zu zeigen, wenn dieser voller Menschen war.

Er schüttelte den Kopf. Wann genau war er zu einem Angeber geworden? Olivia brachte ihn dazu, seltsame Dinge tun zu wollen. „Wie sieht es heute Abend aus?", fragte er. „Wollen wir ins Il Tarzano gehen?"

„Normalerweise liebend gern, aber ich habe wirklich viel Arbeit. Wie wäre es morgen?"

„Sicher. Ich hole dich um sechs ab."

Adam runzelte die Stirn, als er ein paar Minuten später auflegte. Obwohl er in den letzten Wochen einen Schritt zurückgemacht hatte, hatte sich Olivia nie beschwert, und er erkannte, wie sehr ihn das störte. Er ahnte, dass ein kleiner Teil von ihm gehofft hatte, dass sie mehr von ihm verlangen würde, dass sie von ihm fordern würde, ihrer Beziehung mehr Aufmerksamkeit zu schenken. Stattdessen hatte sie immer Verständnis gehabt und gesagt, dass auch sie arbeiten müsste.

Und obwohl er wusste, dass sie die Wahrheit sagte, schrien seine Instinkte auf, dass da etwas war, das ihm fehlte. War es möglich, dass es ihr egal war, ob sie ihn sah oder nicht?

Sein Herz blieb bei dem Gedanken beinahe stehen. Das würde erklären, warum sie sich nie über seine Überstunden oder seine Abwesenheit beschwert hatte. Früher hatten sie die meisten Nächte zusammen verbracht und jetzt sah er sie nur ein- bis zweimal pro Woche. Aber sie hatte nie ein Wort darüber verloren.

Es tat weh zu denken, dass sie nicht dieselben Gefühle für ihn hegte wie er für sie. Natürlich wusste er, dass ihre Beziehung irgendwann enden würde, aber er war einfach noch nicht bereit. Es fühlte sich an, als hätten sie gerade erst angefangen, und manchmal hatte er das seltsame Gefühl, dass er ihrer nie überdrüssig werden würde. Verdammt. Er hoffte, dass er sich irrte und dass sie wirklich nur beschäftigt war. Weil er keine Ahnung hatte, was er tun würde, wenn sie sich von ihm trennte.

KAPITEL NEUNZEHN

Stirnrunzelnd betrachtete Olivia ihre Berechnungen. Sie hatte die alten Finanzübersichten einiger Hotels zusammengesucht, die Montgomery übernommen hatte, um zu sehen, ob die Einnahmen gestiegen waren, nachdem sie unter Montgomery wiedereröffnet worden waren, und wenn ja, um wie viel.

Sie hatte gehofft, anhand der Zahlen abschätzen zu können, wie es The Mansion nach der Renovierung ergehen würde. Es war leicht zu erkennen, dass die Einnahmen aller Hotels – in Bezug auf Umsatz und Auslastung – generell gestiegen waren, aber die Zahlen waren vollkommen unterschiedlich. Die Auslastung war bei manchen Hotels um zwei, bei anderen um bis zu dreizehn Prozent gestiegen, die Umsatzunterschiede waren sogar noch größer.

Wie in aller Welt sollte sie daraus die Umsatzsteigerungen für The Mansion ableiten? Sie fragte sich, ob sie irgendeinen Fehler gemacht hatte und rechnete alles noch einmal durch.

Sie würde sich morgen mit einem von Montgomerys Buchhaltern treffen, um die Zahlen zu besprechen, die sie nicht verstand, und sie wollte die Zeit bis dahin nutzen. Sie hatte noch ein paar Monate, bevor Seths Entwürfe fertiggestellt wären, und ihr Vater erwartete, dass sie ihm außer den Finanzierungsplänen auch einen Budgetplan vorlegte, und da Finanzen nie ihre starke Seite gewesen waren, musste sie jetzt bereits mit den Vorbereitungen beginnen.

Denn jetzt, da sie das Sagen hatte, musste sie selbst alle Fragen beantworten können. Ihr brummte der Kopf bei dem Gedanken daran. Ihr fiel es schon schwer, die Auslastung einzuschätzen. Sie konnte sich nicht einmal vorstellen, wie sie die Berechnungen für den Kapitalfluss ausführen sollte.

Plötzlich klingelte es an ihrer Tür. Sie nahm an, dass es sich um Adam handelte, und lächelte, bevor sie sich daran erinnerte, dass sie ihm gesagt hatte, dass sie heute Abend arbeiten musste. Sie blickte auf ihr Handy und sah William Yates an der Tür.

„Eine Sekunde", sagte sie über die App, die mit der Kamera ihrer Türklingel verbunden war, zu ihrem Ex. Sie fragte sich, was William wollte, stand auf und ging zur Tür. Als sie die Tür öffnete, trat er nervös von einem Fuß auf den anderen, als wäre er sich nicht sicher, wie sie ihn begrüßen würde.

Sie wollte ihn beruhigen und lächelte. „Hey William", sagte sie und umarmte ihn. „Ich habe dich schon lange nicht mehr gesehen." Sie waren Freunde gewesen, bevor sie sich auf eine Beziehung eingelassen hatten, und obwohl die Trennung nicht wirklich gut verlaufen war, hoffte sie, dass sie mit der Zeit wieder zu einer normalen freundschaftlichen Beziehung zurückkehren konnten.

„Hey Olivia", sagte er und trat kopfschüttelnd einen Schritt zurück, um sie anzuschauen. „Wow. Du siehst fantastisch aus."

„Danke. Du siehst auch gut aus."

Es entstand eine unangenehme Pause, bevor er ihr zunickte. „Können wir drinnen miteinander reden?"

Ihre Neugier erwachte. Abgesehen von einer unangenehmen Zeit, in der er hartnäckig darauf gedrängt hatte, dass sie wieder zu ihm zurückkam, und den wenigen Malen, die sie aufeinandergetroffen waren, hatten sie lediglich kurze Textnachrichten mit Weihnachts- oder Geburtstagsgrüßen ausgetauscht.

„Sicher. Möchtest du etwas trinken?"

„Nein danke", sagte er und trat ein. „Ich weiß nicht, wie ich es sagen soll, also werde ich es einfach kurz machen. Ich habe mich verlobt."

Seine Worte überraschten sie. Im College war er stets der Mittelpunkt jeder Party gewesen und irgendwie hatte sie immer erwartet, dass sie vor ihm heiraten würde. Stattdessen war sie jetzt mit jemandem zusammen, der nicht einmal viel von der Ehe hielt. Sie schüttelte den bedrückenden Gedanken ab und umarmte William erneut.

„Herzlichen Glückwunsch! Wer ist das glückliche Mädchen?"

„Penelope Hunter."

„Steht sie in irgendeiner Beziehung zu Charlie Hunter?", fragte sie und bezog sich auf ihren alten Schulkameraden.

„Seine Schwester. Es wird bald in der Zeitung stehen, aber ich dachte, du solltest es zuerst wissen."

Die Neuigkeit tat ihr nicht weh, aber sie wusste es zu schätzen, dass er so umsichtig war und ihre Gefühle schonen wollte. „Danke, dass du es mir gesagt hast."

Er setzte sich auf ihre Couch und sah sie stirnrunzelnd an. „Weißt du, ich dachte immer, wir würden irgendwann heiraten."

Vor Jahren hatte sie das auch gedacht – wie wohl die meisten Teenager, die gerade ihre erste große Liebe durchmachten. Damals war es ihr so vorgekommen, als würden sie bis in alle Ewigkeit zusammenbleiben.

„Wir waren so jung, als wir zusammen waren", sagte sie und setzte sich neben ihn. „Es war wahrscheinlich ein bisschen übereilt, zu glauben, für immer zusammenzubleiben." Und sie hatten es nicht einmal bis zum zweiten Collegejahr geschafft.

Sie konnte sich noch daran erinnern, wie erleichtert sie gewesen war, als er sich von ihr getrennt hatte. Zu diesem Zeitpunkt hatte es sich wie eine Last angefühlt – eine weitere Verpflichtung, die sie zusätzlich zu ihren endlosen College-Problemen zu bewältigen hatte. Er wollte praktisch jeden Abend mit ihr ausgehen, während sie es nicht einmal schaffte, ihre Hausaufgaben zu erledigen. Sie hatten sich nicht verstanden, was zu ständigen Streitereien geführt hatte. Er war das genaue Gegenteil von Adam, der sie sogar sein Büro nutzen ließ, damit sie ihre Arbeit erledigen konnte.

„Ich bedauere immer noch, wie die Dinge zwischen uns zu Ende gegangen sind", sagte William.

„Es war ja nur zu unserem Besten. Du heiratest und ich habe einen tollen Freund."

„Du bist mit jemandem zusammen?"

Sie nickte lächelnd. „Ja. Ich bin –"

„Olivia!", ertönte plötzlich Adams Stimme von draußen, bevor es an der Tür hämmerte. „Öffne sofort die Tür!"

* * *

Roter Nebel verschleierte Adams Blick, als er an Olivias Tür hämmerte. Er malte sich aus, wie Olivia jetzt mit diesem Mann im Bett lag, der gerade ihr Haus betreten hatte, und rief: „Öffne sofort die Tür!" Das mit ihm und Olivia war vorbei, aber er wollte verdammt sein, wenn sie direkt vor seiner Nase mit diesem Mann schlief!

Kein Wunder, dass sie sich nie darüber beschwert hatte, dass er arbeitete. Sie hatte bereits einen Ersatz gefunden. Er hatte sich selbst als verrückt bezeichnet, als er vor ihrem Haus geparkt hatte – dass er ein Narr sei, ihr nicht zu vertrauen. Aber er wusste, dass etwas nicht stimmte, und hatte sich entschieden, ihr Haus zu beobachten. Es waren nicht einmal dreißig Minuten verstrichen, bevor dieser Mann aufgetaucht war.

Er war im Begriff, wieder an die Tür zu hämmern, als sie sich öffnete. „Adam, ist alles in Ordnung?", fragte Olivia arglos.

„Ist alles in Ordnung? Du hast mir eine Absage erteilt, um Zeit mit ihm zu verbringen?", fragte er und deutete auf den Mann, der hinter ihr auftauchte. Er hatte ihr tatsächlich geglaubt, als sie gesagt hatte, sie müsste arbeiten.

Sie runzelte die Stirn. „William ist ganz unerwartet aufgetaucht."

Ja, und deshalb war sie so glücklich, den Kerl zu sehen. Das Bild, wie sie den anderen Mann umarmt hatte, stand ihm noch vor Augen und ihm drehte sich beinahe der Magen herum.

„Hallo", sagte der andere Mann und hielt ihm zur Begrüßung die Hand hin. Adam ignorierte die Geste und trat ein. Er wollte dem Mann, mit dem sie sich heimlich traf, nicht die Hand schütteln. „Ich bin William Yates. Ich bin nur vorbeigekommen, um Olivia ein paar persönliche Neuigkeiten zu erzählen."

„Er heiratet", sagte Olivia. William warf ihr einen finsteren Blick zu und sie zuckte mit den Achseln. „Was? Du hast gesagt, es würde sowieso bald in der Zeitung stehen, und es ist ja nicht so, als würde es Adam überall herumerzählen." Nach einem kurzen Moment seufzte sie. „Schon gut", sagte sie und wandte sich an Adam. „Bitte sag es niemandem. Die Presse weiß es noch nicht."

Adam war zu wütend, um zu antworten. Er konnte nicht glauben, dass Olivia sich eine solche Geschichte ausdachte, anstatt die Wahrheit zuzugeben. Glaubte sie, sie konnte sich weiterhin mit beiden Männern treffen?

„Wäre es in Ordnung, wenn ich deine Eltern einladen würde?", fragte William, der offensichtlich das Spiel mitspielte, und Olivia lächelte.

„Ich bin sicher, Mom würde sich freuen."

Als wollte er fragen, ob es sicher wäre, sie mit Adam allein zu lassen, neigte William subtil seinen Kopf in Adams Richtung und sah sie fragend an, was Adam noch mehr erzürnte. Er war nie ein gewalttätiger Mann gewesen, aber im Moment verspürte er ernsthaft das Bedürfnis, William windelweich zu schlagen.

Olivia nickte. „Danke, dass du es mir gesagt hast. Ich weiß das zu schätzen."

„In Ordnung. Wir sehen uns." Stirnrunzelnd schaute er Adam an und verließ das Haus.

Olivia verriegelte die Tür und wandte sich Adam zu. „Du dachtest, ich würde dich betrügen, nicht wahr?"

„Willst du es leugnen?"

Sie presste die Lippen zusammen. Sie sah aus, als wollte sie etwas sagen, doch dann schüttelte sie den Kopf und öffnete die Tür. „Ich denke, es ist am besten, wenn du auch gehst."

„Damit du William wieder hereinlassen kannst? Für wie dumm hältst du mich?" Er würde die ganze Nacht hierbleiben, wenn er musste. Es war nicht rational zu versuchen, sie voneinander fernzuhalten, aber er konnte den Gedanken nicht ertragen, dass Olivia mit jemand anderem zusammen war. Was er mit Olivia hatte, war etwas Besonderes – das hatte er zumindest gedacht –, und diese Gefühle verschwanden nicht plötzlich, nur weil sie sich hinter seinem Rücken mit jemand anderem traf.

„Für ziemlich dumm, wenn du denkst, dass ich dich betrüge." Sie schloss die Tür und schüttelte den Kopf. „Ich habe in meinem ganzen Leben noch nie jemanden betrogen.

Wie kommst du überhaupt darauf? Ich habe dir nie einen Grund gegeben, mich der Untreue zu verdächtigen. Ich verstehe immer noch nicht – warte, wurdest du schon einmal betrogen?"

„Ich war nie –" Er verstummte, als er merkte, dass er beinahe erklärt hätte, nie lange genug in einer Beziehung gewesen zu sein, um betrogen zu werden. Er hätte wie ein Narr dagestanden, wenn er ihr die Wahrheit gesagt hätte – dass er vor ihr keine Beziehung gehabt hatte, die länger als ein Wochenende gehalten hatte. „Ich bin noch nie betrogen worden", sagte er stattdessen fest.

„Und trotzdem denkst du, ich betrüge dich." Sie deutete auf ihn. „Ich denke, das bedeutet, dass du mich betrügst, weil es in der Regel der Ankläger ist, der der Betrüger ist. Der Grund, warum du in letzter Zeit so ‚beschäftigt' warst", sagte sie und benutzte ihre Finger, um Anführungszeichen in die Luft zu malen.

„Ich war wirklich beschäftigt", sagte er, obwohl er wusste, dass er sich hätte Zeit für sie nehmen können.

Er hatte Angst vor seinen Gefühlen für sie bekommen und sich zurückgezogen. Und es war richtig gewesen, auch wenn seine Rechtfertigung dafür nicht die beste war. Er schüttelte innerlich den Kopf. Wie lange betrog sie ihn schon? Warum hatte er es nicht bemerkt?

„Und schieb es jetzt nicht auf mich", fuhr er fort. „Du bist diejenige, die gesagt hat, dass du beschäftigt bist, obwohl du dich in Wirklichkeit mit jemand anderem getroffen hast."

„Ich habe dir bereits gesagt: William kam aus heiterem Himmel vorbei, um mir zu sagen, dass er heiraten will."

„Und warum konnte er dich nicht einfach anrufen oder dir eine Nachricht schicken? Warum musste er es persönlich tun?"

„Weil er rücksichtsvoll sein wollte und nicht wollte, dass ich es durch jemand anderen erfahre. Wir waren einmal zusammen."

Adams Kiefer spannte sich an, als er sich daran erinnerte, wie William sie mit seinen Augen verschlungen hatte. Der Mann war offensichtlich noch an ihr interessiert. „Wie lange?"

Sie verschränkte ihre Arme. „Fast vier Jahre – von der High School bis zum College."

„Und du wolltest was? Wieder mit ihm zusammen sein?" Denn warum sonst musste der Mann ihr sagen, dass er heiraten würde? Adam verfluchte sich innerlich. Warum ließ er sich überhaupt auf ihre Lügen ein?

Olivia hatte ihn so um ihren Finger gewickelt, dass er ihr glauben wollte. Aus Angst, sie zu verlieren, klammerte er sich verzweifelt an jedes Wort, das erklären konnte, was er gesehen hatte. Er war ein Narr.

Ihre Augen verengten sich. „Nein. Aber du weißt sicherlich, wie es mit der ersten Liebe ist. Es gibt immer eine Verbindung – eine gewisse Freundschaft –, auch wenn es keine Liebe mehr ist."

Er ignorierte die Vorstellung, dass sie noch eine Verbindung zu William hatte. Der Gedanke war ihm ein Gräuel. „Du hast gesagt, du arbeitest heute Abend."

„Das habe ich auch, bevor alle plötzlich beschlossen haben, bei mir vorbeizukommen!" Sie ging auf den Esstisch zu, wo sich Berichte um einen offenen Laptop stapelten.

„Warum bist du überhaupt hier?" Eine Sekunde verstrich. „Moment mal. Du hast mein Haus beobachtet?", fragte sie ungläubig. „Du hast mich beobachtet? Ich fasse es nicht! Was habe ich denn getan, das dich auf die absurde Idee gebracht hat, ich würde dich betrügen?"

Er war im Begriff, es zu leugnen, bevor er merkte, dass er nicht dazu gezwungen war. Angesichts der Tatsache, dass er einen Mann in ihrem Haus vorgefunden hatte, brauchte er gar nichts zu tun. Er war mit Recht misstrauisch.

„Du hast mich gemieden."

„Und deswegen hast du -" Sie schüttelte den Kopf. „Ich kann das nicht mehr ertragen. Geh einfach."

Er biss die Zähne zusammen. Sie wollte, dass er ging? Na gut. Dann würde er das tun. Er würde auf keinen Fall hierbleiben, sich ihre Lügen anhören und beten, dass sie die Wahrheit sagte. Ohne ein weiteres Wort drehte er sich um und ging. Das zwischen ihnen war endgültig vorbei.

* * *

Olivia schloss die Tür und schrie frustriert auf. Ah! Sie konnte es nicht glauben, wie dreist dieser Mann war! Weil sie sich entschieden hatte, in ihrer Freizeit mehr zu arbeiten, dachte er, sie würde ihn betrügen?

Sie war nur seinem Beispiel gefolgt. Er war in den letzten Wochen ziemlich beschäftigt gewesen und sie hatte die Gelegenheit genutzt, ihre eigene liegengebliebene Arbeit nachzuholen. Auch wenn sie sich in den letzten Monaten anders verhalten haben mochte, ihr Leben drehte sich nicht nur um ihn. Nur weil er plötzlich Zeit hatte, bedeutete das nicht, dass sie alles für ihn stehen und liegen ließ. Sie hätte es verstanden, wenn er enttäuscht gewesen wäre, aber sie auszuspionieren und dann automatisch davon auszugehen, dass sie ihn betrog?

Wie konnte jemand, an dem ihr so viel lag, so wenig von ihr halten?

Das mit ihnen war tatsächlich vorbei. Selbst wenn er sich entschuldigen würde, welche Art von Beziehung könnten sie haben, wenn er ihr nicht einmal vertraute? Ihr schmerzte die Brust bei dem Gedanken.

Tief im Inneren wusste sie, dass ihre Beziehung von Anfang an zum Scheitern verurteilt gewesen war – er glaubte nicht an Ehe und Kinder, während sie das alles wollte. Aber sie hatte die Warnsignale ignoriert, weil sie so gern mit ihm hatte zusammen sein wollen, und jetzt zeigte die Realität ihre hässliche Fratze. Sie konnte niemandem außer sich selbst die Schuld dafür geben.

Sie blinzelte die Tränen zurück, konnte sie aber trotzdem nicht zurückhalten. So mies, wie Adam sich verhalten hatte, sollte sie eigentlich froh sein, ihn loszuwerden. Aber sie war es nicht. Sie wollte, dass er zurückkam und ihr sagte, dass alles nur ein großes Missverständnis gewesen war – dass er nie geglaubt hatte, dass sie ihn betrügen könnte. Da sie wusste, dass das nicht passieren würde, schluchzte sie noch heftiger.

Als die Tränen endlich versiegten, wusch sie sich das Gesicht. Während sie sich mit einem Handtuch abtrocknete, dachte sie über die Auswirkungen ihrer Trennung nach. So wie Adam sie angeschaut hatte, bezweifelte sie, dass er sie noch im Projekt behalten würde, und leider hatte er das letzte Wort, da er die Stimmenmehrheit besaß.

Um ihres Stolzes willen wäre es besser gewesen, einfach ihre Sachen zu nehmen und zu gehen, bevor er sie feuern konnte, aber sie würde keinesfalls das Hotel ihres Großvaters aufgeben. Nein. Wenn Adam sie loswerden wollte, musste er sie schon selbst feuern.

Sie betete nur, dass er seine Anschuldigungen für sich behalten würde. Dad würde zweifellos hinter ihr stehen, wenn Adam sie der Untreue bezichtigte, was Adam dazu bringen könnte, sich vollständig aus dem Deal zurückzuziehen. Und sie wollte nicht der Grund dafür sein, dass ihr Vater ein weiteres Hotel in Manhattan verlor, besonders wenn es sich dabei um The Mansion handelte.

Sie stöhnte. Sie hätte sich nie auf Adam einlassen sollen.

KAPITEL ZWANZIG

Adam kochte vor Wut, als er am frühen Morgen auf dem Laufband joggte. Sicher, er hatte gewusst, dass seine Beziehung zu Olivia nicht ewig halten würde. Aber er hätte nie gedacht, dass sie ihn betrügen würde. Sie redete ständig darüber, wie wichtig ihr Familie und Loyalität waren, und die ganze Zeit hatte sie sich hinter seinem Rücken mit jemand anderem getroffen!

Sie war scheinbar nicht die Frau, für die er sie gehalten hatte, und es war das Klügste, sie schnell zu vergessen.

Doch das war leichter gesagt als getan.

Es schien keine Rolle zu spielen, dass sie ihn betrog. Alles, woran er denken konnte, war, wie sehr er sie vermisste. Er versuchte sich einzureden, dass sie nur eine Frau in einer Reihe von vielen war, wusste aber, dass er sich selbst etwas vormachte.

Wenn sie wie die anderen Frauen gewesen wäre, wäre es ihm nicht so schwergefallen, sich auf die Arbeit zu konzentrieren oder zu schlafen. Stattdessen hatte ihr Verrat ihn die ganze Nacht mit einer verrückten Mischung von Emotionen wachgehalten. Er hatte sie verflucht und sich gleichzeitig vor Sehnsucht nach ihr verzehrt. Angewidert von sich selbst war er in sein Fitnessstudio gegangen, in der Hoffnung, seinen Frust dort zu verbrennen.

Aber es funktionierte nicht. Er hatte gerade seinen sechsten Kilometer beendet und es brodelte immer noch in ihm.

Er konnte nicht glauben, dass sie versucht hatte, ihm Sand in die Augen zu streuen. Selbst seine Eltern taten das nicht. Nein. Sie stellten ihre Fehltritte zur Schau und schlugen dort zu, wo es am meisten wehtat. Aber Olivia hatte es noch nicht einmal zugegeben.

Er schnaubte bei dem Gedanken.

So wie es gestern Abend ausgesehen hatte, hatte Olivia scheinbar nicht gewollt, dass er von William erfuhr. Wenn sie ihn nicht mit ihrer Untreue verletzen wollte, warum hatte sie ihn dann überhaupt betrogen?

Hatte es etwas mit The Mansion zu tun?

Oder schlimmer noch, war sie nur wegen des Hotels mit ihm zusammen gewesen? Sein Magen drehte sich ihm bei dem Gedanken um. Er hatte noch nie so viel für jemanden empfunden und wenn sich herausstellte, dass sie nur aus geschäftlichen Gründen mit ihm zusammen war ... Nein. Er wollte nicht einmal daran denken.

Aber was wäre, wenn sie die Wahrheit sagte?

Er schüttelte den abwegigen Gedanken ab, der ihm im Kopf herumspukte, seitdem er ihr Haus verlassen hatte. Nur weil er es glauben wollte, wurden ihre Lügen nicht zur Wahrheit. Sein Wunschdenken zeigte nur, wie tief sie ihm unter die Haut gegangen war. Er wollte die Beziehung fortsetzen, auch wenn sie nur eine Farce war, denn der Gedanke, sie nie wieder in den Armen zu halten, erzeugte ein Gefühl der Leere in ihm, das er kaum ertragen konnte.

Es war lächerlich. Er sollte dankbar sein, dass er herausgefunden hatte, was für ein Mensch sie war, bevor er sich noch weiter auf sie eingelassen hatte, doch er konnte an nichts anderes denken als daran, wie sehr er sie vermisste.

Ich habe in meinem ganzen Leben noch nie jemanden betrogen.

Ihre Worte vom gestrigen Abend hallten in seinem Kopf wider und seltsamerweise glaubte er ihr. Er lief langsamer, als er sich erlaubte, darüber nachzudenken, was er gesehen hatte.

Sie hatte die Tür geöffnet und William ohne Zögern umarmt. Er war zu weit weg gewesen, um zu sehen, ob sie sich geküsst hatten, aber als sie ihm die Tür geöffnet hatte, war weder ihr Lippenstift verschmiert noch war ihre Kleidung in Unordnung gewesen …

War es möglich, dass sie tatsächlich nur geredet hatten?

Vielleicht, aber die Art, wie William Olivia angeschaut hatte, ließ keinen Zweifel daran, dass er sie zurückwollte. Zum Glück hatte Olivia ihn nicht auf diese Weise angeschaut. Adam gefiel die Leichtigkeit zwischen den beiden immer noch nicht, aber er wollte sich von einem Ex nicht abschrecken lassen.

Sein Herz wurde leichter, als er beschloss, sich bei ihr zu entschuldigen. So, wie er sich verhalten hatte, würde Olivia ihm vielleicht nicht verzeihen, aber er musste es versuchen.

Und gleichgültig, was sie gesagt hatte – er würde früher oder später ohnehin erfahren, ob William wirklich verlobt war oder nicht.

* * *

Olivia war unbehaglich zumute, als sie auf ihr Haus zuging und Adam auf den Stufen sitzen sah. Obwohl er nicht angerufen und ihr auch keine Nachricht geschickt hatte, hatte sie irgendwie geahnt, dass er heute bei ihr auftauchen würde. Aber jetzt, da er tatsächlich hier war, wusste sie nicht, was sie erwartete. Wollte er sich für sein Verhalten entschuldigen, oder wollte er ihr sagen, dass er nicht mehr mit ihr zusammenarbeiten konnte?

Als würde er ihre Anwesenheit spüren, hob Adam seinen Blick und stand auf. „Olivia."

Sie zwang sich, freundlich zu sein. Adam war nicht nur ein Ex – er war auch ein wichtiger Geschäftspartner. „Hallo Adam. Wartest du schon lange?"

„Ein wenig. Ich war mir nicht sicher, ob du mich sehen würdest."

„Es ist schwer, dich zu übersehen, wenn du auf meiner Treppe sitzt", sagte sie und verstand seine Worte absichtlich falsch, als sie die Treppe hinaufging. Seufzend öffnete sie ihre Tür. „Komm herein."

Als sie im Haus waren, begann er: „Es tut mir leid. Alles." Sie hätte erleichtert sein sollen, dass er seine Fehler eingestand, aber sie empfand nichts als Wut. Sie hatte es nicht verdient, so behandelt zu werden. Sie hatte nichts falsch gemacht. „Du warst in letzter Zeit immer so beschäftigt und dann habe ich dich mit William gesehen ...“ Er zuckte mit den Achseln und schüttelte den Kopf. „Das hat mich so sehr an meine Eltern und ihre Affären erinnert, dass ich durchgedreht bin.“

Obwohl er ihr von den Dingen erzählt hatte, die seine Eltern getan hatten, war dies das erste Mal, dass er über deren Ehe sprach. Plötzlich ergab sein Verhalten beim Brunch mit ihren Eltern Sinn. Er war lustig und charmant wie immer gewesen, hatte ihre Eltern jedoch angeschaut, als erwartete er, dass etwas passierte.

Angesichts der Tatsache, dass seine Eltern sich gegenseitig betrogen, war es nicht schwer, sich vorzustellen, dass sie auch die ganze Zeit stritten, und ihr wurde klar, dass Adam wahrscheinlich nach Anzeichen von Spannungen zwischen ihren Eltern gesucht hatte. Vielleicht hatte er sogar einen Streit erwartet.

„Es tut mir leid, das von deinen Eltern zu hören“, begann sie vorsichtig. „Ich kann mir nicht einmal vorstellen, wie schwer das für dich als Kind gewesen sein muss. Aber nur weil deine Eltern sich gegenseitig betrügen, bedeutet das nicht, dass alle anderen es auch tun.“

„Ich weiß und es tut mir leid.“

„Nun, ich schätze es, dass du gekommen bist, um dich zu entschuldigen. Leider ist das zu spät und nicht genug.“

Er zögerte, bevor er wieder das Wort erhob. „Dann war es das also?“

Ihre Kehle schnürte sich zusammen, als sie nickte. „Ich kann nicht mit jemandem zusammen sein, der mir nicht vertraut. Du hast nicht nur mein Haus beobachtet und gedacht, dass ich dich betrüge. Du hast mich ausspioniert.“

Sie hatte es bisher immer romantisch gefunden, wenn ein Mann eifersüchtig war, aber die Realität war geradezu deprimierend. Es war nicht Liebe, die Eifersucht motivierte, sondern Unsicherheit und Besessenheit.

„Ich weiß, es sieht vielleicht nicht so aus, als würde ich dir vertrauen, aber ich tue es. Ich scheine einfach nicht mehr logisch denken zu können, wenn es um dich geht. Ich –" Er schüttelte den Kopf. „Freunde?"

Sie blinzelte. „Du willst, dass wir Freunde bleiben?"

„Ich will mehr als das, aber ich werde dich so nehmen, wie ich dich haben kann."

„Ich glaube nicht, dass ich das kann. Ich werde mich nur wieder in dich verlieben." Vor allem, wenn er so etwas sagte.

„Warum gehen wir die Dinge nicht langsam an? Wir könnten an diesem Samstag zur Geburtstagsfeier meiner Patentochter gehen und dann sehen, wie es weitergeht." Als sie nicht antwortete, fügte er hinzu: „Du hast gesagt, du würdest mich begleiten."

Sie sollte sich weigern. Sie hatte absolut keine Kraft, wenn es um ihn ging, und würde nur wieder verletzt werden. Aber sie *hatten* eine Abmachung. Es würde nicht gut aussehen, wenn sie ihr Wort brach, besonders da sie wollte, dass er sie als vertrauenswürdig empfand.

Aber sie wusste, dass sie nur nach einer Ausrede suchte. Sie wollte gehen. So schlicht und einfach war das.

„Okay. Ich gehe mit dir zur Geburtstagsfeier deiner Patentochter, aber ich kann dir nicht versprechen, was danach aus uns wird – ob wir Freunde bleiben oder nicht." Hoffentlich machte sie damit keinen zu großen Fehler.

Er lächelte dieses Lächeln, das sie so sehr liebte, und sie wusste, dass sie in Schwierigkeiten steckte. „Super. Ich hole dich um zehn ab."

* * *

Schuldgefühle überkamen Adam, als er sich am nächsten Tag auf den Weg zu William Yates' Büro machte. Olivia wäre nicht begeistert, wenn sie herausfand, dass er ihrem Ex einen Besuch abstattete, aber er konnte die Angelegenheit nicht dem Zufall überlassen.

Sie mochte gestern Abend Adam sein Verhalten zwar verziehen haben, aber auf eine Beziehung mit ihm hatte sie sich nicht wieder eingelassen. Und während Adam versuchen wollte, ihre Meinung zu ändern, konnte er gut darauf verzichten, dass ihr Ex sich einmischte und versuchte, ihn loszuwerden.

Adam hatte gesehen, wie William Olivia ansah, und wusste, dass William noch lange nicht über sie hinweg war, egal was Olivia behaupten mochte. Warum sonst war er vorbeigekommen, um ihr persönlich zu sagen, dass er heiraten würde? Ein Mann tat das nur, wenn er sich noch für eine Frau interessierte. Olivia war einfach zu naiv, um die Wahrheit zu erkennen.

Adam wollte kein Risiko eingehen und hatte noch gestern Abend Edward angerufen und den Detektiv gebeten zu sehen, was er über William herausfinden konnte. Edward hatte weniger als dreißig Minuten später angerufen. Scheinbar war William der Sohn eines Medienmoguls, was die Suche viel einfacher machte.

Adam ignorierte die neugierigen Blicke, während er das Büro durchschritt und die Tür suchte, an der Williams Name stand. Ohne zu klopfen, trat er ein und sein Blick fiel auf William, der gerade telefonierte. Die Augen des anderen Mannes weiteten sich. Er murmelte: „Ich rufe dich zurück" und legte auf.

„Halte dich von Olivia fern", platzte Adam heraus.

„Wie zum Teufel bist du hier reingekommen?", fragte William und lachte, als er Adams Worte registrierte. „Du weißt, dass ich verlobt bin, nicht wahr? Mit Penelope Hunter. Du weißt schon, Hunter von der Hunter Broadcasting Company."

„Verlobt oder nicht, ich will dich nicht in Olivias Nähe sehen." Er hatte den schmachtenden Blick gesehen, mit dem William Olivia angeschaut hatte, und war sich sicher, dass der seine Verlobung sofort lösen würde, falls sie ihn auch nur im Geringsten dazu ermutigen sollte.

Williams reckte das Kinn in die Höhe. „Sonst was?"

„Sonst erzähle ich deiner Verlobten, dass du Olivia besucht hast."

„Penelope weiß, dass ich Olivia zur Hochzeit einlade", antwortete William süffisant.

„Ja, aber weiß sie auch, dass du wieder mit Olivia zusammen sein willst?"

Williams Miene war wutverzerrt. „Das hat sie dir gesagt?"

Adams Lippen zuckten. Das hatte Olivia zwar nicht erwähnt, aber er hatte es geahnt. Und so wie William reagierte, hatte sie ihm offensichtlich einen Korb gegeben, was bedeutete, dass sie ihn nicht betrogen hatte. Seine Brust entspannte sich bei dem Gedanken. Er hatte es gehofft, war sich aber nicht ganz sicher gewesen.

„Was ist mit der Hochzeit?", fragte William. „Olivia erwartet eine Einladung."

Adam hob eine Schulter. „In der Post geht schon mal was verloren."

„Auch die Einladungen für ihren Bruder und ihre Eltern?"

„Schlechter Hochzeitsplaner." Es war nicht sein Problem. Er nickte dem Mann zu. „Das ist das letzte Mal, dass ich dich sehe." Er drehte sich um und ging, erleichtert, dass Olivia sich nicht hinter seinem Rücken mit William getroffen hatte. Allein dafür hatte der Besuch sich gelohnt.

Und die Angst in Williams Augen? Tja, das war die Krönung.

KAPITEL EINUNDZWANZIG

„Adam! Vielen Dank, dass du gekommen bist!", sagte Samantha Darren, als sie sich mit ihrer Tochter Suzie auf den Armen näherte. Obwohl er nicht an die Ehe glaubte, musste er zugeben, dass sie Sam offensichtlich guttat. Sie war so dünn und traurig gewesen, nachdem Jason gestorben war. Jetzt strahlte sie förmlich vor Glück.

„Natürlich. Ich würde mir Suzies Geburtstag für nichts in der Welt entgehen lassen", erwiderte Adam und kitzelte das Baby. Suzie kicherte und er lächelte. „Und das ist Olivia Montgomery", sagte er und nutzte die Gelegenheit, seinen Arm um Olivia zu legen.

Auf der Fahrt hierher hatte eine greifbare Spannung zwischen ihm und Olivia in der Luft gehangen. Es war, als hätte sie plötzlich Mauern um sich herum aufgebaut, und das hasste er. Er vermisste die Leichtigkeit zwischen ihnen und hoffte, dass kleine Berührungen ihr helfen würden, wieder herzlicher zu werden.

„Hallo, es freut mich, dich kennenzulernen", sagte Sam, als sie Olivia die Hand schüttelte.

„Es freut mich auch. Du hast ein schönes Zuhause."

Als wolle sie ihre Mutter kopieren, hob Suzie eine Hand in Richtung Olivia. Olivia lächelte, als sie diese ergriff. „Und ich freue mich auch, dich kennenzulernen!"

Als hätte Olivia eine Art Test bestanden, lachte Suzie und streckte ihr beide Arme entgegen. Sam nickte ihr zu. „Hast du etwas dagegen?"

„Nein. Überhaupt nicht."

Sam reichte ihr Suzie. „Hach, sie ist so niedlich", sagte Olivia, als das Baby in ihren Armen lächelte. Adam bemerkte unwillkürlich, wie sanft Olivias Miene geworden war. Er wusste, dass sie Kinder haben wollte, aber ihm graute es bei dieser Vorstellung immer noch.

Er mochte ja bereit sein, seine Meinung über die Ehe zu ändern, aber Kinder zu bekommen lehnte er entschieden ab. Er wollte nicht, dass ein Kind das erleben musste, was er und seine Geschwister bei seinen Eltern hatten durchmachen müssen. Und auch wenn er der festen Meinung war, er könnte ein besserer Elternteil sein, als es seine Eltern gewesen waren, konnte er sich dessen nicht sicher sein. Himmel. Man musste sich ja nur anschauen, wie er sich verhalten hatte, als er dachte, Olivia hätte ihn betrogen. Er hätte nie gedacht, dass er zu Eifersucht fähig sein könnte, aber anscheinend war er es. Und in welchem Ausmaß! Wenn er ehrlich war, musste er zugeben, dass er nicht vernünftig denken konnte, wenn es um sie ging, und er konnte sich gut vorzustellen, dass er alles tun würde, um dafür zu sorgen, dass sie bei ihm blieb – einschließlich ihrem Kinderwunsch zuzustimmen, um dies als Druckmittel einzusetzen.

„Ja, das finde ich auch", stimmte Sam zu und unterbrach damit seine Gedanken. Er war dankbar für die Ablenkung. Er hatte nie verstanden, wie seine Eltern sich so verhalten konnten, aber nachdem er jetzt gemerkt hatte, wie verrückt Olivia ihn machte, begann er, es ein wenig zu verstehen. „Kommt. Setzen wir uns in den Schatten, bevor sie zu schwer wird."

Adam beäugte die Dekorationen und das Buffet, als sie sich dem Zelt näherten. „Es sieht so aus, als ob du eine große Party geplant hast."

Sam lachte. „Es werden wahrscheinlich nur zwanzig Leute sein. Aber da es Suzies erster Geburtstag ist, hat Luke es etwas übertrieben. Er hat sogar jemanden bezahlt, der sich als der H-A-S-E aus ihrem Lieblingscartoon verkleidet, um sie zu überraschen."

Sie wollten sich gerade setzen, als Sam sagte: „Entschuldigt mich. Meine Eltern sind hier. Bitte bedient euch am Buffet. Lukas sollte jeden Moment hier sein. Er zeigt gerade jemandem das neue Kinderbett, das sein Vater gemacht hat." Olivia reichte Suzie zurück an Sam, die sich dann auf den Weg zu einem älteren Paar machte.

„Sie ist viel netter, als ich erwartet hatte", sagte Olivia, als Sam außer Hörweite war und Adam lachte.

„Ich habe dir doch gesagt, dass die Presse die Situation schlimmer dargestellt hat, als sie es eigentlich war."

„Ja. Ich hätte es besser wissen sollen, aber es war eine so

unglaubliche Geschichte. Jetzt fühle ich mich schlecht, dass ich über sie gelästert habe. Luke ist wahrscheinlich genauso nett wie Sam." Sie nickte ihm zu. „Wolltest du nicht nach ihm suchen?"

Normalerweise hätte er das getan, aber er würde auf keinen Fall von Olivias Seite weichen. Er hatte sich schon tagelang darauf gefreut, Zeit mit ihr zu verbringen. „Er wird schon irgendwann herunterkommen. Komm, wir schauen uns das Buffet an."

„Hey, Olivia, hast du dir schon Kuchen genommen?", fragte Samantha, als sie sich fast zwei Stunden später neben Olivia setzte.

Olivia nickte. „Ja, sogar schon zwei Stücke." Sie hatte nur eines essen wollen, aber es hatte ihr so gut geschmeckt, dass sie nicht hatte widerstehen können, als der Kellner ihr ein weiteres Stück angeboten hatte.

Samantha lächelte. „Das ist auch mein zweites", sagte sie, bevor sie einen Bissen nahm.

„Adam hat erwähnt, dass du deinen eigenen Investmentfonds gegründet hast?", fragte Olivia nach einer kurzen Pause.

Samantha nickte. „Zum größten Teil für die Freunde meiner Eltern und einige Familienmitglieder. Viele haben die damit verbundenen Risiken nicht richtig einschätzen können und wollten bei Luke investieren." Samantha wedelte mit der Hand durch die Luft. „Du weißt ja wahrscheinlich, wie das ist."

Obwohl die Montgomery Bank verschiedene Fonds verwaltete, hatte Olivia es noch nie erlebt, dass Leute sich an sie wandten, wenn sie in Montgomery investieren wollten. Vermutlich, weil die meisten Menschen in ihren Kreisen bereits entweder ihren Bruder oder ihren Onkel kannten, die beide viel besser über diese Dinge Bescheid wussten. Aber sie konnte Samantha definitiv verstehen – vor allem, wenn die Freunde ihrer Eltern niemanden in der Finanzwelt hatten, an den sie sich wenden konnten.

„Ich habe versucht, ihnen einen Indexfonds schmackhaft zu machen", fuhr Samantha fort. „Aber sie haben lieber jemanden, der das Geld für sie verwaltet. Wie steht es mit dir? Luke hat erwähnt, dass du für Montgomery Hotels arbeitest?"

„Ja. Ich bin die Kundenbetreuerin für unsere Franchisenehmer. Ich arbeite gerade mit Adam an The Mansion."

„Oh, ich liebe die Teestube in diesem Hotel! Meine Freundin – Nina – hast du bereits kennengelernt, oder?" Als Olivia nickte, fuhr Sam fort: „Sie hat mich letztes Jahr zum Tee dorthin mitgenommen und wir haben uns buchstäblich wie Königinnen gefühlt."

Olivia strahlte. „Das war es, was mein Großvater mit dem Hotel erreichen wollte. Er wollte, dass sich die Gäste wie Könige fühlen, und hat sich von europäischen Schlössern inspirieren lassen." Er hatte zusammengewürfelt, was er an den verschiedenen Bauwerken besonders mochte, und behauptet, das Ergebnis wäre das Beste vom Besten.

„Ich will nicht neugierig sein, aber hast du Adam das Hotel verkauft und dann zugestimmt, es zu verwalten?"

„Oh, nein. Mein Großvater hat The Mansion in den Achtzigerjahren verkauft, um die Bank der Familie während einer Krise zu retten." Ursprünglich wollte er einen Kredit auf das Hotel aufnehmen, aber der Kreditmarkt war damals so angespannt, dass er ihn nicht bewilligt bekam.

„Ich war neugierig, weil ich gelesen habe, dass Key Hotel ein Hotel verkauft hat, nur um es dann zu verwalten."

„Ich bin nicht allzu vertraut mit Key Hotels, abgesehen von deren experimentellen Programmen." Im Bestreben, an die Spitze des Gastgewerbes zu gelangen, investierte Key in Technologie und künstliche Intelligenz, was oft für Schlagzeilen sorgte. „Aber es ist eine gängige Praxis in der Branche." Tatsächlich konzentrierten sich die meisten Hotelunternehmen auf ihr Franchise-Geschäft, anstatt tatsächlich Hotels zu besitzen. „Abgesehen davon, dass die Unternehmen die leistungsschwächeren Standorte nutzen oder ihren Hauptgeschäftsschwerpunkt verlagern, kann man einfach mehr Geld mit Franchising verdienen." Sie zuckte mit den Schultern. „Aber in Keys Fall denke ich, dass sie mit verschiedenen Dingen experimentieren, um zu sehen, was funktioniert." Es reichte nicht aus, ein sauberes Zimmer und ein bequemes Bett zu bieten. Hotelmarken, vor allem die der unteren bis mittleren Klasse, mussten sich ständig neu erfinden, um sich von der Konkurrenz abzuheben. „Sie hatten wahrscheinlich ein bestimmtes Programm für das Hotel im Hinterkopf und als es nicht so lief, wie sie es sich erhofft hatten, haben sie das Hotel verkauft. Auf diese Weise sieht es nicht wie ein Misserfolg aus und sie erhalten kontinuierliche Einnahmen vom Franchisenehmer." Sie lächelte. „Bei bereits bestehenden Immobilien ist das quasi kostenloses Geld." Das Risiko war gering und das Hotel war bereits nach ihren Standards konzipiert.

„Deshalb konzentrieren sich einige Marken fast ausschließlich auf Franchising."

Olivia nickte. „Hast du von den Roboterassistenten gehört, die sie getestet haben?", fragte sie und spielte damit auf Keys gescheiterte Testversion an, die kleine Gegenstände in die Räume liefern sollte. Sie wusste, dass Montgomery so etwas nie tun würde, aber sie fand es trotzdem faszinierend, darüber zu lesen.

„Ja! Ich war aufgeregt, als ich es gelesen habe. Ich weiß, dass es eine Pleite war, aber ich hoffe, dass sie es in irgendeiner Form in Zukunft wieder aufgreifen. Die Technologie birgt so viel Potential."

Anschließend sprachen sie über die verschiedenen Möglichkeiten, wie Hotels die Kosten senken konnten – angefangen bei der Reduzierung von Reinigungs- und Toilettenartikeln bis hin zu Doppelbuchungen für Zimmer. Es war oft schwer, sich vorzustellen, wie die anderen Hotelmarken operierten. Sie verhielten sich so anders als Montgomery. Während alle von Mini-Shampoo-Flaschen zu wandmontierten Spendern wechselten, gehörte bei Montgomery immer noch Zahnpasta zur Badezimmerausstattung.

In Zeiten wie diesen war sie dankbar dafür, dass ihre

Familie das Unternehmen privat gehalten hatte. Aus diesem Grund mussten sie sich nicht ständig darum sorgen, größere Gewinne zu erzielen, um Aktionäre zufriedenzustellen, und konnten sich allein darauf konzentrieren, den Aufenthalt der Kunden angenehmer zu gestalten.

Ein Baby weinte und Samantha murmelte: „Ich schaue besser mal nach, was los ist."

„Du kannst mich jederzeit gern anrufen, wenn du Fragen bezüglich der Branche hast", sagte Olivia, als sie Samantha eine Visitenkarte überreichte. „Ich liebe es, über das Geschäft zu sprechen."

„Das werde ich tun", sagte Samantha, während sie aufstand. „Es war schön, dich kennenzulernen. Du musst unbedingt irgendwann einmal mit Adam zum Abendessen kommen. Es wäre schön, zur Abwechslung einmal nicht die einzige Frau zu sein."

Bevor Olivia erklären konnte, dass sie und Adam nur Freunde waren, ging Samantha, um der Mutter mit dem weinenden Baby zu helfen.

Olivia runzelte die Stirn, als sie Samantha dabei zusah, wie sie die Frau und das Baby ins Haus führte. Was meinte Samantha damit, dass sie normalerweise die einzige Frau beim Abendessen war? Wollte sie damit andeuten, dass Adam seine Freundinnen normalerweise nicht mitbrachte oder dass Adam normalerweise gar keine Freundin hatte, die er mitbringen konnte? Der Gedanke, dass sie ihm etwas bedeuten könnte, weckte neue Hoffnung in ihr. Vielleicht war das der Grund, warum er so eifersüchtig auf William war …

Und schon erfand sie wieder eine Entschuldigung für sein Verhalten.

Sie seufzte. Adam war heute so aufmerksam gewesen, dass sie gut verstehen konnte, warum sie sich in ihn verliebt hatte. Doch wenn sie ehrlich war, musste sie zugeben, dass er immer ein aufmerksamer Freund war. Vielleicht zu aufmerksam, dachte sie, als sie sich daran erinnerte, dass er ihr hinterherspioniert hatte. Es war nicht das erste Mal, dass ein Freund sich darüber beschwerte, wie viel sie arbeitete, aber es war sicherlich das erste Mal, dass jemand ihr hinterherspioniert und sie der Untreue bezichtigt hatte.

Stirnrunzelnd versuchte sie, sich in seine Lage zu versetzen. Wie hätte sie sich gefühlt, wenn sie beobachtet hätte, wie eine schöne Frau seine Wohnung verließ? Sie würde gerne behaupten, dass sie nicht automatisch davon ausgegangen wäre, dass er sie betrog, aber glücklich wäre sie darüber nicht gewesen – vor allem dann nicht, wenn sie herausgefunden hätte, dass es sich bei der Frau um eine Ex-Freundin von ihm handelte.

Aber trotz alledem hätte sie ihm nie hinterherspioniert.

Obwohl es ihr wahrscheinlich leichter fiel als ihm, jemandem zu vertrauen – in Anbetracht dessen, was sie über seine Eltern erfahren hatte. Und abgesehen von jenem gewissen Abend war er der perfekte Partner gewesen …

Sie seufzte, als ihr bewusst wurde, dass sie ihm eine zweite Chance geben würde. Sie würde es wahrscheinlich bereuen, aber ein Teil von ihr befürchtete, dass sie es mehr bereuen würde, wenn sie es nicht tat.

* * *

„Danke für deine Hilfe", sagte Luke, als Adam das letzte Geschenk in Suzies Kinderzimmer brachte.

„Jederzeit", sagte Adam und richtete sich auf. Er hatte angeboten zu helfen, als er gesehen hatte, wie sein Freund eine große Kiste schleppte. Erst später war im bewusst geworden, dass Luke wahrscheinlich für eine Weile von all den Menschen weggewollt hatte. Luke war nicht gerade der gesellige Typ.

„Also, wie läuft es?", fragte Luke, während sie zur Partygesellschaft zurückkehrten.

„Gut. In ein paar Wochen steht die große Eröffnung für das Plex an und bei The Mansion läuft alles wie geplant. Wie steht es bei dir?"

Luke grinste. „Wir haben es noch niemandem gesagt, aber Samantha ist schwanger."

Adam klopfte Luke auf den Rücken. „Toll Mann. Herzlichen Glückwunsch."

„Danke. Ich kann immer noch nicht glauben, wie viel Glück ich habe." Luke schüttelte den Kopf. „Du wirst das verstehen, wenn du selbst ein Kind hast."

Adam machte sich nicht die Mühe, ihm zu sagen, dass er nicht der Typ für Kinder war. Seit Luke Sam geheiratet hatte, schien er es für eine Selbstverständlichkeit zu halten, dass Adam auch heiraten würde. Und auch wenn Adam manchmal neidisch auf ihre Liebe war, wusste er, dass es diese Art von Beziehung für ihn einfach nicht geben würde.

Er wurde davor bewahrt, eine Antwort geben zu

müssen, denn Olivia kam auf sie zu. Lächelnd legte er einen Arm um sie. „Bist du bereit, wieder nach Hause zu fahren?"

Sie nickte und Lukas meldete sich zu Wort. „In Ordnung. Ich werde euch nicht aufhalten. Aber ich hoffe, euch bald zum Abendessen zu sehen. Euch beide."

„Sicher. Danke." Obwohl Adam nicht mit ihnen ausgehen wollte, war er froh, dass Olivia sich mit seinen Freunden so gut verstand. Es hatte ihn nie wirklich interessiert, was seine Freunde über die Frauen dachten, mit denen er zusammen war, aber heute hatte er gehofft, dass Luke und Sam Olivia mögen würden. Und das war der Fall. Da Luke eher introvertiert war, hätte er sie nicht zum Abendessen eingeladen, wenn er es nicht wirklich gewollt hätte.

Doch Adam war nicht ganz wohl bei dem Gedanken, mit Luke und Sam zum Abendessen auszugehen. Wenn er ehrlich war, hatte er sich in ihrer Gesellschaft nie richtig wohlgefühlt, seitdem die beiden zusammen waren. Manchmal waren ihm die Blicke, die sie einander zuwarfen, einfach unangenehm. Es lag so viel Liebe darin.

Es war schon komisch. Er hatte dieses Problem nie gehabt, als Samantha mit Jason verheiratet gewesen war. Aber Sam und Luke so glücklich zusammen zu sehen, brachte ihn dazu, über Dinge nachdenken, über die er nicht nachdenken wollte, wie zum Beispiel, was passieren würde, wenn er doch heiraten würde?

Und jetzt, da er Olivia kennengelernt hatte, war dieses Gefühl nur noch schlimmer geworden, weil er sich tatsächlich vorstellen konnte, sie zu heiraten, wenn er ein anderer Mann gewesen wäre. Ob im Bett oder außerhalb, er liebte es, Zeit mit ihr zu verbringen, und bezweifelte, dass er es jemals genug davon haben würde, bei ihr zu sein.

Aber gleichzeitig weckte sie diese besonderen Gefühle in ihm und das war nicht gut. Es war, als wäre alles, was er fühlte, plötzlich hundertmal intensiver. Er konnte sich nicht daran erinnern, jemals so glücklich gewesen zu sein, aber gleichzeitig machte sie ihn wahnsinnig, wie an dem Tag, an dem er William in ihrem Haus vorgefunden hatte. Er hätte den Schaden begrenzen und sie gehen lassen sollen. Stattdessen lud er sie zur Eröffnung des Plex ein.

„Ich werde am Montag nach Houston fliegen und bis zur Eröffnung dort bleiben", sagte er, als sie durch das Haus zur Einfahrt gingen. „Ich weiß, dass du beschäftigt bist, aber ich würde mich wirklich freuen, wenn du zur Eröffnung auch da sein könntest."

„Sie findet in zwei Wochen statt?"

„Ja. Sag mir Bescheid, ob du es einrichten kannst, damit ich den Jet bereithalten kann." Er hatte gehofft, dass sie ein oder zwei Tage früher kommen könnte, aber es war auch gut, wenn sie nur einen Tag dort sein würde. Besser als überhaupt nicht.

„Das musst du nicht tun."

„Ich weiß, aber ich will es."

„In Ordnung. Ich werde sehen, was ich tun kann." Sie legte ihm eine Hand auf die Brust und küsste ihn. Der Kuss war viel zu kurz und weckte seine Sehnsucht nach mehr. Er schlang einen Arm um sie, küsste sie richtig, ließ seine Zunge mit ihrer tanzen und erforschte aufs Neue, wie sie schmeckte. Es war zwar erst ein paar Tage her, seitdem sie sich das letzte Mal geküsst hatten, aber er wollte nie wieder so viel Zeit verstreichen lassen, ohne sie zu küssen. Sie leckte sich über die Lippen, als sie sich von ihm löste. „Lass uns zu dir gehen.“

Es dauerte einen Moment, bis er ihre Worte registrierte, und dann war es, als fiele ihm ein Stein von der Brust. Sie gab ihm eine weitere Chance. *Gott sei Dank.*

KAPITEL ZWEIUNDZWANZIG

Olivia betrachtete stirnrunzelnd die Grundrisse für die Residenzen, als sie und Adam am Mittwochabend zurück nach New York flogen. Das alles sah für Luxuswohnungen ein wenig zu klein aus. Selbst die kleinsten Residenzen sollten mindestens siebenhundert Quadratmeter groß sein.

Neugierig, ob dieser Punkt erfüllt wurde, nahm sie ein Lineal und einen Maßstab aus ihrer Tasche und begann dann mit verschiedenen Raumkombinationen zu experimentieren. Sie prüfte gerade, wie eine zweistöckige Residenz neben eine einstöckige Residenz passen würde, als Adam das Wort ergriff.

„Wir landen bald."

Überrascht blickte Olivia auf und sah, dass es bereits völlig dunkel war. „Danke, dass du es mir gesagt hast." Die Zeit verflog, wenn sie mit Entwürfen beschäftigt war – vor allem, wenn sie mit verschiedenen Lösungsmöglichkeiten spielte.

„Woran arbeitest du?"

Sie hob die Entwürfe in die Luft. „Ich versuche nur herauszufinden, ob es sinnvoll wäre, die Suiten größer zu machen."

„Darf ich?", fragte er.

Sie nickte und reichte sie ihm. Er nahm sich Zeit, während er durch die Unterlagen blätterte. „Die sind wirklich gut."

Ihre Wangen wurden warm. „Danke. Das Skizzieren der Zimmer hilft mir beim Denken."

„Du weißt, dass es nie zu spät ist, wieder zur Uni zu gehen."

„Ich weiß, aber ich weiß einfach nicht, wie ich das mit meinen Pflichten bei Montgomery vereinbaren soll." Es war nur eine Frage der Zeit, bis Dad einen ihrer Yosemite-Vorschläge genehmigte, und das wäre der Beginn einer ganz neuen Hotelkette.

Die neue Hotelkette im Abenteuerstil würde zwar nicht zur Vergrößerung von Montgomerys Flaggschiff-Markenzeichen beitragen, aber sie würde das Kerngeschäft stärken, indem sie ihre Marke einer ganzen Reihe neuer Kunden vorstellte. Und die Chance, das Unternehmen vergrößern zu können, das ihr so viel bedeutete, war einfach zu groß, um sie durch die Wiederaufnahme ihres Studiums wegzuwerfen.

„Naja, wenigstens kannst du das Gelernte nutzen", sagte Adam, als er ihr die Entwürfe zurückgab und sie diese in ihre Tasche steckte. „Nochmals vielen Dank, dass du gekommen bist."

Olivia lächelte. Das musste das zehnte Mal sein, dass er sich heute bei ihr bedankte. „Danke, dass du mich eingeladen hast. Ich hatte Spaß." Sie hatte sich gefragt, ob ihre Versöhnung ein Fehler war. Sein Misstrauen hatte ihr wirklich wehgetan und sie war sich nicht sicher, ob sie sich davon erholen würden. Aber er hatte seither versucht, alles wiedergutzumachen, und sie schätzte seine Bemühungen.

Obwohl er in Houston gewesen war, hatte er ihr fast jeden Tag Geschenke geschickt, um sie wissen zu lassen, dass er an sie dachte. Selbst jetzt, obwohl er eigentlich in Texas sein sollte, hatte er sich die Zeit genommen, hin und her zu fliegen, um sie zur Eröffnung zu begleiten. Er hatte behauptet, ein paar Dinge im Büro erledigen zu müssen, aber sie vermutete, dass er das auch aus der Ferne hätte tun können.

Und am Tag der Eröffnung war er ebenfalls sehr aufmerksam gewesen. Sie hatte angenommen, den ganzen Tag Zeit zu haben, ihre Nachrichten und E-Mails zu lesen, doch er hatte sie nicht aus den Augen gelassen. Wenn er sie nicht gerade durch die Geschäfte geführt hatte, hatte er sie allen vorgestellt, die er kannte.

Sie liebte es, ihn in seinem Element zu sehen. Er begeisterte sich nicht nur für seine Arbeit, sondern er kümmerte sich auch wirklich um die Menschen, mit denen er zusammenarbeitete. Das zeigte sich in der Art und Weise, wie seine Mitarbeiter sich ihm gegenüber verhielten. Selbst wenn sie beschäftigt waren, behandelten sie ihn immer mit Respekt und oft sogar Bewunderung. Sie hätten das nicht getan, wenn er kein guter Chef gewesen wäre.

Aber sie ahnte, dass sie unbewusst nach einem Riss in seinem Verhalten suchte – etwas, das ihr entgangen war und das sein unmögliches Verhalten vor ein paar Wochen erklären würde. Sie hatte nichts gefunden und da sie normalerweise eine gute Menschenkenntnis hatte, begann sie zu glauben, dass seine Reaktion ein Ausrutscher gewesen war.

Sie betete, dass er lernen konnte, ihr zu vertrauen, denn trotz der Schmerzen, die er ihr verursacht hatte, lag ihr noch viel an ihm. Und sich eine Zukunft ohne ihn auszumalen? Das konnte sie nicht ertragen.

* * *

Ein Gefühl der Zufriedenheit erfüllte Adam, als Olivia auf der Fahrt zu ihr nach Hause an seiner Schulter einschlief.

Die letzten zwei Wochen, die er von ihr getrennt gewesen war, waren die Hölle gewesen. Außerdem hatte er ständig befürchtet, dass sie ihre Meinung ändern könnte, ihm eine weitere Chance zu geben. Aber sie hatte keine Zweifel geäußert und schien es zu genießen, den Tag mit ihm zu verbringen. Dass sie jetzt an seiner Schulter eingeschlafen war, war nur der krönende Abschluss eines perfekten Tages.

Er machte wahrscheinlich mehr daraus, als es wirklich war, aber er war sich sicher, dass es ein gewisses Maß an Vertrauen brauchte, um an jemandes Schulter einzuschlafen, und er war froh, dass die getönte Trennwand den Fahrer daran hinderte, sie zu sehen. Obwohl er nie allzu sehr auf seine Privatsphäre bedacht gewesen war, kam er immer mehr zu der Erkenntnis, dass es einige Dinge gab, die außer Olivia und ihm niemand wissen musste.

Lächelnd prüfte er die Nachrichten auf seinem Handy. Es war kurz nach sieben und der Verkehr stand fast still. Doch anstatt sich darüber zu ärgern, war er froh, dass Olivia endlich Ruhe bekam. Sie waren um drei Uhr morgens abgereist, hatten einen frühen Flug genommen und waren seitdem unterwegs.

Er las gerade etwas über eine Entwicklungsgesellschaft, die einen Einkaufskomplex plante, als Olivia sich regte. Lächelnd blickte sie ihn an.

„Wie spät ist es?", murmelte sie.

„Es ist Viertel vor acht."

„Oh, willst du, dass ich Abendessen bestelle?", fragte sie und richtete sich auf.

„Sicher." Er hätte es selbst getan, aber er hatte nicht anmaßend sein wollen.

„Pizza von La Cucina?", fragte sie, als sie ihr Handy herauskramte.

„Klingt großartig."

Er las weiter, während sie die Bestellung aufgab. Er hatte den Artikel gerade beendet, als sein Handy klingelte. Er wollte den Anruf auf seine Mailbox laufen lassen, doch dann sah er, dass es sein Vater war, und zögerte. Sein Vater hatte an diesem Tag schon einmal angerufen und Adam hatte ihn eigentlich erst am nächsten Tag zurückrufen wollen. Aber was war, wenn irgendetwas nicht stimmte?

„Es ist mein Vater", erklärte er Olivia, bevor er den Anruf entgegennahm.

Bevor er etwas sagen konnte, ergriff sein Vater das Wort.

„Wo warst du? Ich bin seit einer Stunde in der Lobby deines Apartmenthauses und versuche, dich zu erreichen."

Sein Vater war in seiner Wohnung? „Ich bin gerade aus Houston zurückgekommen", antwortete er verwirrt. Sein Vater war noch nie in seiner Wohnung gewesen.

„Wir müssen reden."

Adam stöhnte innerlich, als er Olivia ansah. Er hatte sich darauf gefreut, den Abend mit ihr zu verbringen, doch er konnte die Dringlichkeit in der Stimme seines Vaters nicht ignorieren. „Ich werde in einer Stunde dort sein."

„Eine Stunde! Ich warte schon seit –"

„Ich bin bald da", unterbrach Adam. Schließlich hatte er keine Kontrolle über den Verkehrsfluss. Er schüttelte den Kopf und legte auf. „Es tut mir leid, Liv. Ich werde dich heute Abend allein lassen müssen. Mein Vater wartet in meiner Wohnung auf mich."

„Möchtest du direkt zu dir fahren? Ich kann anrufen und das Essen dort hinbringen lassen."

Er dachte darüber nach. Obwohl er nicht wollte, dass sie miterleben musste, wie schrecklich seine Familie war, wollte er sie zur Unterstützung bei sich haben. Die Erkenntnis überraschte ihn. Er fing an, sich von ihr abhängig zu machen, und das gefiel ihm gar nicht. Früher hatte er kein Problem damit gehabt, sich allein um seine Projekte zu kümmern, und jetzt war er unglücklich, wenn sie nicht bei ihm war. Der Gedanke war erschreckend. Er wollte sein Glück nicht von ihr abhängig machen und die Tatsache, dass er das bereits tat, ließ ihn innehalten und brachte ihn zum Grübeln.

„Danke für das Angebot, aber ich denke, es ist am

besten, wenn ich meinem Vater allein gegenübertrete.“ Schmerz blitzte in ihren Augen auf und seine Brust zog sich unangenehm zusammen. Er hasste es, ihr wehzutun, und fügte hinzu: „Es tut mir leid.“

„Es ist schon in Ordnung.“ Sie griff nach seiner Hand. „Ruf mich an, wenn du reden willst.“

KAPITEL DREIUNDZWANZIG

Als Adam aus dem Aufzug stieg, fiel sein Blick auf seinen Vater, der in einem der Lobbystühle saß. Der Pförtner winkte, als er ihn sah. „Es tut mir leid, Mr. Campbell, aber er hat darauf bestanden zu bleiben."

„Das ist in Ordnung. Ich verstehe das schon." Adam wusste, dass Justin die Security gerufen hätte, wenn es sich um einen völlig Fremden gehandelt hätte. Aber da sein Vater ihm sehr ähnelte und eine schnelle Online-Suche Mitch Campbell als seinen Vater ausgewiesen hatte, war das nicht notwendig gewesen.

Adam wandte sich seinem Vater zu, der auf ihn zugekommen war, während er mit Justin gesprochen hatte, und erstarrte. Er hatte seinen Vater noch nie so durcheinander erlebt. Dad hatte sich nicht rasiert und seine Haare sahen aus, als wäre er gerade erst aufgestanden.

Da Adam nicht wusste, was sein Vater von ihm wollte, hatte er geplant, ihn in ein nahe gelegenes Café zu bringen, um dort mit ihm zu reden, aber ihn in dieser Verfassung zu sehen, brachte ihn schnell dazu, seine Meinung zu ändern. Adam nickte in Richtung Aufzug. „Komm."

„Ich brauche einen Kredit", sagte Dad, sobald sie sich im Aufzug befanden und die Türen sich geschlossen hatten. „Dannier ist bis zum Hals verschuldet. Unsere Kredite sind fällig und wir sind gezwungen, Konkurs anzumelden, wenn wir sie nicht bedienen können."

Adam blinzelte. Er hatte einiges erwartet, aber damit hatte er nicht gerechnet. Adam hatte nie an solche Szenarien gedacht und hatte sich absichtlich nicht über die Geschäfte von Dannier informiert, hatte jedoch immer angenommen, dass es dem Unternehmen gut ging.

„Wie ist das passiert?", fragte er, als er endlich seine Stimme wiederfand. Dannier war nicht gerade ein kapitalintensives Unternehmen. Himmel. So wie er seinen Vater kannte, war er sich sicher, dass das Unternehmen immer noch den Grundregeln folgte, die sein Grandpa kreiert hatte. Wenn sie also kein Geld für Forschung und Entwicklung ausgaben, wofür genau gaben sie das Geld aus?

„Der Wettbewerb in der Branche wird hart. Es scheint, als käme jede Woche eine neue Creme auf den Markt, die der letzte Schrei ist. Wir mussten unsere Preise senken, nur um unseren Marktanteil zu halten, während unsere Kosten stetig gestiegen sind."

Es war seltsam, diese Worte aus dem Mund seines Vaters zu hören. Bei Mitch Campbell ging es darum, Kosten und Ausgaben gleichermaßen zu reduzieren. Und alle Meinungsverschiedenheiten, an die Adam sich erinnern konnte, hatten stets darauf beruht, dass sein Vater entweder mit ihm oder mit seinem Grandpa um jeden Cent gekämpft hatte, um die Gewinne zu maximieren.

Dad beobachtete die Ausgaben des Unternehmens mit Argusaugen. Wenn er Ideen für neue Produkte wegen der Forschungs- und Entwicklungskosten nicht ablehnte, versuchte er, die Fließbandlinie zu rationalisieren, um die Produktion zu beschleunigen. Zeit war Geld, das hatte sein Vater ihm ununterbrochen eingebläut. Aus diesem Grund konnte sich Adam einfach kein Szenario vorstellen, in dem sein Vater die Ausgaben beibehalten und gleichzeitig die Preise gesenkt haben konnte.

Adam fiel es immer noch schwer, das zu verarbeiten, was er gerade gehört hatte, und machte sich auf den Weg zum Couchtisch, sobald die Aufzugtüren sich geöffnet hatten. Er nahm Notizblock und Stift zur Hand und fragte dann seinen Vater nach ein paar Zahlen.

Er schüttelte den Kopf, als sein Vater sie aufgezählt hatte. Das Unternehmen benötigte mindestens vierzig Millionen plus der Summe für den Neuaufbau. So etwas passierte nicht von heute auf morgen und er erkannte plötzlich, dass sein Dad aus diesem Grund vor all den Wochen angerufen hatte. Er hatte gewusst, dass er Hilfe brauchte, und hatte sich bei Adam einschmeicheln wollen.

Obwohl Adam seinem Vater gern zum Teufel geschickt hätte, so liebte er doch seinen Großvater und verdankte ihm alles, was er hatte. Und Grandpa hatte nur für Dannier gelebt – Dannier war sein Vermächtnis. Dad hatte oft gesagt, dass Grandpa die Firma mehr liebte als seine Familie, und er hatte dabei nicht gescherzt.

„Ich werde darüber nachdenken", sagte Adam

schließlich. In Dannier zu investieren oder dem Unternehmen einen Kredit zu gewähren, würde das Unvermeidliche nur hinauszögern, aber er konnte nicht tatenlos zusehen. Das könnte er sich nie verzeihen.

Seine Großeltern hatten so viel für ihn getan. Er konnte ihre Liebe nicht verraten, indem er sich von dem Unternehmen abwandte, für das sie so hart gearbeitet hatten. Und plötzlich wurde ihm bewusst, dass dies genau das war, was Olivia für The Mansion empfand. Es war kein Wunder, dass sie bereit war, so hart zu kämpfen, um es zu erhalten. „Hast du irgendwelche Unterlagen mitgebracht?"

„Nein", sagte sein Vater und Adam seufzte. Sein Vater bat um Hilfe, aber Informationen wollte er nicht preisgeben.

„Ich kann keine Entscheidung treffen, ohne einen Blick darauf zu werfen."

„In Ordnung. Ich schicke sie dir."

„Und all deine Berichte – Verkäufe, Forderungen, Verbindlichkeiten, alles."

Sein Vater biss die Zähne zusammen, bevor er nickte. „Ich hätte auf dich hören und unser Produktangebot erweitern sollen, als wir die Chance hatten."

Nach all den Stunden, die er damit verbracht hatte, auf seinen Vater einzureden und ihn genau davon zu überzeugen, hätte Adam sich durch diese Worte bestätigt fühlen sollen. Stattdessen war er einfach nur traurig, dass die Firma, die ihm so viel bedeutet hatte, in Trümmern lag.

„Es ist, wie es ist", sagte er und hoffte, dass sein Vater nicht versuchen würde, ihm sein Herz auszuschütten. Das Timing war einfach zu verdächtig, und er glaubte nicht, dass es von Herzen käme. Zum Glück verstand sein Vater den Hinweis darauf, dass er nicht in der Stimmung war zu reden, und verließ kurz darauf seine Wohnung.

Als sein Vater fort war, seufzte Adam. Obwohl er lange Zeit wütend auf seine Eltern gewesen war, wollte er nicht, dass sie scheiterten. In gewisser Weise hatte er gern mit ihnen konkurriert, auch wenn dies nur in seinem Kopf stattgefunden hatte.

Er fragte sich kurz, ob er etwas hätte tun können, was Dannier daran gehindert hätte, so tief zu sinken, bevor er den Gedanken verwarf. Da Dannier im alleinigen Besitz seines Vaters war, besaß Adam kein echtes Mitspracherecht in der Firma, selbst wenn er sich entschieden hätte, weiterhin involviert zu bleiben.

Er fuhr sich mit einer Hand durch die Haare und widerstand dem Drang, Olivia anzurufen. Es war verrückt, wie sehr es ihn drängte mit ihr zu sprechen – wie sehr er sie brauchte. Wie hatte er zulassen können, dass sie ihm so nahekam?

Auch die Tatsache, dass er nicht einmal daran gedacht hatte, mit ihrer Beziehung vor seinem Vater anzugeben, verblüffte ihn. Immerhin handelte es sich um Olivia Montgomery aus der Familie Montgomery. Sein Vater hätte sich überschlagen, um sie kennenzulernen. Aber sie bedeutete Adam viel. Er konnte sie nicht so benutzen.

Aber er hatte sie verletzt.

Als er sich an den Schmerz in ihren Augen erinnerte, schnappte er sich sein Handy. Er würde sich entschuldigen und ihr erzählen, was geschehen war. Sie hatte zumindest das verdient, nach all dem, was sie heute für ihn getan hatte. Dennoch machte er sich zu sehr abhängig von ihr und musste einen Schritt zurücktreten. Er musste etwas Abstand zwischen sie bringen, während er versuchte, seine Emotionen wieder in den Griff zu bekommen. Glücklicherweise würde ihm dieses ganze Durcheinander mit Dannier einen Grund geben, den Raum zu fordern, den er brauchte.

Olivia seufzte, als sie ihren Teller auf den Tresen stellte und in ihr Schlafzimmer ging. Sie hatte plötzlich keinen Hunger mehr.

Da Adam immer darauf drängte, mehr Zeit mit ihr zu verbringen, hatte sie törichterweise angenommen, dass zwischen ihnen etwas am Wachsen war – etwas Reales. Aber ihm lag nicht einmal genug an ihr, um sie seinem Vater vorzustellen. Es spielte keine Rolle, dass er und sein Vater sich nicht verstanden. Der Mann war trotz alledem sein Vater und Adam hatte kein Problem, sich sofort mit ihm zu treffen.

Adam mochte ihr Geschenke schicken und sie seinen Freunden vorstellen, aber wenn es um die Dinge ging, die wirklich wichtig waren, schob er sie beiseite, und sie fragte sich unwillkürlich, ob er sie jemals wirklich an sich herangelassen hatte. Wahrscheinlich nicht, dachte sie, da er geglaubt hatte, dass sie ihn betrog – ein sicheres Zeichen, dass er sich weder die Zeit genommen noch sich die Mühe gemacht hatte, sie wirklich kennenzulernen. Außerdem bewies es, dass ihre Beziehung nur oberflächlich war.

Und vielleicht war das auch gut so. Es lag nicht in ihrem Interesse, zum jetzigen Zeitpunkt eine ernsthafte Beziehung einzugehen. Wenn sie ihren Willen bekam, würde sie bald das erste Hotel bauen, von dem sie hoffte, dass es bald viele davon im ganzen Land gäbe. Sie wollte sich an niemanden binden. Sie hätte erleichtert sein sollen, dass Adam nichts Ernsteres wollte.

Aber sie war es nicht. Im Gegenteil, sie hatte das Gefühl, als würde ihr Herz in Stücke gerissen.

Ihr Handy klingelte und sie sah, dass es Adam war. „Hallo", sagte sie und bemühte sich, sich ihre melancholische Stimmung nicht anmerken zu lassen.

„Es tut mir leid, dass ich dich nicht mit zu mir genommen habe, aber mein Vater ist nicht einfach."

„Das ist in Ordnung. Ich verstehe es." Sie würde ihn nicht drängen, wenn er nicht gedrängt werden wollte.

Er begann ihr von der Lage seines Vaters und dessen Firma zu erzählen. Es überraschte sie zu hören, dass es dem Unternehmen so schlecht ging. Sie hatte immer gedacht, Kosmetik sei ein sicheres Geschäft.

„Was wirst du tun?", fragte sie, als er fertig war. Sie wünschte, sie könnte ihn umarmen, aber er wollte sie nicht bei sich haben. Ihre Brust schmerzte bei dem Gedanken.

„Ich weiß es ehrlich gesagt nicht. Dannier hat offensichtlich ein großes Problem."

„Du wusstest nicht, dass sie so zu kämpfen haben?"

„Nein. Ich habe alles ignoriert, was mit meinen Eltern zu tun hat." Wenn man bedachte, was er über sie erzählt hatte, verstand sie das. Jede neue Information hätte ihn nur an das erinnert, was er verloren hatte, als er weggegangen war.

„Es tut mir leid. Ich weiß, wie viel Dannier dir bedeutet.“

„Danke. Ich muss meinen Buchhalter anrufen, um zu sehen, welche Optionen ich habe, aber ich wollte dich wissen lassen, was passiert ist.“

Als sie sich verabschiedeten, wusste Olivia, dass sie froh sein sollte, dass er offensichtlich genug für sie empfand, um sie anzurufen. Stattdessen dachte sie unwillkürlich, dass dies der Anfang vom Ende war.

KAPITEL VIERUNDZWANZIG

Adam sah zu, wie Jake Halliday wieder einmal den Kopf schüttelte und die nächste Seite von Danniers Finanzbericht umblätterte. Da Adam nur begrenzte Kenntnisse von der Finanzwelt besaß, hatte er angenommen, dass das Gutachten eines Experten ihm helfen würde, das Ausmaß dessen zu verstehen, womit er es zu tun hatte.

Er hatte zwar kein Problem damit, Immobilien und Grundstücke zu bewerten, jedoch keine Ahnung, wenn es darum ging, Unternehmen zu bewerten. Normalerweise hätte er Luke um Hilfe gebeten, aber dieser war mit Samantha nach San Francisco gereist, um sich mit einigen Firmenvertretern zu treffen. Nach Jakes Reaktionen zu urteilen, hätte es Adam nicht überrascht, wenn Jake verkündet hätte, dass die finanzielle Lage der Firma aussichtslos wäre.

Seufzend dachte Adam an die Telefongespräche, die er mit einigen Dannier-Mitarbeitern geführt hatte, an die er sich aus seiner Jugend erinnerte. Es schien, als hätten alle unterschiedliche Erklärungen, warum das Unternehmen den Bach hinunter gegangen war. Einer hatte die aggressive Expansionspolitik des Unternehmens verantwortlich gemacht, ein anderer die neue Formel für die Creme und wieder ein anderer die niedrigen Löhne. Aber gleichgültig, mit wem er gesprochen hatte, alle waren sich einig gewesen, dass das Unternehmen einfach schlecht geführt worden war.

Nach einer gefühlten Ewigkeit reichte Jake ihm den Finanzbericht. „Sieh zu, dass du wegkommst."

„So schlimm, was?"

„Ja. Wenn es die Mitarbeiter sind, um die du dir Sorgen machst, würde ich empfehlen zu warten, bis das Unternehmen Konkurs angemeldet hat, und dann alle Vermögenswerte kaufen. Es wäre viel einfacher und billiger, wieder bei null anzufangen, als zu versuchen, dieses Durcheinander zu retten."

Adam hatte bereits daran gedacht, aber er wollte nicht, dass die Firma, die sein Großvater aufgebaut hatte, einen schlechten Ruf bekam. Das Andenken seines Großvaters verdiente etwas Besseres.

„Grob gesagt, wie viel würde es kosten, alles wiederaufzubauen?"

„Nach dem Konkurs?"

„Ohne", antwortete er, und Jake pfiff leise.

„Angenommen, du bekommst das richtige Management-Team und alles geht gut, vielleicht siebzig Millionen? Und das ist wirklich optimistisch." Jake sah ihn stirnrunzelnd an. „Das kannst du nicht ernsthaft in Betracht ziehen, oder?"

Adam zuckte mit den Schultern. „Es ist die Firma meines Großvaters."

„Du kannst den Namen mit der Konkursmasse kaufen."

Aber das wäre nicht dasselbe und er würde das wissen. Er begann zu verstehen, warum Olivia so hartnäckig darauf bestand, The Mansion so gut es eben ging in seinem ursprünglichen Zustand zu belassen, und fühlte sich plötzlich schuldig, da er manchmal nicht bereit gewesen war, Kompromisse einzugehen. Es war für ihn nur ein Geschäft gewesen, während es für sie darum ging, ein Vermächtnis zu bewahren.

„Ich werde darüber nachdenken. Es ist eine Menge Arbeit, für die ich nicht wirklich die Zeit habe." Er hatte seine eigenen Verbindlichkeiten und Menschen, die auf ihn angewiesen waren. „Aber es gibt da so einen Typ – Alfred Thompson. Er war die rechte Hand meines Großvaters in der Firma. Wenn jemand das Unternehmen wieder auf Vordermann bringen kann, dann er." Obwohl fünfzehn Jahre vergangen waren, seitdem sein Großvater gestorben war und Alfred in der Firma gearbeitet hatte, waren die Grundlagen des Unternehmens immer noch die gleichen. „Natürlich bin ich mir nicht sicher, ob er bereit ist zurückzukommen. Mein Vater hat ihn fast sofort gefeuert, nachdem er die Kontrolle übernommen hatte."

„Ich vermute, dass Alfred es nicht zugelassen hätte, dass dein Vater das Unternehmen ruiniert."

„Mein Vater fühlte sich wahrscheinlich von ihm bedroht", gab Adam zu. „Alfred hätte das Unternehmen übernommen, wenn er nicht dort gewesen wäre, also hat mein Vater sich seine Position gesichert, indem er Alfred gefeuert hat."

Aber sein Vater hatte das Unternehmen wirklich ausgeblutet. Adam schüttelte innerlich den Kopf, als er darüber nachdachte, wie sein Vater sich darüber beschwert hatte, dass er die Preise senken musste, um mit der Konkurrenz Schritt zu halten. Das Erste, was Adam bemerkt hatte, als er sich den Finanzbericht angesehen hatte, war, dass Dannier zwei Jets unterhielt. Und obwohl das nicht allein für die Verluste verantwortlich war, so war diese Verschwendung doch ein Indikator dafür, wie Dad das Unternehmen führte.

Es war immer noch schwer zu glauben, dass dieselbe Person, die Adams Idee für eine Herren-Produktlinie wegen der hohen Kosten abgelehnt hatte, das Geld des Unternehmens so verschwenderisch ausgab, dass sie den Kauf eines zweiten Jets billigte. Doch die Zahlen logen nicht.

„Danke, dass du dir das angeschaut hast. Ich weiß es zu schätzen." Er hatte auf bessere Neuigkeiten gehofft, aber er hatte gewusst, dass die Lage ziemlich aussichtslos war.

„Kein Problem. Ich genieße es immer, einen Blick in die Finanzen privater Unternehmen zu werfen."

„Haben wir irgendeine Chance, einen Käufer für Gerard zu finden?", fragte er und erinnerte sich an ihr Gespräch vor ein paar Monaten über den Schokoladenhersteller. Aber im Hinterkopf dachte er schon darüber nach, woher er das Geld nähme, um Dannier zu retten.

Es war töricht, überhaupt darüber nachzudenken, aber er konnte nicht leugnen, dass es ihn reizte, wieder zu seinen Wurzeln zurückzukehren. Das Unternehmen zu führen war sein Kindheitstraum gewesen, und obwohl er in den letzten Jahren alle Gespräche über Dannier vermieden hatte, lag ihm das Unternehmen sehr am Herzen.

Jake seufzte. „Wir haben beschlossen, es vom Markt zu nehmen, bis sich die Wirtschaft bessert. Die Angebote, die wir bekommen haben, waren so lächerlich niedrig, dass es einfach sinnvoller war, es zu behalten."

„Wie ist das Management?"

„Gut, aber der Präsident will in den nächsten ein oder zwei Jahren in den Ruhestand gehen."

Sie sprachen kurz über die Vor- und Nachteile der Einstellung eines Nachfolgers aus dem Unternehmen anstatt jemanden von außen einzubringen, bevor Adam Jake noch einmal dankte, dass er ihm seine Zeit geopfert hatte.

Nachdem er Jakes Büro verlassen hatte, rief Adam seinen Assistenten an, um ein Treffen mit seinem Team zu planen. Er musste genau herausfinden, wie viel es kosten würde, um Dannier am Laufen zu halten, und ob er sich einen weiteren Kredit leisten konnte oder nicht.

Adam runzelte die Stirn, als er am nächsten Tag den GPS-Anweisungen seines Autos zu Alfred Thompsons Haus folgte. Es schien, als wäre jedes Viertel, durch das er fuhr, schlimmer als das vorherige. Langsam befürchtete er, dass ein Fehler vorlag, aber wie er seit der Sache mit den

Gerüchten, die Doug versehentlich in Umlauf gebracht hatte, wusste, machte Edward keine Fehler.

Das GPS führte ihn zu einem einstöckigen Haus. Das Gebäude hatte wahrscheinlich schon bessere Tage gesehen. Von der weißen Fassade blätterte die Farbe ab und die Verandapfosten waren halb verrottet. Er bekam Gewissensbisse bei der Vorstellung, dass sein Vater Alfred das angetan hatte, und Adam fragte sich unwillkürlich, ob er etwas daran hätte ändern können. Sicher, er war damals noch auf der High School gewesen, aber trotzdem war er Dads Lieblingssohn und der Grund, warum Dad die volle Kontrolle über Dannier bekommen hatte. Da er wusste, dass er die Vergangenheit nicht ändern konnte, schob er den Gedanken beiseite und nahm den Ordner vom Beifahrersitz zur Hand.

Als er sich Alfreds Haus näherte, sah Adam, dass es zwar keinen frischen Anstrich hatte, aber immer noch geliebt wurde. Der Zaun war nicht beschädigt, wie er es bei einigen der Grundstücke entlang der Straße gesehen hatte, und der Vorgarten war gepflegt. Es gab sogar einen kleinen Gemüsegarten. Vielleicht kümmerte sich Alfreds Frau darum. Er erinnerte sich vage daran, sie auf einigen Partys gesehen zu haben.

Adam klingelte an der Tür, hörte aber kein Geräusch von innen. Er wartete sicherheitshalber ein paar Sekunden, dann klopfte er an die Tür.

„Ich komme!", dröhnte eine männliche Stimme, gefolgt von Schritten. „Ich kenne Sie nicht", sagte die Stimme hinter der Tür.

„Hallo. Ich suche Alfred Thompson. Mein Name ist Adam Campbell. Ich bin Richards Enkel."

Die Tür öffnete sich und ein Alfred kam zum Vorschein, der älter aussah, als er ihn in Erinnerung hatte. Alfred war wahrscheinlich damals in seinen frühen bis mittleren Vierzigern gewesen und musste jetzt weit in den Fünfzigern sein.

Adam lächelte beim Anblick des vertrauten Gesichts. „Hallo Alfred. Wir haben uns lange nicht gesehen."

„Der kleine Adam?" Auf Alfreds Gesicht breitete sich ein Grinsen aus, als er die Tür weiter öffnete und heraustrat, um einen Arm um ihn zu schlingen. „Wie geht es dir? Ich habe gehört, dass du jetzt Bauunternehmer bist."

„Mir geht es gut."

Alfred lachte, als er abwinkte. „Und wie geht es deiner Schwester? Ich habe euch alle nicht mehr gesehen, seit –" Er runzelte die Stirn und Adam ahnte, dass er wahrscheinlich darüber nachdachte, wie Adams Vater ihn gefeuert hatte.

Da er nicht wollte, dass Alfred an die schlechten Zeiten dachte, sagte Adam: „Martha geht es gut. Ich frage mich, ob ich mit dir über Dannier sprechen kann."

Alfred warf ihm einen misstrauischen Blick zu. „Das liegt Ewigkeiten zurück."

„Darf ich hereinkommen?"

Alfred nickte, und Adam trat durch die Tür. „Ich weiß nicht, ob du es gehört hast, aber Dannier befindet sich in einer wirklich schlechten Lage."

„Wie gesagt, das ist lange her."

Ein weibliches Lachen zog seine Aufmerksamkeit auf sich und als Adam aufschaute, fiel sein Blick auf Alfreds

Frau, die den Raum betrat. „Von wegen lange her. Er redet ständig darüber, wie er dieses oder jenes anders gemacht hätte. Erst letzte Woche hat er mir einen Vortrag gehalten, dass Dannier Haarpflegeprodukte hätte herstellen sollen."

Adam lächelte. „Das ergibt auch Sinn. Ich habe von Leuten gehört, die Feuchtigkeitscreme in ihren Conditioner mischen." Er bot der Frau seine Hand an. „Ich bin Adam Campbell, Richards Enkel."

„Denise Thompson", sagte sie, während sie ihm die Hand schüttelte.

Alfred räusperte sich und wies mit dem Kopf auf den Ordner in Adams Hand. „Ist das für mich?"

„Ja." Alfred nahm den Ordner und setzte sich, um einen Blick hineinzuwerfen.

„Möchten Sie etwas trinken?", fragte Denise.

Adam schüttelte den Kopf, als er Platz nahm. „Nein, danke."

„Dann lasse ich euch zwei allein."

Als Denise den Raum verließ, begann Adam: „Dannier steht kurz vor dem Konkurs, aber ich denke darüber nach einzuspringen. Wenn ich das täte, wärst du bereit zu helfen?"

Alfred erstarrte. „Du willst, dass ich als Berater fungiere?"

„Nein. Ich möchte, dass du das Unternehmen leitest."

Alfred lachte, als er den Ordner schloss. „Ich bin ein alter Mann. Diese Tage liegen lange hinter mir."

„Ich finde, du siehst gut aus, und es gibt niemanden, der dieses Unternehmen besser kennt als du."

„Und was denkt dein Vater darüber? Du weißt, dass er mich gefeuert hat, oder?"

„Ja und ich weiß auch, dass das nicht das war, was mein Großvater beabsichtigt hatte." Wenn es nach seinem Großvater gegangen wäre, hätte er Alfred zweifellos so lange als Vizepräsident weitermachen lassen, wie Alfred es gewollt hätte. Obwohl sein Großvater stolz auf Dads Geschäftskompetenz gewesen war, hatte er sich immer besser mit Alfred verstanden, weil die beiden eine ähnliche Meinung über das Geschäft hatten.

Beide hatten neue Produkte priorisiert und sich damit begnügt, einen vorsichtigeren Ansatz in Bezug auf die globale Expansion des Unternehmens zu verfolgen, indem sie jeweils nur ein Land betraten und jeden Markt vorher gründlich untersuchten.

Sie hätten nie den aggressiven Ansatz seines Vaters gewählt und nie versucht, gleichzeitig in mehreren Ländern Fuß zu fassen. Um die Gewinne zu maximieren, hatte sein Vater alles von der Produktion bis zur Werbung skaliert. Er war zunächst erfolgreich gewesen und hatte den lateinamerikanischen Markt leicht erobert, aber sein Vorhaben, die Firma nach Europa auszuweiten, war furchtbar gescheitert.

Obwohl es ähnliche Konkurrenzprodukte in Europa gab, fragte Adam sich, ob Dannier erfolgreich gewesen wäre, wenn sie nur einen vorsichtigeren Ansatz gewählt hätten. Dads Methodik war spektakulär, wenn sie funktionierte, aber sie ließ keinen Raum für Misserfolge.

„Außerdem ist es egal, was mein Vater denkt. Wenn ich mein Angebot mache, beabsichtige ich, volle Stimmrechte zu erwerben." Er würde seinem Vater kein Mitspracherecht in der Firma geben, die er ruiniert hatte.

Alfred zögerte, bevor er ihm den Ordner zurückgab. „Ich danke dir für das Angebot, aber ich bin kein Zauberer."

Okay, zumindest hatte er verstanden, wie schwierig sein Job wäre. „Ich bitte dich nicht, irgendwelche Wunder zu vollbringen, Alfred, sondern nur darum, dein Bestes zu geben." Adam lächelte. „Wir könnten sogar die Haarprodukte herstellen, über die du nachgedacht hast." Die Tatsache, dass Alfred immer noch über diese Dinge nachdachte, festigte Adams Entscheidung, dass er der richtige Mann für die Führung des Unternehmens war. Dannier brauchte jemanden, der sich für das Unternehmen begeisterte, und genau das war bei Alfred der Fall.

Alfred lachte. „Ich wusste schon immer, dass ich dich mag."

„Also ist das ein Ja?"

„Ich bin schon lange nicht mehr in der Branche", sagte Alfred nach einer Weile.

Adam nickte.

„Ich weiß." Aus dem Recherchebericht wusste Adam, dass Alfred noch vor Kurzem als Buchhalter für ein Autohaus gearbeitet hatte, und er wusste, was passiert war. Sein Vater hatte Alfred ohne Empfehlung gefeuert und Alfred hatte nie einen anderen vergleichbaren Job gefunden. „Aber ich glaube auch nicht, dass sich die Branche so stark verändert hat. Ich meine, sicher, viele unserer Kunden wurden von den größeren Einzelhändlern gekauft, aber die Produkte und das zugrunde liegende Geschäft sind immer noch die gleichen."

Alfred dachte darüber nach, als Denises Stimme die Luft erfüllte: „Wenn du nicht ja sagst, schlage ich dich."

Alfred lachte und sagte: „Dann ist es wohl ein Ja."

Adam lächelte, als er Alfred die Hand schüttelte. „Du wirst es nicht bereuen."

KAPITEL FÜNFUNDZWANZIG

„Es tut mir leid, Adam, aber wir können Ihnen keinen Kredit für Dannier anbieten", sagte Barry Kline am Telefon und Adam seufzte. Da Dannier sich nun einmal in einem schlechten Zustand befand, hatte er gewusst, dass es nicht sehr aussichtsreich war, einen Kredit zu erbitten, aber er musste es versuchen.

„Was halten Sie davon, einen weiteren Kredit auf AC Developments aufzunehmen?", fragte der Banker. „Wir können Ihnen die gleichen Raten wie zuvor anbieten."

„Ich weiß das Angebot zu schätzen, aber das geht nicht." Er hatte bereits gezögert, den Kredit aufzunehmen, den er gebraucht hatte, um den Mansion-Deal abzuschließen, aber die Gelegenheit war zu günstig gewesen, um sie sich entgehen zu lassen. Und gewiss wollte er nicht so leichtsinnig sein, wie sein Vater es mit Dannier gewesen war. Sicher, die Dinge liefen gerade gut für AC Developments, aber in der Wirtschaft gab es keine Garantien – vor allem angesichts der Tatsache, wie anfällig die Immobilienpreise und der Bedarf an Einkaufszentren für die Launen der Wirtschaft waren.

„Ich verstehe. Wie läuft es mit The Mansion?"

„Gut. Wir sind noch dabei, den Entwurf fertigzustellen, aber unsere vorläufige Kostenschätzung bleibt im Rahmen unseres Budgets."

„Das ist eine fantastische Nachricht", erwiderte Barry, bevor er eine Diskussion über den Zustand der gewerblichen Immobilienbranche im Drei-Staaten-Gebiet anfing.

Nach Ende des Gesprächs stellte Adam eine Tabelle auf, die all seine Immobilien und deren geschätzten Marktwerte auflistete. Ganz oben auf der Liste standen The Mansion und der Plex. Der Verkauf von einem der beiden würde ausreichen, um Danniers Ausgaben für mindestens zwei Jahre zu decken, aber genau wie beim letzten Mal, als er sich die Tabelle angeschaut hatte, wollte er keines von beiden verkaufen. Er war vom ersten Tag an beim Plex dabei gewesen und er wusste auch, dass The Mansion ein Erfolg werden würde, sobald sie es renoviert hätten.

Seine Investitionen bei Luke sowie seine kleineren Immobilien standen weiter unten auf der Liste, und er spielte mit ihnen einige Lösungsmöglichkeiten durch. Er konnte den gesamten Star-Komplex zusammen mit zwei anderen Einkaufszentren verkaufen ... Aber das Star war der erste Komplex, den er jemals gebaut hatte. Viele der Mieter waren von Anfang an bei ihm und er verspürte ihnen gegenüber eine gewisse Verantwortung. Wenn er die Komplexe verkaufte, hätte er das Gefühl, ihnen in den Rücken zu fallen.

Viele der Mieter waren Tante-Emma-Läden und nicht alle von ihnen würden überleben, wenn der neue Eigentümer die Miete auf das aktuelle Marktniveau anhöbe. Er wusste, dass er weichherzig war, aber er durfte nicht vergessen, dass diese Leute ihm vertraut hatten, als er noch ein Nobody gewesen war.

Er *könnte* eine Art Mietkontrollklausel in die Vertragsbedingungen eintragen, aber er müsste dies mit einem niedrigeren Verkaufspreis rechtfertigen. Er fuhr sich mit einer Hand durch die Haare, als seine Gedanken zu The Mansion wanderten. Ursprünglich hatte er es aus Rache an seinen Eltern besitzen wollen. Aber wäre es nicht eine viel süßere Rache, die Kontrolle über Dannier zu erlangen und das Unternehmen wieder auf die Beine zu stellen?

Und doch war er nicht glücklich. Stattdessen fragte er sich, warum Rache ihm so wichtig gewesen war, und er wünschte sich, sein Vater wäre mit seinen Problemen schon früher zu ihm gekommen. Denn dann wären die Verluste vielleicht noch überschaubar gewesen und er hätte keine Immobilien verkaufen müssen. Aber Dad war stolz und hatte so lange wie möglich alles unter Kontrolle behalten wollen.

Adam runzelte die Stirn. Der Verkauf von The Mansion war der einzig mögliche Weg. Denn dann konnte er sich nicht nur weiterhin um seine Mieter und seine Mitarbeiter kümmern, sondern wusste auch, dass das Hotel bei Montgomery in guten Händen wäre. Die Tatsache, dass er aller Wahrscheinlichkeit nach einen guten Preis bekommen und schnell verkaufen konnte, machte die Option umso attraktiver.

Und er würde Olivia glücklich machen. Es würde ihr gefallen, wenn sich das Hotel wieder im alleinigen Besitz ihrer Familie befände. Er würde es vermissen, mit ihr zu arbeiten, aber vielleicht war es so das Beste. Er fing an, sich zu sehr an sie zu klammern – ständig wollte er sie anrufen und sehen. Himmel. Es verging keine Stunde, ohne dass er an sie dachte.

Hoffentlich würde der Verkauf seiner Hälfte des Hotels ihm etwas Abstand verschaffen und die Grenze zwischen ihren geschäftlichen und persönlichen Beziehungen ziehen. Er war sich nur einfach nicht sicher, ob er das auch wollte.

* * *

Olivia war auf dem Weg zum Besprechungsraum, als ihr Handy klingelte. Sie lächelte, als sie Adams Namen sah. Da er mit Dannier beschäftigt war, hatten sie in der vergangenen Woche kaum Zeit gehabt, miteinander zu reden.

„Hey, Adam", sagte sie, als sie zur Seite trat, um den Anruf entgegenzunehmen.

„Hey, Olivia. Ich wollte dich nur wissen lassen, dass ich meinen Anteil an The Mansion im Laufe des heutigen Tages deinem Vater zum Kauf anbieten werde."

Ihr Magen verkrampfte sich bei der Erkenntnis, dass er nicht aus persönlichen Gründen anrief, bis ihr die Bedeutung seiner Worte bewusst wurde. „Warte, du bietest an, uns deinen Anteil zu verkaufen?" Er hatte doch so hartnäckig darauf bestanden, nicht alle Anteile am Hotel an Montgomery zu verkaufen.

„Ja. Ich muss etwas Geld freimachen, wenn ich in Dannier investieren will."

„Ich dachte, dein Freund meinte, das wäre zum Fenster hinausgeworfenes Geld." Sie wusste, dass er es ernst meinte und das Unternehmen retten wollte, aber sie war überrascht, dass er bereit war, dafür ein Projekt abzugeben, das eine viel größere Chance auf Erfolg hatte.

Es war wieder wie bei Kevin Mayer und seiner Restaurantkette. Das Geschäft brachte vielleicht nicht das große Geld ein, aber es lag ihm am Herzen.

„Wahrscheinlich, aber ich werde es nie erfahren, wenn ich es nicht versuche."

Und Montgomery würde The Mansion bekommen. Sie hätte sich über die Nachricht freuen sollen. Genau das hatte sie sich schon so lange gewünscht. Stattdessen konnte sie nur daran denken, wie sich der Verkauf auf ihre Beziehung auswirken würde.

„Ich bin sicher, dass dein Großvater stolz auf das wäre, was du tust, und ich bin dankbar, dass du es mir mitgeteilt hast. Ich weiß es zu schätzen." Zumindest wäre sie nicht vollkommen ahnungslos, wenn ihr Vater es ihr erzählte, und sie tröstete sich damit, dass Adam rücksichtsvoll genug gewesen war, sie als Erste davon zu informieren. „Willst du meinem Vater sagen, warum du verkaufst?" Sie wollte nichts sagen, was ihr nicht zustand, falls ihr Vater sie fragte.

„Das habe ich eigentlich nicht vor, aber du kannst es

ihm sagen, wenn er fragt." Ein paar Sekunden vergingen, bevor er wieder sprach. „Ich habe dich vermisst."

Sie lächelte. „Ich habe dich auch vermisst."

„Ich weiß nicht, um wie viel Uhr ich heute Abend aus dem Büro komme. Das Team arbeitet noch an einem Angebot für Dannier, aber lass uns morgen gemeinsam zu Abend essen."

Erleichterung erfüllte sie bei der Erkenntnis, dass ihre Beziehung nicht endete, nur weil ihre Zusammenarbeit kurz vor dem Ende stand. Sie vereinbarten, dass er sie morgen nach der Arbeit abholen würde, bevor sie auflegte und sich auf den Weg in den Sitzungssaal machte.

* * *

Es war fast vier Uhr nachmittags, als ihr Vater sie in sein Büro rief.

„Ich habe gerade einen Anruf von Adam bekommen. Er sagte, dass er uns seinen Anteil an The Mansion verkaufen will", erklärte er, als sie sein Zimmer betrat. „Ist alles in Ordnung zwischen euch beiden?"

„Ja, aber er versucht, Dannier zu retten."

Dad lachte. „Nach dem, was ich gehört habe, verstehen sich Adam und sein Vater nicht gerade sehr gut."

Olivia lächelte. Es war klar, dass Dad Erkundungen über Adam eingeholt hatte, bevor er mit ihm ins Geschäft gekommen war. Charakter war für Dad wichtig – so sehr, dass er wahrscheinlich mehr über Adams persönliches Leben wusste als über die eigentlichen Details ihres Geschäftsabschlusses.

„Stimmt, aber es ist die Firma seines Großvaters."

Die Augen ihres Vaters glänzten merkwürdig nachdenklich. „Ich hoffe, meine Enkelkinder würden dasselbe tun, wenn Montgomery jemals in Schwierigkeiten geriete." Er verhielt sich wie ein Hund, dem man einen Knochen hinhält, wenn es um Enkelkinder ging, und es war nur noch schlimmer geworden, nachdem sie mit Adam zusammengekommen war.

„Ich hoffe eher, dass niemand jemals wieder in diese Lage gerät", sagte sie und dachte daran, wie ihr Großvater The Mansion verkauft hatte, um die Familienbank zu retten. Es hatte wehgetan, aber er hatte es für die Familie getan.

„Ich weiß, dass du denkst, dass es nicht gut war, dass Grandpa The Mansion verkauft hat, aber ich bezweifle, dass Montgomery Hotels heute so dastehen würde, wenn er es nicht getan hätte. Es hätte ihm vollkommen gereicht, nur das eine Hotel zu besitzen. Aber nachdem er die Bank mit den Verkaufserlösen hatte stützen können, entschied er, dass das Familienvermögen nicht nur von einer Branche abhängen dürfe. Nachdem sich die Finanzsituation der Bank wieder beruhigt hatte, ist er tatenfreudig in die Branche zurückgekehrt und hat in Windeseile drei Hotels innerhalb von fünf Jahren eröffnet. Und der Rest ist Geschichte."

„Grandpa hat es nie so ausgedrückt."

Natürlich wusste sie, dass er die anderen Hotels eröffnet hatte, aber er hatte nie etwas darüber gesagt, warum er dies getan hatte oder wie er die Investitionen aufteilte. Die Geschichten, die er ihr erzählt hatte, handelten meist davon, wie er den feinsten Marmor für die Böden von The Mansion importiert hatte oder wie er während seiner Mittagspause ins Hotel geeilt war, um sicherzustellen, dass ein wichtiger Diplomat problemlos einchecken konnte. Doch sie war damals nur ein Kind gewesen und wahrscheinlich hätte sie es nicht verstanden, wenn er über Geschäftsstrategien gesprochen hätte.

Ihr Vater lachte. „Dein Großvater war in seiner Blütezeit ein rücksichtsloser Geschäftsmann, aber als er älter wurde, wurde er weich und sentimental. Dieses Gebäude war schon seit Ewigkeiten im Besitz der Familie – zuerst als Bank und dann als Hotel. Obwohl der Verkauf des Hotels die richtige Entscheidung war, hasste er es, dass er den einstigen Familienbesitz nicht mehr unter Kontrolle hatte.“

„Und jetzt ist das Hotel wieder ganz in unseren Händen. Zumindest, wenn Adams Angebot dir zusagt“, sagte sie und erkannte, dass sie den Verkauf nicht als selbstverständlich hinnehmen sollte. Als ihr Vater nickte, atmete sie erleichtert auf.

„Das schreit auf jeden Fall nach einem Fest“, sagte ihr Vater. „Was hältst du von einem Abendessen im Hotel?“

Das klang so anders als in den Tagen, als er ihr verboten hatte, ins Hotel zu gehen, dass sie nicht anders konnte, als zu lächeln. „Ich bin dabei. Lass mich Robbie anrufen.“

* * *

Olivia antwortete gerade auf eine E-Mail eines Franchisenehmers, der ein weiteres Hotel eröffnen wollte, als es an ihrer Bürotür klopfte. Da sie dachte, Adam wäre früher mit seiner Arbeit fertig geworden, lächelte sie, als sie aufblickte. „Hey –" Sie verstummte, als sie William sah.

Ihr Ex deutete lächelnd auf die Tür. „Ich hatte gerade unten im Haus ein Treffen mit meinem Anwalt und dachte, ich komme vorbei und sage Hallo."

„Ehevertrag?", vermutete sie. Sie hatte keinen Zweifel daran, dass William tolle Arbeit leistete, wenn es um den Umgang mit seinen Kunden ging, aber sie bezweifelte, dass er sich mit irgendwelchen rechtlichen Angelegenheiten befasste. Er hatte absolut null Geduld, wenn es um Details ging.

„Dad hat darauf bestanden", sagte er und sie musste sich davon abhalten, den Kopf zu schütteln. Er hatte schon sein ganzes Leben lang seinen Vater die Entscheidungen für ihn treffen lassen und sie fragte sich, ob er jemals erwachsen werden würde. Er war fast dreißig, um Himmels willen! Er sollte in der Lage sein, diese wichtigen Entscheidungen allein zu treffen.

Obwohl die Situation eine andere war, verglich sie ihn unwillkürlich mit Adam, der sich im Alter von gerade achtzehn Jahren aus den Fängen seiner Eltern befreit hatte.

„Du findest es nicht gut", sagte William und sie zuckte mit den Achseln. Es stand ihr nicht zu zu beurteilen, ob er einen Ehevertrag aufsetzen sollte oder nicht. Ihr gefiel die Idee nicht – es hatte etwas Zynisches an sich, sich auf das Ende einer Ehe vorzubereiten, bevor sie überhaupt begonnen hatte –, aber sie war pragmatisch genug, um zu wissen, dass Verträge notwendig waren, wenn es um Reichtum und Vermögen ging. „Ich weiß, dass du der

Ansicht bist, dass Liebe eine Ewigkeit halten sollte", fuhr er fort. „Aber du weißt ja, wie es ist."

„Ich weiß", murmelte sie und machte sich nicht die Mühe, ihm den Grund zu nennen, warum sie einen Vertrag ablehnte. Wenn er einen Ehevertrag wollte, sollte er dazu stehen – nicht seinem Vater die Schuld geben. Und wenn er keinen wollte, sollte er für das einstehen, woran er glaubte.

„Und es ist nicht so, wie es bei uns war, weißt du?", sagte er, und es lag eine unbestimmte Wärme in seinen Augen. „Ich meine, ich bin mit Penelope erst seit etwas mehr als einem Jahr zusammen."

In ihr schrillten die Alarmglocken, dass er versuchen könnte, wieder mit ihr zusammenzukommen, bevor sie sich daran erinnerte, dass dies William war, mit dem sie sprach. Ihm lag nicht wirklich etwas daran, ihre Beziehung wiederzubeleben. Er hatte wahrscheinlich nur kalte Füße, gepaart mit chronischen Selbstzweifeln. Da er zu einer Familie voller Überflieger gehörte, hatte er ein geringes Selbstwertgefühl, weil er sich ständig mit ihnen verglich. Sie hatte das ganz vergessen und auch, wie abstoßend sein Verhalten sein konnte.

„Mach aus uns nicht mehr als das, was wir wirklich waren", sagte sie. „Du weißt, dass wir uns schon viel früher hätten trennen sollen. Wir waren eher befreundet als wirklich verliebt." Sie lächelte, um den Schlag zu mildern. „Ich bin mir ziemlich sicher, dass ich mich daran erinnere, dass du jeden Abend nach unserer Trennung gefeiert hast." Seine Wangen brannten und sie fuhr fort: „Du hättest das nicht getan, wenn du etwas für mich empfunden hättest." Und sie hätte sich nicht so erleichtert gefühlt, dass er sie nicht mehr ständig beschuldigte, nicht genügend Zeit mit ihm zu verbringen. Sicher, ihr Stolz war verletzt worden, als sie hörte, wie sehr er das Single-Leben genoss, aber es war nur das gewesen – ihr Stolz. Ihr Herz war noch nicht einmal ein wenig angeknackst gewesen.

„Ich war jung –"

„Aber ehrlich zu dir selbst", unterbrach Olivia. „Seien wir ehrlich, wir haben uns am Schluss nur noch gegenseitig verrückt gemacht."

Er hielt inne und sie konnte förmlich sehen, wie er sich an die Streitereien erinnerte.

„William, mach das nicht", sagte sie. „Ich meine, du hast Penelope einen Antrag gemacht, oder?" Er nickte, wenn auch widerwillig. „Ich bin sicher, dass du das nicht ohne guten Grund getan hast –" Sie erstarrte, als Adam vor ihrer Tür erschien.

„Du schon wieder?", sagte er, als er den Raum betrat. Er murmelte ein „Hallo" in ihre Richtung, bevor er sie küsste. Dann nahm er neben William Platz und legte den Knöchel seines einen Beines auf das Knie des anderen. „Ich frage mich, was deine Verlobte sagen würde, wenn sie von all deinen Besuchen bei Olivia wüsste."

„Halt Penelope da raus!", sagte William und Adams Augenbrauen schnellten in die Höhe.

„Dann hältst du dich besser von meiner Freundin fern."

Seien Stimme klang plötzlich so stahlhart, dass Olivia sich eilig einmischte: „Das reicht, ihr zwei." Sie wandte sich William zu. „Ich denke, es ist am besten, wenn wir uns eine Weile nicht sehen."

Seine Augen weiteten sich. „Das meinst du nicht ernst."

„Doch. Ich glaube nicht, dass wir Freunde sein können, bevor du nicht einsiehst, dass wir nie wieder zusammen sein werden."

„Es liegt an ihm, nicht wahr?", höhnte William, als er Adam ansah. Sie wollte es gerade abstreiten, als er fortfuhr: „Weißt du, er bedroht mich heute nicht zum ersten Mal. Er kam in mein Büro und drohte, Penelope zu erzählen, dass ich möchte, dass wir wieder zusammenkommen, wenn ich dir nicht fernbliebe."

Sie blinzelte, fassungslos, dass er sich eine solche Geschichte ausdachte. William war zwar Vieles, aber er war kein Lügner. Nach einem Moment erkannte sie, dass Adam Williams Behauptungen nicht leugnete, und fühlte, wie sich ihr Magen verkrampfte. Er würde es leugnen, wenn es nicht wahr wäre, nicht wahr?

Da sie wusste, dass sie nur ein Problem nach dem anderen bewältigen konnte, konzentrierte sie sich auf William: „Ich denke, es ist am besten, wenn du jetzt gehst."

„Na gut", sagte er und richtete sich auf. „Ruf mich an, wenn du genug von ihm hast", sagte er, bevor er aus dem Zimmer stürmte.

„Es tut mir leid", sagte Adam, als sie allein waren. „Aber du weißt, dass ich recht habe. Er will dich."

Olivia blinzelte die Tränen zurück. Er verstand es nicht, oder? „Du vertraust mir nicht", sagte sie und sah ihm fest in die Augen.

Fluchend fuhr er sich mit der Hand durch die Haare und ging auf sie zu. „Du hast es selbst gesagt. Du hast eine gewisse Verbindung zu ihm und er wollte dich offensichtlich zurückhaben. Was hast du von mir erwartet? Dass ich darüber hinwegsehe?"

„Ja! Das ist genau das, was du hättest tun sollen." Als sie merkte, dass ihre Stimme lauter geworden war, stand sie auf und schloss die Tür. Glücklicherweise hatten die meisten Mitarbeiter bereits Feierabend gemacht. Sie brauchte kein Publikum. „Es bestand nie die Gefahr, dass ich dich für ihn verlasse oder dich mit ihm betrüge", sagte sie, als sie sich ihm zuwandte. So eine Person war sie nicht.

„Das weiß ich. Ich vertraue dir, aber ich konnte einfach nicht anders, okay?"

„Kannst du dir vorstellen, wie es sein wird, wenn ich mich wegen meiner Arbeit außerhalb der Stadt aufhalten muss? Du würdest denken, ich habe mich die ganze Zeit mit anderen Männern getroffen, während ich fort war." Ihre Brust zog sich schmerzvoll zusammen und sie wusste, dass ihre Beziehung ihrer Karriere niemals standhalten würde. Sie würde wochenlang nicht in der Stadt sein.

„Das stimmt nicht", sagte er und stand auf. „Ich würde nicht –"

„Ich kann nicht mit jemandem zusammen sein, der ständig darauf wartet, dass etwas passiert." Sie verzögerten nur das Unvermeidliche. Wenn sie dies zulassen würde, würde er einfach einen anderen Weg finden, sie auseinanderzureißen, und ehrlich gesagt, hatte sie etwas Besseres verdient. Es war am besten, die Beziehung jetzt gleich zu beenden, bevor sie sich noch mehr in ihn verliebte.

Denn sie war wirklich in ihn verliebt, wie ihr gerade bewusst wurde. Ihr Herz hätte sich nicht so angefühlt, als zerbräche es gerade in eine Million winzige Stücke, wenn sie es nicht wäre.

Sie war so dumm gewesen. Sie hatte gewusst, dass sie keine Zukunft hatten. Er wollte keine Kinder. Himmel, er glaubte nicht einmal an die Ehe. Aber sie hatte sich entschieden, all das zu ignorieren, um die Gegenwart zu genießen, und jetzt musste sie dafür büßen.

Er biss die Zähne zusammen. „Das war es also?"

Ihre Kehle schnürte sich zusammen, als sie nickte. Es musste sein.

„In Ordnung. Ich hoffe, du hast ein gutes Leben." Er spuckte die Worte förmlich aus, bevor er ging.

Als er fort war, verriegelte sie die Tür und gab den Tränen nach, die sie zurückgehalten hatte.

KAPITEL SECHSUNDZWANZIG

Adam täuschte Desinteresse vor und prüfte seine E-Mails auf seinem Handy, während sein Vater sein Rettungsangebot für Dannier durchblätterte. Er hatte erwartet, dass sein Dad Anwälte und Berater mitbringen würde, aber als er allein in sein Büro gekommen war, hatte Adam beschlossen, auch niemanden hinzuzuholen. Das ergab in gewisser Weise Sinn. Es handelte sich um eine Familienangelegenheit, die sie innerhalb der Familie klären würden.

Sein Vater wendete eine Seite herum, dann fluchte er. „Du bist wirklich ein Bastard, weißt du das?"

Adam lachte, als er den Mann ansah. „Ich lasse zu, dass du einen 15-Prozent-Anteil an dem Unternehmen behältst. Ich denke, das ist bei der Sachlage mehr als fair."

„Und wirfst mich raus."

„Ja. Ich möchte den Leuten, die das Unternehmen in den Boden gestampft haben, keine Chance geben, das mit meinem Geld zu wiederholen." Sein Vater war zweifellos mehr verärgert über den Verlust des Zugangs zu einer Firmenkreditkarte als über alles andere. Mom und Dad hatten beide eine Menge Vergünstigungen auf Kosten des Unternehmens genossen und das würde jetzt aufhören.

„Und die Ausschüttungen?"

Ja. Adam hatte definitiv recht. Alles, was Dad am Herzen lag, war Geld. „Es werden keine Ausschüttungen vorgenommen, bis das Unternehmen einen Gewinn erzielt hat, und selbst dann kann ich mich dafür entscheiden, die Gewinne wieder in das Unternehmen zu investieren." So, wie sie mit seiner Tante und seinem Cousin umgesprungen waren, wollte er es seinen Eltern zumindest ein wenig heimzahlen.

Das Gesicht seines Vaters wurde rot und Adam lachte. Dad wäre nicht immer noch hier, wenn das Angebot wirklich so schlecht wäre, wie er behauptete. Ehrlich gesagt, bezweifelte Adam, dass sein Vater mit weniger als der vollen Kontrolle über das Unternehmen zufrieden gewesen wäre – etwas, das ihm niemand, der bei gesundem Verstand war, zugestanden hätte.

Angesichts der Tatsache, dass Adam sich nicht einmal sicher war, ob er sein Geld zurückbekommen würde, war sein Angebot mehr als fair. Er hatte den Versuch einfach wagen müssen. Olivia hätte an seiner Stelle sicherlich ebenso gehandelt. Seine Brust zog sich beim Gedanken an sie zusammen. Zum hundertsten Mal fragte er sich, wo sie war und was sie tat. Er hasste es, es nicht zu wissen, hasste es, nicht das Recht zu haben, es zu wissen. Er wusste, dass das, was er getan hatte, falsch gewesen war, und er verstand ihre Gründe für die Trennung, aber er hatte sich seitdem nicht mehr gut gefühlt. Es war, als fehlte ein großes Stück von ihm und nur sie könnte ihn wieder ganz machen.

Er hatte in der vergangenen Woche oft versucht, sie telefonisch zu erreichen, war aber nie durchgekommen. Die Tatsache, dass er bereit war, sie anzuflehen, ihm eine weitere Chance zu geben, erschreckte ihn. Er hatte nie gewollt, dass jemand diese Art von Macht über ihn bekam, aber irgendwie hatte sie es geschafft. Sein Verstand wusste, dass sie recht hatte, sich von ihm zu trennen, aber sein Herz konnte es einfach nicht akzeptieren. Trotzdem blieb er ihr fern. Er hatte sie verletzt und wusste, dass er sie nur wieder verletzen würde, wenn sie ihm vergab. Er war einfach nicht für Beziehungen geschaffen. Das war schon immer so gewesen.

„Wen wirst du einstellen? Jemanden, den ich kenne?" Die Stimme seines Vaters weckte Erinnerungen an all das, was seine Eltern miteinander durchgemacht hatten – alles im Namen der Liebe – und er wusste, dass Olivia die richtige Entscheidung getroffen hatte.

Sicher, es tat jetzt weh, aber der Abschiedsschmerz wäre schlimmer, wenn sie sich weiterhin getroffen hätten. Sie mochte ihn zwar nicht betrügen, aber sie wollten verschiedene Dinge im Leben. Irgendwann hätte sie es bereut, mit ihm zusammen zu sein, und so sehr er auch bei ihr sein wollte, das hätte ihn umgebracht.

„Alfred Thompson", antwortete er auf die Frage seines Vaters, und sein Vater verschluckte sich.

„Diesen alten Idioten? Du ersetzt mich durch ihn?"

Da er wusste, dass er sich nicht erklären musste, nickte Adam nur und deutete dann auf die Vereinbarung, die vor seinem Vater lag. „Dieses Angebot wird nicht für immer bestehen bleiben, das solltest du wissen." Vielleicht war sein Privatleben nicht in Ordnung, aber zumindest sein Geschäft war es.

* * *

Olivia seufzte, als sie mit ihren Unterlagen für den Yosemite-Park ins Büro ihres Vaters ging. Er hatte sie angerufen und gesagt, dass er über ihren Vorschlag reden wolle. Sie wäre normalerweise begeistert von der Entwicklung gewesen, aber stattdessen fühlte sie sich benommen, eine Betäubung, die sie seit dem Ende der Beziehung mit Adam überfallen hatte.

Aber so sehr sie es auch bereute, wusste sie, dass sie die richtige Entscheidung getroffen hatte. Abgesehen von ihren unterschiedlichen Ansichten über eine Familie konnte sie nicht mit jemandem zusammen sein, der ihr nicht vertraute. Denn was war eine Beziehung ohne Vertrauen?

Sie hasste es zu denken, dass ihre Beziehung für ihn nur Sex gewesen war, aber sie hatte das dumme Gefühl, dass sie damit recht hatte. Sie erinnerte sich daran, dass das Wie und Warum keine Rolle spielte, weil die Beziehung vorbei war, und zwang sich zu einem Lächeln, als sie das Büro ihres Vaters betrat. Sie würde sich von ihrem Privatleben nicht von der Arbeit abhalten lassen.

„Hallo Dad."

„Hey, Liebes. Setz dich." Sie nahm Platz und bemerkte unwillkürlich seine strahlenden Augen. „Wir haben gerade das Gelände der Old Lodge gekauft", sagte er und meinte damit das verlassene Hotel in Yosemite, das sie für ihr geplantes Hotel kaufen wollte. „Und das Grundstück daneben."

„Warte? Du genehmigst mein Yosemite Hotel?", fragte sie überrascht. Sie hatte gedacht, er würde sie auf Probleme in ihrem Vorschlag hinweisen, die sie beheben müsste, bevor er ihn weiter in Betracht zöge – und jetzt stimmte er plötzlich zu.

„Ja. Ich wollte dir keine falschen Hoffnungen machen, falls unser Kaufangebot abgelehnt worden wäre."

„Danke!", sagte sie, stand auf und umarmte ihn. „Warte – wie viel mehr Land hast du gekauft?" Das Anwesen war bereits groß genug, um die Wanderwege anzulegen und Reitausflüge zu ermöglichen, die sie geplant hatte.

„Etwas weniger als sechshundert Hektar."

Sie starrte fassungslos auf ihren Vater. War er wahnsinnig? Was sollten sie mit sechshundert Hektar anfangen? Ein Kongresszentrum bauen?

„Ich habe ein paar Ideen für das Hotel, einschließlich eines Golfplatzes."

Sie lachte. Natürlich. Er hatte Golf gespielt, während er sich von seinem Herzinfarkt erholt hatte, und tat es immer noch gern. Sie war erschrocken von der plötzlichen Erkenntnis, wie groß das Unterfangen werden würde, aber gleichzeitig war sie begeistert, dass sie ihrem Traum, eine eigene Hotelreihe zu haben, endlich einen Schritt näher kam.

„Glaubst du, dass wir ein paar meiner Designs verwenden können?" Sie hatte einige Skizzen angefertigt, wie sie sich die Gebäude und Innenräume in ihrem Hotel vorstellte, obwohl sie sie überarbeiten musste, um die größere Fläche zu berücksichtigen. Sie bräuchten mehr Gästezimmer sowie ein weiteres Restaurant und möglicherweise sogar einen weiteren Konferenzraum.

Ihr Vater nickte. „Auf jeden Fall. Ich liebe die rustikale Atmosphäre, die sie vermitteln. Es unterscheidet sich von unserem üblichen Stil, aber es passt in die Gegend." Er lächelte und tätschelte ihren Arm. „Ich werde James McAllister bitten, dir zu helfen", sagte er und verwies auf den Verantwortlichen für neue Entwicklungen. „Und ich werde Donovan deine Aufgaben bei The Mansion übergeben."

„Ich –" sie schüttelte sprachlos den Kopf. „Vielen Dank, dass du an mich und dieses Projekt glaubst", sagte sie, als sie endlich ihre Stimme wiederfand. „Es bedeutet mir wirklich viel. Ich weiß, dass ich keine große Hilfe war, als wir herausfanden, dass Gen Capital mit Parker zusammengearbeitet hat, um die Bücher zu manipulieren, aber ich verspreche, es dieses Mal besser zu machen."

„Wovon sprichst du? Ich weiß nicht, was ich ohne dich gemacht hätte. Du hast dafür gesorgt, dass alles reibungslos weiterlief, während ich mich erholt habe."

„Aber ich habe damit unser Vorzeigehotel verloren. Ich

hätte ihnen nicht erlauben dürfen, den Wechsel von unserem Management zu Parker vorzunehmen.“

„Ich hätte dasselbe getan, wenn ich dort gewesen wäre. Und wenn wir geklagt hätten, hätten wir wahrscheinlich immer noch diese Bastarde als Partner am Hals. Ich werde nicht behaupten, dass es nicht wehgetan hat, das Whitcombe zu verlieren, aber wir haben uns auf lange Sicht durch den Verkauf eine Menge Ärger erspart. Hast du dich die ganze Zeit schuldig gefühlt?“

„Natürlich. Du hättest sicher nicht nachgegeben. Du hättest dich mit Händen und Füßen gewehrt, wenn du dort gewesen wärst.“

„Ich gebe zu, dass ich es hasse, zum Narren gehalten zu werden, aber es hat sich einfach nicht gelohnt zu kämpfen. Gen Capital hat uns auf Schritt und Tritt Steine in den Weg gelegt. Der Umsatz hat zu diesem Zeitpunkt stagniert und das Hotel war längst überfällig für eine Auffrischung.“ Er schüttelte den Kopf. „Sie drängten immer wieder auf Gespräche wegen der Kosten für eine Renovierung und ich habe erkannt, dass ich das Unternehmen nicht so führen wollte. Die Tatsache, dass Mehti fast zwei Jahre später immer noch mit ihnen kämpft, hat meine Ansicht zementiert, dass wir die richtige Entscheidung getroffen haben“, sagte er und verwies auf einen anderen Hotelbetreiber, bei dem Gen Capital dieselbe Taktik angewandt hatte. „Aber es tut mir leid, dass wir nie wirklich darüber gesprochen haben. Ich hätte etwas gesagt, wenn ich gewusst hätte, dass du dich schuldig fühlst. Damals war ich einfach nur wütend, dass jemand mich so übers Ohr gehauen hatte.“

Seine Worte linderten einen Teil ihrer Schuldgefühle, obwohl sie tief in ihrem Inneren immer noch glaubte, dass sie einen Teil der Schuld trug, weil sie damals für das Objekt verantwortlich gewesen war. Die Tatsache, dass ihr Vater sich entschieden hatte, ihr wieder zu vertrauen, löste ein Gefühl tiefer Dankbarkeit in ihr aus und sie gelobte insgeheim, ihn nicht zu enttäuschen.

* * *

Adam beobachtete, wie Alfred und seine Frau sich unter die Mitarbeiter von Dannier mischten. Sie würden heute den Wechsel in der Geschäftsführung ankündigen und um den Anschein aufrecht zu erhalten, hatten seine Eltern eine kleine Party organisiert – sie ließen es so aussehen, als wäre es keine Übernahme, sondern als verabschiedeten sie sich und gingen in den Ruhestand.

Er hätte eine schlichtere Veranstaltung für die Ankündigung vorgezogen, doch er wollte seinen Eltern erlauben, ihr Gesicht zu wahren. Obwohl es Gerüchte gab, dass das Unternehmen in Schwierigkeiten steckte, wusste niemand etwas Konkretes, und er wollte die Gerüchteküche nicht anheizen.

„Du kannst dich als enterbt betrachten", sagte seine Mutter, als sie zu ihm kam, und er unterdrückte den Drang zu lächeln. Wenn er hätte raten sollen, so hätte er gesagt, dass er bereits vor Jahren aus ihrem Testament gestrichen worden war.

„Das werde ich im Hinterkopf behalten."

Ihre Hand schloss sich fester um das Sektglas. „Du

warst schon immer ein unerträglicher Bastard. Warum konntest du nicht deinem Bruder ähnlicher sein?"

„Wenn ich es gewesen wäre, wäre das hier ein Liquidationsverkauf anstelle einer Ruhestandsparty."

„Du findest es also lustig, deinen Vater zu berauben?", fragte sie, als sie sich ihm zuwandte.

„Es ist kein Raub, da er derjenige war, der das Unternehmen in diese Lage gebracht hat." Um die Wahrheit zu sagen, hatte er seinen Eltern ein besseres Angebot gemacht, als sie es von anderer Seite bekommen hätten. Aber sie waren die Art von Menschen, die nie zufrieden mit dem waren, was sie hatten.

„Du bist so selbstgefällig und scheinheilig. Ich kann es kaum erwarten, dass man dich eines Tages von deinem hohen Ross wirft." Sie schnaubte, bevor sie zu einer Gruppe von Menschen ging, die er nicht kannte.

Adam schüttelte den Kopf, ließ einen Blick durch den Raum wandern und sah Denise, die in einer Ecke stand und mit Alfred sprach. Er ging in ihre Richtung und als er sich näherte, sah er, dass die beiden Händchen hielten. Süß.

„Nervös?", fragte er Alfred.

„Ja", gab Alfred zu, während er sich im Raum umsah. „Es ist ein bisschen komisch, dass alles so verändert und doch so ähnlich zu sein scheint, aber es tut gut, so viele bekannte Gesichter zu sehen." Er lächelte, als er seine Frau ansah. „Ich bin so glücklich, Denise hier bei mir zu haben."

Denise errötete, als sie ihrem Mann sanft auf die Schulter schlug. „Ach, du."

„Nein. Es ist wahr", sagte er, als er sich Adam zuwandte. „Unser Leben war nie wieder wie vorher, nachdem dein Vater mich gefeuert hatte, aber –" Er schluckte, bevor er fortfuhr: „Sie ist mit mir durch dick und dünn gegangen. Ich weiß nicht, was ich ohne sie gemacht hätte." Er schaute bewundernd auf seine Frau und Adam hatte unwillkürlich Olivias Vater vor Augen, der seine Frau genauso ansah, und auch Luke und Samantha.

Sein Vater klopfte auf ein Mikrofon und sicherte sich damit die Aufmerksamkeit aller Anwesenden. Adams Blick suchte die Menge nach seiner Mutter ab und als er sie entdeckte, sah er, dass sie Blickkontakt mit einem der Kellner auf der anderen Seite des Raumes aufgenommen hatte. Und plötzlich erkannte er, wie unterschiedlich die Beziehung seiner Eltern zu der von Alfred und Denise war.

Denise hatte durch dick und dünn an Alfreds Seite gestanden und obwohl seine Mom hier war, tat sie das nur um des guten Rufes willen – nicht um ihren Mann moralisch zu unterstützen. Denn dann hätte sie nicht mit einem Kellner geflirtet, der halb so alt war wie sie. Obwohl Adam wusste, dass dies nur ihre Art war, sich an Dad wegen seiner zahlreichen Affären zu rächen, spürte er unwillkürlich Mitleid mit den beiden. Sie hatten sich einmal geliebt, aber jetzt schienen sie sich nur noch gegenseitig zu verletzen.

Die Ehe seiner Eltern hätte nie überlebt, was Alfred und Denise durchgemacht hatten. Indem Alfred und Denise einander unterstützten und füreinander da waren, stärkten sie sich gegenseitig. Die Vorstellung schien verrückt, aber sie ergab Sinn. Hatte er sich nicht stärker gefühlt, als er bei Olivia war? Glücklicher? Sicher, sie zu lieben war eine

Schwäche, aber der Nutzen überwog bei Weitem die Kosten.

Die Leute im Raum fingen an zu klatschen und als er aufblickte, sah er, dass Alfred auf der Bühne stand. Da er wusste, dass Alfred hier allein zurechtkam, wandte er sich dem Ausgang zu. Er musste Olivia sehen.

KAPITEL SIEBENUNDZWANZIG

Olivia erstellte gerade eine Checkliste von allem, was sie auf ihrer Reise nach Kalifornien nächste Woche tun musste, als es an ihrer Tür klingelte. Sie schaute auf ihr Handy und war überrascht, Stacy und ihren Leibwächter zu sehen.

„Ich komme", sagte sie via der App und ging dann schnell zur Tür. Als sie öffnete, stand ihre Freundin mit einer riesigen Tüte Lebensmittel auf dem Arm vor ihr.

„Ich habe italienisches Essen mitgebracht!"

Ihr wurde warm ums Herz angesichts Stacys Versuch, ihre Laune aufzubessern. Obwohl Olivia nicht in der Stimmung war, über ihre Trennung zu sprechen, schätzte sie es, eine Freundin zu haben, die sich so sehr um sie kümmerte.

„Das ist ein perfektes Timing. Ich war gerade dabei, Abendessen zu bestellen."

„Toll! Ich werde alles vorbereiten und dann kannst du mir alles über deine Yosemite-Pläne erzählen."

Stacy gab ihr damit zu verstehen, dass sie nicht über

Adam sprechen musste, wenn sie es nicht wollte. Olivia wusste nicht, ob dies der Grund war oder die Tatsache, dass ihre Freundin etwas Ähnliches durchgemacht hatte, aber plötzlich brach sie in Tränen aus.

„Ich hätte mich von ihm trennen sollen, als ich gemerkt habe, dass es für uns keine Zukunft gibt", sagte Olivia, als sie endlich ihre Stimme wiederfand. Es hatte die verschiedensten Warnsignale gegeben, aber sie hatte sie absichtlich ignoriert. „Ich habe mich in dem Glauben gewiegt, dass ich einfach die Gegenwart genießen könnte, aber insgeheim habe ich gehofft, seine Meinung ändern zu können."

Stacy strich ihr tröstend über den Rücken. „Männer denken selten daran zu heiraten. Das ist nur eins der Dinge, die man erst nach einiger Zeit erkennt."

„Aber ich hätte die Warnsignale erkennen sollen. Egal, was für ein perfekter Partner er war, wir wollten nicht die gleichen Dinge. Wenn das kein Rezept für eine Katastrophe ist, dann weiß ich auch nicht."

„Ich weiß, dass William sich manchmal wie ein Idiot verhält, aber ich kann immer noch nicht glauben, dass Adam dachte, du würdest ihn mit William betrügen. Im Ernst."

„Und dass er das Bedürfnis verspürt hat, William zu bedrohen! Als ob ich mich nicht selbst gegen den Mann wehren könnte."

„Es bedeutet, dass ihm viel an dir liegt."

„Aber das reicht nicht." Ja, ihm lag etwas an ihr, aber er traute ihr nicht. „Ich denke, ich sollte dankbar sein, dass Williams Besuch Adams wahre Persönlichkeit zum

Vorschein gebracht hat, bevor ich mich noch mehr in ihn verliebt hätte, aber ich fühle mich einfach nur ausgelaugt." Sie hatte endlich alles bekommen, was sie sich jemals gewünscht hatte – The Mansion befand sich wieder in der Familie, ihr eigenes Hotel … Aber sie war trotzdem nicht glücklich, und das alles nur wegen Adam.

„Es tut mir so leid, Liebes", sagte Stacy, als sie sie umarmte.

„Ich bin mir sicher, dass es mit der Zeit besser wird", log Olivia, mehr für sich selbst als für ihre Freundin. Sie hatte fast nichts gespürt, nachdem sie und William sich getrennt hatten, aber jetzt fühlte sie sich, als ob sie innerlich sterben würde. Sie war sich nicht sicher, ob das jemals wieder besser werden würde. Olivia zwang sich zu einem Lächeln und ergriff die Hand ihrer Freundin. „Danke, dass du gekommen bist."

„Das ist doch selbstverständlich, aber jetzt sollten wir besser essen, bevor das Essen kalt wird." Sie gingen zum Esstisch und Olivia machte sich daran, die Unterlagen wegzuräumen, die sie dort liegen gelassen hatte.

„Warte. Ich möchte mir das gern anschauen", sagte Stacy und deutete auf die Skizzen und Grundrisse, die Olivia auf dem Tisch ausgebreitet hatte.

Stacy lachte, als sie einen Blick darauf warf. „Du hast alles schon fix und fertig geplant."

„Ich hatte viel Zeit, darüber nachzudenken", murmelte Olivia, während sie die Skizze der Lobby betrachtete. Sie dachte gerade daran, wie nahtlos das Check-in-Erlebnis von dem Moment an verlaufen würde, in dem ein Gast im Hotel ankam, als sie plötzlich die Stirn runzelte. Sie hatte mehr

Zeit damit verbracht, an der Gestaltung des Hotels zu arbeiten als an dem eigentlichen Geschäftsentwurf.

Sie hatte gedacht, dass sie ihre Träume, Architektin zu werden, hinter sich gelassen hätte, aber die Tatsache, dass sie diese aufwendigen Konzeptentwürfe und Grundrisse sogar in ihren Antrag aufgenommen hatte, bewies, dass dies nicht der Fall war. Sie hatte sich eingeredet, dass diese Skizzen ihr dabei helfen würden, die Zusammenhänge besser zu sehen und zu verstehen, aber die Wahrheit war, dass sie es liebte zu entwerfen, und dass sie versucht hatte, einen Weg zu finden, diese Leidenschaft mit ihrer Arbeit bei Montgomery zu verbinden.

Indem sie die Entwürfe in ihr Angebot einbezog, hatte sie es mit dem verbunden, was ihr Spaß machte. Ob unbewusst oder bewusst ging sie auf diese Art jeder Kritik aus dem Weg, da sie ihre Entwürfe nur einigen wenigen zeigen würde.

Es entging ihr nicht, dass es genau diese Kritik gewesen war, mit der sie im College am meisten zu kämpfen gehabt hatte. Sie hatte schon immer gerne entworfen, aber der Versuch, ihre Entwürfe aufgrund des Feedbacks der anderen zu überarbeiten, war die reine Folter gewesen. Sie hatte stundenlang versucht, ihre Designs zu verbessern – oft hatte sie dazu sogar länger gebraucht als für die ursprünglichen Zeichnungen und doch war es nie genug gewesen.

Sie musste unwillkürlich an Seth denken, der es im College auch schwer gehabt hatte. Doch anstatt aufzugeben, hatte er weitergemacht. Sie hatte sich nie als Feigling betrachtet, aber in dieser Hinsicht hatte sie wie einer gehandelt. Sie hatte Schwierigkeiten gehabt und war davongelaufen, sobald sich die Gelegenheit für etwas anderes – etwas Einfacheres – ergeben hatte. Schlimmer noch war, dass sie nie ernsthaft darüber nachgedacht hatte, ihr Studium wieder aufzunehmen, nachdem sich ihr Vater erholt hatte. Sie hatte sich eingeredet, ihre Träume hätten sich geändert, obwohl sie in Wirklichkeit schlichtweg Angst vor dem Scheitern hatte.

„Ich war so blind", murmelte sie.

„Hm?"

„Ich habe mir eingeredet, dass ich keine Karriere in der Architektur machen will, habe jedoch bei jeder sich bietenden Gelegenheit Entwürfe angefertigt. Ich habe meine Träume nie wirklich losgelassen. Ich habe sie einfach unterdrückt. Und zwar so richtig."

Stacy lachte. „Du hast es doch genossen, mit deiner Familie zusammenzuarbeiten, also war doch nicht alles schlecht."

„Ich habe es mir einfach gemacht", sagte Olivia, während sie den Kopf schüttelte. Aber das würde sie jetzt nicht mehr tun. „Ich werde dieses Projekt abschließen und dann wieder aufs College gehen", beschloss sie plötzlich. Sie wollte nicht irgendwann zurückblicken und bereuen, dass sie es nicht getan hatte.

* * *

Olivia war gerade aus der Dusche getreten, als es an ihrer Tür klingelte.

Sie fragte sich, wer sie zu dieser Stunde noch besuchen

mochte, schaute auf ihr Handy und war überrascht, Adam vor der Tür stehen zu sehen. Auch wenn ein Teil von ihr ihn ignorieren wollte, verschlang ein anderer Teil von ihr ihn mit den Augen. Sie hatte ihn vermisst.

„Ich bin in einer Minute bei dir", sagte sie, zog einen Bademantel an und ging nach unten, während ihre Gedanken in ihrem Kopf wirbelten. War er hier, um sich zu entschuldigen? Wollte sie, dass er sich entschuldigte?

Sie öffnete die Tür und sie starrten sich wortlos an. Es schien eine Ewigkeit zu dauern, bevor er das Schweigen brach. „Darf ich reinkommen?"

Mit zusammengeschnürter Kehle nickte sie und trat beiseite.

„Es tut mir wirklich leid, wie ich mich verhalten habe", sagte er, als er im Haus war. „Ich weiß, es sieht wahrscheinlich nicht so aus, aber ich vertraue dir." Er schüttelte den Kopf. „Ich habe Liebe immer für eine Schwäche gehalten – eine Waffe, die jemand gegen mich verwenden könnte. Als ich gemerkt habe, dass ich mich in dich verliebe, bin ich in Panik geraten. Ich habe so etwas noch nie empfunden und es hat mich erschreckt, also habe ich dich von mir gestoßen. Und dann, als ich William gesehen habe –" Er seufzte. „Wenn ich bei klarem Verstand gewesen wäre, hätte ich gewusst, dass du dich nie hinter meinem Rücken mit einem anderen Mann treffen würdest. Ich glaube, ich habe mir einfach Sorgen gemacht, dass er bereit sein könnte, dir das zu geben, was ich nicht konnte." Er ergriff ihre Hände und hielt sie fest in seinen. „Aber ich habe keine Angst mehr. Das Einzige, wovor ich Angst habe, ist, dich zu verlieren. Ich liebe dich."

Ihr wurde leicht ums Herz. „Du liebst mich?“

Er schaute sie mit ernsten Augen an, als er ihr Gesicht zwischen seine Hände nahm. „Ja. Ich kann nicht versprechen, dass ich nicht wieder eifersüchtig werde, weil ich weiß, dass das nicht stimmt, aber ich verspreche, dass ich dir immer vertrauen werde und nie wieder hinter deinem Rücken dumme Dinge tue.“

Sie blinzelte die Tränen zurück. „Ich liebe dich auch.“ Glück erfüllte sie, bevor ihr die harte Realität bewusst wurde. Was würde er davon halten, wenn sie in Kalifornien arbeitete? „Oh! Ich habe es dir noch nicht gesagt – mein Vater hat mein Yosemite-Angebot genehmigt.“

„Herzlichen Glückwunsch“, sagte er und strahlte, als er sie umarmte. „Ich wusste, dass du es schaffen würdest.“ Bevor sie ihre Bedenken darüber äußern konnte, so weit weg arbeiten zu müssen, sagte er: „Und ich werde dich bei allem unterstützen, was du tust. Wenn das bedeutet, dir zu folgen, wo immer du ein Hotel baust, dann werde ich es tun.“

Ihr wurde warm ums Herz und sie küsste ihn. „Es wird nur für dieses eine Hotel sein“, erklärte sie, als sie sich voneinander lösten. „Danach gehe ich wieder zur Universität.“ Sie schüttelte den Kopf. „Die ganze Zeit habe ich mir eingeredet, dass ich meine Träume begraben habe und glücklich bin, mit meiner Familie zu arbeiten, aber in Wirklichkeit hatte ich Angst vor dem Scheitern.“

„Ich hoffe, du redest vom Architekturstudium“, sagte er und lachte.

„Genau.“

„Dann unterstütze ich dich hundertprozentig. Ich weiß,

dass es keine einfache Entscheidung war, aber ich bin froh, dass du dich entschlossen hast, deinen Träumen zu folgen. Mit deinem Sinn für Design wirst du eine tolle Architektin sein."

Ihre Wangen wurden warm. „Danke."

„Ich sollte das wahrscheinlich nicht zugeben, aber so sehr ich es gehasst habe, dass du an dir selbst gezweifelt hast, bin ich froh, dass du deshalb länger bei Montgomery geblieben bist, als es sonst der Fall gewesen wäre, weil dich dieser Umstand zu mir geführt hat."

„Wir hätten uns wahrscheinlich bei der Eröffnung des Hotels getroffen."

„Vielleicht, aber dann hätte ich nicht mit dir gearbeitet und dich so kennengelernt, wie es jetzt der Fall war."

„Das war wahrscheinlich wirklich gut. Da ich versucht habe, so viel von der Vision meines Großvaters zu bewahren, kann ich mir nicht vorstellen, dass es leicht war, mit mir zusammenzuarbeiten."

„Du warst definitiv nicht das, was ich erwartet hatte, aber ich habe es wirklich genossen, mit dir zu arbeiten. Deine Leidenschaft für das Hotel war geradezu ansteckend und ich habe die Dinge in einem ganz anderen Licht gesehen."

Seufzend küsste sie ihn. Er sagte die süßesten Dinge.

Seine Augen verdunkelten sich, als er ihren Bademantel betrachtete. „Du bist nackt darunter, nicht wahr?"

Lachend nickte sie und er stöhnte. Verlangen erwachte in ihrem Bauch, als sie seine Hände ergriff. „Komm", sagte sie und führte ihn den Gang entlang.

Sie waren kaum ins Schlafzimmer getreten, als er sie an sich zog und sie küsste.

„Ich habe dich vermisst", sagte er, als er ihr Gesicht zwischen seine Hände nahm.

„Ich dich auch", murmelte sie, bevor er sie wieder küsste.

Er knabberte an ihrer Lippe und öffnete den Gürtel ihres Bademantels. Seine Augen wanderten über ihren nackten Körper. „Leg dich hin", sagte er heiser.

Schauer jagten ihr bei seinen Worten über den Rücken und sie tat, was er verlangte. Er bedeckte ihren Körper mit seinem und küsste sie, bis sie atemlos war. Er verteilte Küsse über ihren Hals, bevor er an der empfindlichen Stelle in ihrem Nacken knabberte und Wellen der Lust durch sie schickte.

Ihr Verlangen, ihn zu berühren, wurde übermächtig, und sie fing an, sein Hemd aufzuknöpfen. Er stöhnte, setzte sich auf, zog sein Hemd aus und offenbarte seine ausgeprägten Muskeln, bevor er sich wieder zu ihr legte. Sie begrüßte ihn mit offenen Armen und genoss das Gefühl seiner harten Kraft, während sie ihre Hände über ihn wandern ließ.

Nässe sammelte sich zwischen ihren Beinen, als er eine Brustwarze rollte, sie mit seiner Zunge umkreiste und sie damit in den Wahnsinn trieb. Ihr Verlangen wurde so übermächtig, dass sie sich über ihn rollte und nach seinem Gürtel griff. Dann öffnete sie seine Hose und zog sie zusammen mit seinen Boxershorts an seinen Beinen nach unten.

Ein köstlicher Nervenkitzel stieg in ihr auf, als er sie auf seinen Schwanz hob und ihr ein Stöhnen entwich. Sie legte ihm die Hände auf die Brust und fing an, sich zu bewegen. Sie genoss es, wie er sie beobachtete.

„Du bist so heiß", sagte Adam, als er ihre Klitoris neckte und ihre Nervenenden erglühen ließ. Sie bewegte sich schneller in dem Verlangen, auch ihm Lust zu schenken. Es dauerte nicht lange, bis ihre Muskeln sich um ihn herum zusammenzogen und sie kam.

Er stöhnte, rollte sich auf sie, hob ihr Bein über seine Schulter und stieß in sie hinein. Sie schrie auf, als er genau die richtige Stelle traf, und bald war sie erneut kurz vor dem Abgrund.

„Komm mit mir", sagte er, und sie folgte ihm, ihre Lust so intensiv, dass sie wilde Schreie ausstieß.

KAPITEL ACHTUNDZWANZIG

Olivia biss sich auf die Lippe, als sie sich am Montagmorgen dem Büro ihres Vaters näherte. Hoffentlich war er nicht allzu enttäuscht, wenn sie ihm von ihren Plänen erzählte, zur Uni zurückzukehren.

Sie hatte immer gewusst, dass er sich wünschte, dass eines seiner Kinder seine Aufgaben bei Montgomery übernähme, und wenn sie gerne hier gearbeitet hatte, hatte das eher damit zu tun, dass sie das Vermächtnis der Familie aufrechterhalten wollte, als damit, dass sie die Arbeit, die sie tat, wirklich genoss.

Und obwohl sie die Zeit nicht bereute, die sie hier verbracht hatte, wünschte sie sich, sie wäre früher zu dieser Erkenntnis gekommen – bevor ihr Vater Millionen für ihr Yosemite-Projekt ausgegeben hatte. Sie wollte das Projekt immer noch durchziehen, würde aber verstehen, wenn er sich dazu entschlösse, das Projekt zu beenden. Dad liebte Träume im großen Stil und ein einziges Hotel mit einem anderen Fokus wäre die Mühe wahrscheinlich einfach nicht wert.

Sie klopfte an die Tür und ihr Vater strahlte sie an. „Olivia! Komm herein!", sagte er, als sie eintrat. „Wie laufen deine Vorbereitungen für die Reise?", fragte er und meinte damit ihre Reise in den Yosemite-Park am Ende dieser Woche.

Seine offensichtliche Aufregung machte es nur noch schlimmer. Sie hatte ihn so hart bedrängt, einen ihrer Vorschläge zu billigen, und jetzt, da er das Land tatsächlich gekauft hatte, entschloss sie sich, nicht mehr in der Firma zu arbeiten?

Da sie seine Hoffnungen nicht noch mehr wecken wollte, als sie es bereits getan hatte, platze sie heraus: „Ich habe beschlossen, wieder aufs College zu gehen." Sein Lächeln verschwand und sie fügte schnell hinzu: „Ich möchte immer noch gern für das Projekt verantwortlich sein oder daran irgendwie mitarbeiten, wenn du dich entschließt, das Hotel tatsächlich zu bauen." Sie wollte es nicht unvollendet lassen, hatte sich ja auch in ihr Konzept verliebt und wollte diejenige sein, die es zum Leben erweckte. „Aber es wäre nur ein einziges Hotel und nicht die Mini-Kette, die ich ursprünglich geplant hatte. Es tut mir leid."

Dad seufzte. „Es gibt nichts, wofür du dich entschuldigen müsstest. Ich denke, es ist ein Wunder, dass du so lange geblieben bist. Ich wusste schon immer, dass du Architektin werden willst, aber ich dachte, dass es ausreichen würde, bei allen Renovierungen als

Kundenbetreuerin zu helfen, um die Designerin in dir zufriedenzustellen."

„Das hat es bis zu einem gewissen Grad auch getan, aber ich möchte mehr als nur gelegentlich entwerfen. Und wenn ich das tue, möchte ich nicht gezwungen sein, das Projekt an einen Architekten übergeben zu müssen, weil ich nicht über die notwendigen Fähigkeiten verfüge."

„Ich hätte wissen müssen, dass es dir nicht reichen würde. Bist du sicher, dass du das Yosemite Hotel bauen möchtest? Ich würde dir keinen Vorwurf machen, wenn du es nicht willst. Du hast schon so viel für mich und das Unternehmen getan. Ich weiß, dass ich das schon oft gesagt habe, aber ich weiß nicht, was ich ohne dich getan hätte. Das Wissen, dass du im Büro warst, während ich zu Hause war und mich erholte, gab mir die nötige Ruhe, mich auf meine Genesung konzentrieren zu können."

„Mit dir zu arbeiten war das, was mir an diesem Job besonders viel Freude bereitet hat, und ich glaube, dass dies auch der Grund ist, warum ich so lange geblieben bin. Und ich möchte weiter an dem Projekt arbeiten. Nachdem ich so lange davon geträumt habe, fühlt es sich an wie mein Baby."

„Ich weiß, was du meinst. Ich kann mich noch erinnern, als ich mein erstes Hotel gebaut habe." Er dachte eine Minute darüber nach und nickte dann. „Wenn du es ernst meinst, dann werden wir das Projekt vorantreiben und du wirst die Verantwortung dafür tragen. Es ist ein teures Experiment, aber wenn es hier wirklich eine Nachfrage nach diesen Abenteurer-Hotels gibt, wären wir die ersten, die davon profitieren würden."

Er war nicht böse auf sie.

Olivia seufzte erleichtert, als ihr Vater anfing, darüber zu sprechen, dass ihr Kundenstamm immer jünger wurde und dass Hotels wie dieses Montgomery von dessen Konkurrenten abheben konnten. Sie hatte sich das ganze Wochenende Sorgen wegen dieses Gesprächs mit ihm gemacht und jetzt redete er davon, dass ihr Konzept Montgomerys Geschäft potenziell wachsen lassen könnte.

Ihr Vater war einfach unglaublich, und sie schickte ein schnelles, stummes Dankgebet für eine so wunderbare Familie gen Himmel.

* * *

Würden diese beiden Geschäftsleute jemals gehen?

Adam stöhnte innerlich, während er sich ein weiteres Sandwich nahm. Da Olivia nicht gern Aufmerksamkeit erregte, hatte er ursprünglich vorgehabt, die Teestube von The Mansion für seinen Antrag schließen zu lassen. Aber dann hätte sie gewusst, dass er etwas vorhatte. Er hatte sich schließlich darauf festgelegt, es später am Abend zu tun und das Restaurant vorzeitig zu schließen, sodass es leer sein würde, wenn er ihr den Antrag machte.

Er hatte alles genau geplant – die modifizierte Tee-Präsentation (die normalerweise nachmittags als Buffet serviert wurde), die Lichter, die der Kellner einschalten würde, sobald ihnen ihr Dessert serviert wurde, der Antrag … Was er aber nicht geplant hatte waren die beiden Kunden ein paar Tische weiter, die scheinbar vorhatten, die ganze Nacht miteinander zu reden. Er überlegte, ob er darum bitten sollte, das Dessert zu bringen und dann einfach darauf warten sollte, dass die Geschäftsleute gingen, bevor er ihr einen Antrag machte. Aber wie sollte er dem Kellner Bescheid geben?

Er dachte noch über seine Optionen nach, als der Kellner kam. „Wie läuft es? Sind Sie bereit für das Dessert?"

„Ja", sagte er, wobei er den Kopf schüttelte, in der Hoffnung, dass Edgar die Botschaft verstand. „Danke."

„Ist alles in Ordnung?", fragte Olivia, sobald der Kellner wieder verschwunden war.

„Ja. Warum?"

Sie lachte. „Weil du gerade Ja gesagt hast, während du den Kopf geschüttelt hast. Und du starrst diese Männer praktisch schon den ganzen Abend lang an. Kennst du sie?"

„Ich erzähle dir später davon." Er lächelte. „Hast du das Essen genossen?"

„Und wie! Es war eine tolle Idee, hier zu essen, bevor sie mit dem Umbau beginnen." Dann fing Olivia an, darüber zu sprechen, dass sie nicht mehr zum Teetrinken hier gewesen war, seitdem ihre Großeltern sie als Kind mitgenommen hatten.

Als sie zwanzig Minuten später Kuchen aßen, erhoben sich die beiden Geschäftsleute, und er atmete erleichtert auf. Endlich! Als sie weg waren, suchte er den Blick des Kellners und nickte.

Die Lichter des Restaurants wurden gedimmt und eine Sekunde später schalteten sich die dekorativen Lichter ein. Olivias Augen weiteten sich, als sie sich umsah, und er holte das Schmuckkästchen aus seiner Tasche. Er stand auf und sank vor ihr auf die Knie.

„Olivia Anne Montgomery, würdest du mir die Ehre erweisen, meine Frau zu werden? Wir werden zwar in absehbarer Zeit nicht auf einer der Listen der reichsten Paare stehen, aber uns wird es an nichts fehlen.“

Eigentlich hatte er warten wollen, bis Dannier profitabel wäre, bevor er ihr einen Antrag machten – bis er finanziell auf stabilen Füßen stände –, aber er konnte es kaum erwarten, sie zu heiraten. Nachdem er erkannt hatte, dass er den Rest seines Lebens mit ihr verbringen wollte, wollte er keinen weiteren Moment ohne sie verschwenden. Hoffentlich empfand sie das genauso.

„Sehr gern“, sagte sie, schlang ihre Arme um ihn und küsste ihn. „Und alles andere ist mir egal“, sagte sie, als sie sich von ihm löste. „Ich meine, ich möchte schon, dass du bei allem, was du tust, erfolgreich bist, aber wenn nicht, wird es trotzdem gut sein, weil wir einander haben, oder?“

Sein Herz lief vor Liebe über. Er hatte nicht geglaubt, dass er sie noch mehr lieben könnte, als er es bereits tat, und er gelobte sich, dafür zu sorgen, dass sie ihre Entscheidung nie bereuen würde. „Stimmt“, sagte er lächelnd, bevor er sie küsste.

EPILOG

Zwei Jahre später

„Lass uns sicherstellen, dass wir um zehn hier weg sind", sagte Adam zu ihr, als sie das renovierte Mansion betraten. Olivia lächelte. Adam hatte sich ganz besonders liebevoll um sie gekümmert, seitdem sie herausgefunden hatten, dass sie schwanger war. Es war ein wenig früher geschehen, als sie ursprünglich geplant hatten, aber sie waren beide begeistert.

„Okay." Da sie am nächsten Tag zum College ging, war sie mit dem Plan mehr als einverstanden.

Sie hatte sich eingeschrieben, nachdem sie von der Aufsicht über den Bau des Yosemite-Hotels zurückgetreten war. Ihr hatte die Vorstellung nicht gefallen, während der Schwangerschaft so viel zu reisen und eine Baustelle zu beaufsichtigen.

Ihr Vater hatte ihr daraufhin eine beratende Funktion

angeboten und sie hatte das Angebot gern akzeptiert. Es gefiel ihr, dass sie eine kontinuierliche Rolle bei der Gestaltung der Zukunft ihres ersten und einzigen Hotels spielen würde. Je nachdem, wie es laufen würde, dachte Dad bereits darüber nach, einen weiteren Standort in Sedona zu eröffnen.

„Und wenn du anfängst, Schmerzen zu spüren, lass es mich wissen", sagte Adam und lächelte. Es war leicht zu erkennen, dass er das Baby bereits liebte. Er kümmerte sich liebevoll um sie und hatte bereits die schwierige Entscheidung getroffen, seine Eltern komplett aus seinem Leben zu verbannen. Er wollte sie einfach nicht in der Nähe seines Babys haben.

Olivia war darüber sehr traurig gewesen, vor allem angesichts der Tatsache, wie viel ihr ihre eigenen Eltern bedeuteten, aber nachdem Adams Geschwister seine Entscheidung unterstützt hatten, hatte sie sich damit abgefunden, da diese mehr über das Thema wussten als sie.

„Du hast hier wirklich tolle Arbeit geleistet", sagte Adam, als er sich in der Lobby umsah, und sie stimmte zu. Die Renovierung hatte ihre Erwartungen bei Weitem übertroffen. Elegant und modern hielt das neue Design den Geist des ursprünglichen Hotels auf eine Weise am Leben, die ganz sicher kommende Generationen begeistern würde. Grandpa hätte es geliebt. Adam drückte ihr die Hand, als er hinzufügte: „Aber ich bin ja auch voreingenommen, weil das Hotel der Grund ist, warum wir uns getroffen haben."

„Ach du." Olivia küsste ihn. „Lass mich dir die Bar zeigen", sagte sie. Alles war brandneu, aber die reiche Holzvertäfelung und das Design ließ es zeitlos wirken. Sie konnte sich leicht vorstellen, wie ihr Großvater dort Platz nahm und einen Drink bestellte. „Ich bedaure es so sehr, dass ich nicht noch mehr am Hotel mitarbeiten durfte."

„Vielleicht beim nächsten Umbau", sagte Adam und lachte.

Vielleicht.

Vielen Dank, dass Sie *Süße Leidenschaft* gelesen haben! Um etwas über meine neuen Veröffentlichungen zu erfahren, melden Sie sich bitte für meine Mailingliste unter natashagrace.com/de an.

UNAUSGESPROCHENES BEGEHREN

Nachdem sie herausgefunden hat, dass ihr verstorbener Mann sie betrogen hatte, will die kürzlich verwitwete Samantha Collins nur ihr altes Leben hinter sich lassen. Der erste Punkt auf ihrer Checkliste? Den Anteil ihres Mannes am Hedgefonds verkaufen, den er mit seinem besten Freund gegründet hat.

Aber Luke Darren hat andere Pläne.

Da er lieber den täglichen Betrieb der Firma leitet, hat Luke sich bisher immer im Hintergrund gehalten und Jason zum Gesicht des Unternehmens werden lassen. Aber jetzt, da Jason weg ist, springen die Kunden in Scharen ab. Das Letzte, was er gebrauchen kann, ist, dass auch noch Samantha geht. Für die Kunden, die schon darüber nachdenken, ihr Geld abzuziehen, würde es das Fass zum Überlaufen bringen. Und das kann Luke nicht riskieren.

Doch schon bald merkt er, dass ihm die Zusammenarbeit mit Samantha seine Konzentration raubt. Er ist seit Jahren in sie verliebt und jetzt, da Jason nicht mehr da ist, reicht es ihm nicht mehr, nur mit ihr befreundet zu sein, und er stellt fest, dass er mehr will!

www.ingramcontent.com/pod-product-compliance
Lightning Source LLC
Chambersburg PA
CBHW061309190726

48288CB00002B/416